MW01254981

Devoción

···◊> para el corazón <◊···

Devoción
para el corazón

Inspiración para cada día

B&H
ESPAÑOL

NASHVILLE, TENNESSEE

Devoción para el corazón: Inspiración para cada día

Copyright © 2017 por B&H Publishing Group
Todos los derechos reservados.
Derechos internacionales registrados.

B&H Publishing Group
Nashville, TN 37234

Clasificación Decimal Dewey: 242.643
Clasifíquese: Literatura devocional / Mujeres / Meditaciones

Editado por: Grupo Scribere

Las meditaciones fueron originalmente publicadas en *Quietud, guía devocional diaria*.

A menos que se indique lo contrario, las citas bíblicas se han tomado de la versión Reina-Valera Revisada 1960, © 1960 por Sociedades Bíblicas en América Latina; © renovado 1988 Sociedades Bíblicas Unidas. Usadas con permiso.

ISBN: 978-1-4627-4646-0

Impreso en EE. UU.
2 3 4 5 6 7 8 * 23 22 21 20 19

TU DIOS, MI DIOS

PASAJE DEVOCIONAL: RUT 1:12-17

Respondió Rut: No me ruegues que te deje, y me aparte de ti; porque a dondequiera que tú fueres, iré yo, y dondequiera que vivieres, viviré. Tu pueblo será mi pueblo, y tu Dios mi Dios. (RUT 1:16)

*H*ay personas que se mudan con frecuencia y otras que valoran mucho su estabilidad sobre todas las cosas. Y a menudo repiten el refrán: «Mejor malo conocido que bueno por conocer». Pero este pasaje nos presenta mucho más que un cambio de domicilio. Esta mujer está dispuesta a dejar a los dioses que conoce, por el Dios de su suegra. No es fácil esto de las relaciones entre nueras y suegras. Mucho se ha comentado y escrito sobre este tema conflictivo. Además, la vida de Noemí había sido visitada por las trágicas muertes de su esposo y sus dos hijos. Sin embargo, su fe y su comunión con Dios eran tan ejemplares como para conmover a su nuera y animarla hacia el Dios de Israel. El Dios que había sido un verdadero amparo en su tribulación. Un buen ejemplo es el mejor argumento a favor del Dios bueno y verdadero.

Y, ¿qué de tu vida? ¿Estás animando a otros a decir: «Yo quiero que su Dios, sea mi Dios»? El Dios que es tu vara y tu cayado en el valle de sombra de muerte, es el Dios que tus prójimos necesitan. El Dios que concede una paz que sobrepasa todo entendimiento, es el Dios que se encuentra a tu lado ahora mismo. Reconoce Su presencia. Ábrele tu mente, tu alma y todo tu ser. Haz la diferencia sometiéndote al Dios que te ama, y que desea transformar todas tus relaciones.

Ora y ten un gran encuentro con Dios ahora mismo.

ACCESO DIRECTO A DIOS

De oídas te había oído; mas ahora mis ojos te ven. (JOB 42:5)

artas, llamadas telefónicas, correos electrónicos e infinidad de medios de comunicación inundan nuestra vida. Juntamente con esto hay fotografías, videos, películas, pinturas y muchos otros medios gráficos para deleitar la vista. Todo esto entretiene e informa, pero no se compara al contacto personal y directo para cultivar una relación. ¡Qué gran diferencia hay entre una fotografía de mi esposo y su presencia! Todos los sentidos se despiertan cuando el ser querido está presente.

La generosidad del Dios encarnado es incomparable: Emanuel, el Dios que está con nosotras. En algunas tradiciones religiosas, se piensa que el clero y algunas personas selectas tienen un acceso especial a Dios, como si Él mostrara a algunos hijos más amor que a otros. Por la gracia del Dios verdadero, este no es el mensaje del evangelio. Las buenas nuevas traen consigo el maravilloso anuncio de que todos tenemos el mismo acceso a Dios, mediante Jesús. Amiga, no tienes que enviarle un mensaje a Dios a través de algún mediador humano. Al contrario, puedes entrar audazmente en Su presencia. Dios quiere verte y quiere dejarse ver.

Busca al Señor, abre tu corazón y tus ojos. Dios te responderá directamente.

HEREDERAS DE CRISTO

Así que ya no eres esclavo, sino hijo; y si hijo,
también heredero de Dios por medio
de Cristo. (GÁL. 4:7)

*R*itos, rúbrica, reglas y regulaciones gobiernan el mundo de la religión. Las leyes de Moisés, las cinco columnas del islam, el camino de ocho vías del budismo y el legalismo de un cristianismo secular sin Cristo. Hay un mundo de diferencia entre ser esclavo de un sistema y ser miembro de una familia. La familia amorosa ofrece y afirma un espíritu de aceptación y cariño. Reunirse con una familia así no es una obligación, sino una celebración. Este es el verdadero Cristo, un Cristo risueño y feliz que atrae a niños y pecadores. Un Cristo lleno de vida y color, no el Cristo gris que pintan y sirven algunos que se llaman cristianos que viven un calvario sin domingo.

El evangelio es buenas nuevas al extremo: el esclavo es adoptado y recibe la herencia inmediata de parte de un Padre amoroso que nunca muere. Esta herencia transforma nuestra muerte a vida. Llegamos a conocer cosas que sobrepasan el entendimiento. Una paz y un gozo que no están a la merced del ambiente porque proceden del cielo. Esta es la fe que vence al mundo. La religión es buena, pero Jesús ofrece algo que supera los vínculos religiosos; ofrece los lazos de una familia. Jesús ofrece algo que supera las campanas y las velas de un templo; Él ofrece las melodías y el calor de un hogar. Nos da más que un sistema teológico o espiritual; Él se ofrece a sí mismo. Él no te invita a Su consultorio, sino a Su hogar. El reino de los cielos es un hogar, el Rey de los cielos es un Padre y los súbditos del cielo son hijos adoptados por gracia y amor. Este favor inmerecido es la bendita esperanza del esclavo que anhela ser liberado.

Acepta la bondadosa invitación. Sé libre en el nombre de Cristo y deléitate en la herencia de una hija adoptada por Dios.

DIOS NOS CUIDA EN TIEMPOS DE ESCASEZ

PASAJE DEVOCIONAL: RUT 2:11-16

Jehová recompense tu obra, y tu remuneración sea cumplida de parte de Jehová Dios de Israel, bajo cuyas alas has venido a refugiarte. (RUT 2:12)

¿Te has sentido alguna vez como si Dios te hubiera dado la espalda? Noemí, la suegra de Rut, tenía muchos motivos para sentirse así. Años atrás ella había emigrado a una región llamada Moab acompañada por su esposo y sus dos hijos solteros. La familia se asentó en la tierra nueva. Los hijos se casaron, mas nunca tuvieron hijos. Y luego, inesperadamente, tanto su esposo como sus dos hijos fallecieron. Noemí volvió a su país de origen triste, empobrecida y derrotada. Lo único que le quedaba era el consuelo de una de sus nueras, Noemí. Las pérdidas de Rut fueron también las de Noemí. Su esposo había muerto, también su suegro y cuñado. Ella se encontraba en una tierra extraña, lejos de su familia y sin aparente protección. Sin embargo, su actitud fue muy diferente a la de su suegra. En vez de hundirse en su miseria, Rut decidió luchar para salir adelante. Ese deseo de sobrevivir la llevó a un campo que estaba siendo segado.

Siguiendo la costumbre de su tiempo, ella caminó detrás de los segadores que trabajaban para el dueño de la tierra. Recogió las espigas que estos no levantaban o las que dejaban caer accidentalmente al hacer sus manojos. En ese entonces cualquier persona con necesidad podía recoger espigas tras los segadores para procurar su propio sustento sin tener que mendigar. La dedicación de Rut al trabajo y a ayudar a su suegra captó la atención del dueño de aquel campo, un hombre llamado Booz. Él la invitó a tomar del agua y el alimento que tenía preparado para sus empleados. Asimismo, les dio instrucciones para que la dejaran cosechar sin molestarla. Al dirigirse a Rut, él reconoció la manera en que ella había apoyado a Noemí, Dios no se había olvidado de ella y la favorecería en esos días malos.

Las desgracias nos llegan, pero no nos destruyen. Dios nos extiende Su mano protectora y nos levanta de las situaciones más desesperantes. Si estás pasando por años de escasez o prueba, no te desanimes, sigue luchando y confiando en que Dios te sacará adelante.

Echa sobre Dios tus cargas y levántate fortalecida confiando que Él no desampara a Sus hijos.

DIOS SABE DE ANTEMANO

PASAJE DEVOCIONAL: MATEO 6:5-8

No os hagáis, pues, semejantes a ellos; porque
vuestro Padre sabe de qué cosas tenéis necesidad,
antes que vosotros le pidáis. (MAT. 6:8)

*A*l hombre contemporáneo le importan las apariencias. Nos gusta ver y ser vistas. Nos gusta ver lo
que otros usan, lo que hacen y con quién andan. Y más
nos encanta ser vistas en el lugar correcto con la compañía correcta. El colmo es que a veces hacemos ciertas
cosas simplemente para aparentar ser mejores de lo que
realmente somos. Aun en asuntos de religión nos gusta
aparentar. Un hermano versado en asuntos de encuestas
populares nos hacía ver un triste hecho. Cuando los en-
cuestadores preguntan a la gente con qué frecuencia van
a la iglesia, la gente responde hacerlo con más frecuencia
de lo que realmente van. Al comparar las respuestas de
la gente con la asistencia real a las iglesias que decían ir,
los entrevistadores comprobaron que las personas están
dispuestas a mentir, para dejar la impresión de que son
más religiosas de lo que realmente son.

Jesús entiende bien el corazón humano. En Mateo 6,
al hablar sobre la oración y el ayuno, Jesús podía ver que

nos importa que la gente piense que somos muy piadosos, lo seamos o no. Por ello, nos advirtió que no tratáramos de orar para ser vistos por los hombres. También nos dice que Dios rechaza la oración que se alarga con vanas repeticiones. Jesús igualó esas oraciones a las oraciones de los paganos. Dios nos asegura que tales oraciones no encontrarán respuesta favorable de Su parte. Sin embargo, Jesús no rechaza la oración sincera. Él enseñó a Sus discípulos a orar expresando su admiración por Dios y sus necesidades. Está bien orar pidiendo por alguna necesidad o por la sanidad.

Algunos se preguntan: ¿por qué es necesario pedir si Dios ya sabe lo que necesitamos? La respuesta es sencilla: no pedimos para «informarle a Dios lo que Él ignora», sino para «expresar nuestra fe y afirmar nuestra confianza en Su amor por nosotros». Aunque Dios sabe lo que tú necesitas, Él te anima a pedir humildemente Sus bendiciones. Tu oración hace crecer tu fe.

⸎

Expresa hoy tus peticiones a Dios, y dale gracias porque Él recibe las oraciones que salen de un corazón sencillo.

UN LIBRO DE MEMORIAS

Entonces los que temían a Jehová hablaron cada
uno a su compañero; y Jehová escuchó y oyó
y fue escrito libro de memoria delante de él para
los que temen a Jehová, y para los que piensan
en su nombre. (MAL. 3:16)

Si hacemos una comparación entre el tiempo
cuando profetizó Malaquías y la época actual,
nos sorprenderemos al ver que la situación es muy semejante. En esa época, el pueblo estaba alejado de Dios. La
mayoría de las personas hacían lo que querían en vez de
hacer la voluntad de Dios. Se burlaban de los profetas y
no respetaban la ley de Dios. En la actualidad, se prohíbe
leer la Biblia en los lugares públicos y en las escuelas. En
muchos lugares está prohibido decorar con escenas de
la Navidad. Sin embargo, se permite el aborto, la homo-
sexualidad y otros pecados parecidos. Muchos se burlan
de los cristianos y son pocas las familias que dedican un
tiempo para enseñar a sus hijos la Palabra de Dios. En la
época que Malaquías escribió, un grupo pequeño se reu-
nía para recordar las grandes cosas que Dios había hecho
con Su pueblo, las cuales contaban a otros. Ellos temían a
Dios y unidos lo alababan. A pesar de la corrupción que

existía alrededor, este grupo prefirió buscar a Dios. Tanto se agradó el Señor con la actitud de ellos que escribió sus nombres en el libro de las memorias.

Es alentador saber que hoy Dios hace lo mismo con Sus hijas que permanecen fieles a Él. Mientras muchos a nuestro alrededor hacen lo que quieren, Dios inclina Su oído hacia ese grupo pequeño que está en la reunión de oración o en el estudio bíblico, quienes juntos lo alaban y buscan el compañerismo cristiano. ¿Qué debemos hacer entonces cuando tantos permanecen en la inmoralidad y apartados de Dios? Solamente podemos hacer lo que a Dios le agrada, continuar honrándole y alabándole, sin dejar de confiar en Él. Dios reconoce a las cristianas fieles, que aunque sean pocas, escogen reunirse para orar, interceder por otros y llevar el mensaje de salvación a los que no creen. Los tiempos son difíciles, pero Dios sigue siendo el mismo. Dios escucha a Su pueblo y tiene el control de la situación.

Ora para que seas siempre parte del grupo que permanece fiel al Señor

LA PAZ: UNA RECOMPENSA
DEL SEÑOR

PASAJE DEVOCIONAL: SALMOS 37:1-11

Pero los mansos heredarán la tierra, y se recrearán
con abundancia de paz. (SAL. 37:11)

*D*urante la enfermedad de mi esposo, leímos muchas veces este salmo y, en todas las ocasiones, siempre encontramos la paz y la seguridad que necesitábamos. Sentimos la paz de Dios en los momentos más difíciles en el hospital, hasta que él fue a Su presencia. Este salmo nos daba la seguridad que los que confían en Dios heredarán la tierra. En Sus Palabras encontramos refugio y esperanza.

Hay ocasiones muy difíciles cuando clamamos al Señor para que actúe pronto. Podemos confiar en que Él siempre responde a Su debido tiempo. Aunque no veamos el camino, Dios va con nosotros. La paz que ofrece el Señor no es solamente la que tendremos después de la muerte. En cada momento de nuestra vida podemos sentir Su paz. En toda circunstancia Su promesa es la misma y nos ayuda a mantener la calma. A veces hablamos y pedimos tanto que no oímos la voz del Señor que nos dice: Yo escuché tu clamor, espera en mí. No me tardo. La paz de

Dios es la que nos provee de la fortaleza que necesitamos y convierte las dificultades en bendiciones. Esa paz está disponible para todos, pero solo los que la aceptan la sienten en su corazón. De nada nos sirve saber que Dios da la paz si no se la pedimos a Él. Sentimos la paz de Dios cuando verdaderamente creemos que Él sabe lo que es mejor para nosotras, aunque no sea lo que queremos. No podemos usar máscaras delante de Dios porque Él ve y conoce nuestro corazón. Cuando necesitamos Su paz, es mejor decirlo claro: «Señor, ayúdame a sentir Tu paz, permite que mi espíritu se fortalezca, y glorifícate en mi debilidad».

Para obtener la paz de Dios hay que nutrirse de las fuentes que la proporcionan, como leer Su Palabra y mantenerse en oración. Solamente confiando en Él y esperando que a Su tiempo obrará y nos dará Su bendición tan esperada. La paz de Dios es una recompensa que Él nos da cuando permanecemos en Sus caminos y estamos seguras que al final heredaremos la Tierra. Mientras llega ese momento, Su paz nos permite permanecer tranquilas.

*Ora para que aceptes la paz que
Dios te ofrece.*

EL ÚLTIMO LEGADO DE CRISTO

PASAJE DEVOCIONAL: JUAN 14:25-31

La paz os dejo, mi paz os doy; yo no os la doy como el mundo la da. No se turbe vuestro corazón, ni tenga miedo. (JUAN 14:27)

*A*ntes de partir de este mundo, el Señor Jesucristo hizo Su «testamento». En la Biblia leemos que antes de morir, encomendó Su alma al Padre, Su cuerpo fue entregado a José de Arimatea para Su sepultura, Sus ropas fueron repartidas entre los soldados que lo llevaron a la cruz y Su madre quedó bajo el cuidado del apóstol Juan. A Sus discípulos no les dejó riquezas materiales ni posesiones de valor, sino algo mucho mejor: Su paz. No extendió un título o documento que lo demuestre, sino que nos dejó en efectiva posesión de ella, porque Él mismo, Su Persona, es nuestra paz. Una paz que Él compró con Su sangre preciosa. Es la herencia del Señor a los que en Él creen, lograda por una vida gloriosa de obediencia y una muerte cruel en la cruz del Calvario.

El mundo no puede entender esa paz. Solo los que la poseen pueden entenderla. Esa paz no es una ausencia de conflictos, guerras, problemas o amenazas, sino una condición espiritual del corazón y del alma, que no depende de las circunstancias ni de las condiciones que nos rodean. Es una quietud del alma, del espíritu y de la mente; es una tranquilidad, que nos da confianza y que nos invita y reta a vivir con valor y sin temor. Es un don del Espíritu Santo que comenzamos a disfrutar a partir del momento que nos rendimos y entregamos a Cristo, el Príncipe de Paz.

Quien en la cruz nos reconcilió con el Padre, nos regeneró y justificó para salvación y vida eterna. Mientras el mundo se debate en guerras y conflictos de alta y baja intensidad, mientras vivimos en guerra con todo el mundo y hasta con nosotros mismos, el mensaje de Cristo resplandece y nos dice una vez más: «Paz a vosotros». Mientras el mundo dice: «Si quieres la paz prepárate para la guerra», Cristo nos dice: «La paz os dejo, mi paz os doy; yo no os la doy como el mundo la da. No se turbe vuestro corazón, ni tenga miedo» (Juan 14:22).

Señor danos siempre Tu paz

PERDÓNANOS, COMO NOSOTRAS PERDONAMOS

PASAJE DEVOCIONAL: GÉNESIS 45:4-10

Ahora, pues, no os entristezcáis, ni os pese de
haberme vendido acá; porque para preservación de
vida me envió Dios delante de vosotros. (GÉN. 45:5)

Siempre se ha dicho que José representa en la Sagrada Escritura el carácter más parecido al Señor Jesucristo. En él encontramos a un hombre íntegro, misericordioso, compasivo, amoroso y perdonador. Él fue instrumento de Dios para preservación de Su pueblo. Mantuvo la fe de sus padres en todas sus pruebas. Aceptó los hechos de su existencia como expresiones de la voluntad de Dios. No hubo en él queja, murmuración, maldad, propósito de venganza ni rencor. Por el contrario, llegó incluso a regocijarse en el Señor. Este es uno de los relatos más conmovedores de toda la Biblia.

En Cristo tenemos el ejemplo de vida más excelente. Él vino a buscar y a salvar lo que se había perdido por medio del perdón. El Señor nos enseña en Su oración modelo a perdonar las ofensas, y nos dice que, si perdonamos, Él nos perdonará. Jesús nunca pidió a Sus discípulos algo que no fuese capaz de cumplir. En la cruz del Calvario, Él perdonó a Sus victimarios. El apóstol Pablo, como digno seguidor del Maestro, nos enseña a ser benignas unas con otras, misericordiosas, perdonándonos unas a otras, como Dios también nos perdonó en Cristo (Ef. 4:32). El evangelista Juan nos dice: «Si confesamos nuestros pecados, él es fiel y justo para perdonar nuestros pecados...» (1 Jn. 1:9). Yo he oído a muchos decir: «Yo perdono, pero no olvido». El Señor quiere que seamos sinceras y veraces. Cualquiera que sea tu interpretación, el Señor declara en Marcos 11:25: «Y cuando estéis orando, perdonad, si tenéis algo contra alguno, para que también vuestro Padre que está en los cielos os perdone a vosotros vuestras ofensas». Ya el Señor lo había dicho: «Porque si perdonáis a los hombres sus ofensas, os perdonará también a vosotros vuestro Padre celestial» (Mt. 6:14).

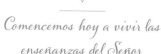

Comencemos hoy a vivir las enseñanzas del Señor

TODOS CONTRA POCOS

PASAJE DEVOCIONAL: MARCOS 12:41-44

Entonces llamando a sus discípulos, les dijo: De cierto
os digo que esta viuda pobre echó más que todos los
que han echado en el arca. (MAR. 12:43)

*E*n Marcos este relato expone y contrasta la avaricia
de los fariseos y escribas, con las enseñanzas del
Señor Jesús. En Mateo 6:2, el Señor manifiesta: «Cuando,
pues, des limosna, no hagas tocar trompeta delante de
ti, como hacen los hipócritas en las sinagogas y en las
calles, para ser alabados por los hombres; de cierto os
digo que ya tienen su recompensa». Al Señor le repugna
este exhibicionismo y lo condena.

Para comenzar, el Señor es dueño de todo lo creado y no necesita de nada. El ofrendar favorece al que
lo hace, no a Dios. Nunca pensemos que hacemos un
favor o que estamos comprando al Señor con nuestros
diezmos y ofrendas. Después de un día de mucho trabajo
enseñando, estando en pie en el templo, el Señor muy
cansado llegó al atrio de las mujeres donde estaba el arca
de las ofrendas. Allí se sentó a ver como el pueblo echaba
dinero en el arca. Los ricos hacían de sus ofrendas un
gran espectáculo y la mayoría de ellos echaba mucho.

El Señor sabía que esas ofrendas no representaban ningún sacrificio ya que daban de lo que les sobraba. Al
Señor le llamó la atención una viuda pobre que echó dos
blancas, las más pequeñas en tamaño y valor de todas las
monedas. Jesús llamó a Sus discípulos para enseñarles
una lección. Para los judíos, las grandes ofrendas representaban gran piedad de parte de los que habían sido
bendecidos con abundancia, pero desde el punto de vista
de Cristo, la ofrenda de la viuda tenía más valor y era
mucho más que lo que habían echado todos los otros
juntos porque había dado todo lo que tenía.

El Señor mira y mide lo que damos, pero sobre todo,
mira cómo damos. Lo más importante para Él Señor
no es la cantidad, sino el espíritu con que se da. Sin
duda alguna, para todos los que observaban el arca de las
ofrendas aquel día, en medio de la multitud y del bullicio,
aquella ofrenda de la pobre viuda pasó inadvertida, pero
no para el Señor. Él se gozó con aquella acción de total
sacrificio. Y nosotras, ¿qué hemos dado?

Pídele a Dios que te ayude a dar
con generosidad

UN NOMBRE EN EL QUE
PODEMOS CONFIAR

PASAJE DEVOCIONAL: SALMOS 20:5-8

Estos confían en carros, y aquéllos en caballos;
mas nosotros del nombre de Jehová nuestro Dios
tendremos memoria. (SAL. 20:7)

No existe persona en el mundo que no tenga problemas. Ricos y pobres, educados e iletrados, gobernantes y gobernados, todos estamos sujetos y expuestos a los avatares de la vida. La Biblia dice que muchas son las aflicciones del justo, pero de todas lo librará el Señor. Las que hemos creído en Cristo tenemos a quien recurrir en medio de las pruebas, al Dios Todopoderoso, nuestro Padre Celestial, en cuyo nombre haremos proezas. Podemos ir a Él en oración, sabiendo que la oración del justo puede mucho. No hay adversidad, tribulación ni problema que pueda impedir que Él nos oiga. Dios nos oye en el día de la angustia, se acuerda de nuestras humildes ofrendas y nos responde dándonos junto con la prueba, la salida.

Tenemos que orar mucho por nuestra vida y testimonio, por nuestras familias, por la Iglesia, por los pastores y líderes de la obra, por nuestras instituciones cristianas, por los que nos gobiernan y por las responsabilidades que tenemos en nuestras manos. Debemos poner nuestra confianza en Él y no en nuestras habilidades. En Su nombre levantaremos pendón de victoria y los que confían en sí mismos serán derribados. Para las hijas de Dios la victoria es segura. Debemos exaltar el nombre de Dios, Su poder y Su bondad, Sus misericordias y Su grandeza en todas las generaciones. Llenemos nuestro corazón de gozo porque nos ha salvado y nos ha ungido con Su gracia. El gozo del Señor es nuestra fortaleza. Confiemos en el poder de Su fuerza y no en la fuerza de los hombres. Nada ni nadie nos puede separar del amor de Cristo, alcemos estandarte en el nombre del Señor nuestro Dios, convencidas de que seremos vencedoras contra todo enemigo porque nos salva con la fuerza salvadora de Su diestra. Solo el Señor nos puede librar y salvar de los ataques del enemigo, pongamos nuestra confianza en Él que nos da la victoria.

❧

Dale gracias a Dios porque lo tienes a Él para ayudarte a vencer las dificultades que se puedan presentar

UN COMPORTAMIENTO DIGNO

PASAJE DEVOCIONAL: EFESIOS 4:1-3

Yo pues, preso en el Señor, os ruego que andéis
como es digno de la vocación con que fuisteis
llamados. (EF. 4:1)

*H*ace muchos años en mi país se hizo muy popular una calcomanía con un mensaje poco común y sin dudas llamativo. Al principio se veía solo en unos pocos vehículos circulando en las calles, pero en cuestión de días, como si fuera un virus, el mensaje parecía estar en todas partes. La calcomanía, leía: «¿Eres cristiano? ¡Que se te note!». En ese entonces yo estudiaba en la universidad mi carrera en mercadeo. Por otro lado, llevaba poco tiempo de vida cristiana. Así que me debatía entre pensar en lo genial del mensaje, desde el punto de vista de comunicación, y pensar en lo trágico del mensaje en cuanto a la opinión pública hacia los cristianos. Había un grito de frustración implícito en ese mensaje y, por lo visto, la mayoría de la gente se identificaba con el mismo. Yo me preguntaba, ¿será un asunto de percepción o, en efecto, los cristianos no estamos comportándonos a la altura del carácter de Cristo? Aunque no tuve una respuesta en ese momento, el mensaje me impactó y todavía tiene su efecto en mí.

A lo largo de mi vida y en la medida que crezco en la fe, he procurado siempre que el mensaje que comparto en lo que hablo o escribo esté alineado con el comportamiento que exhibo, tanto en público como en privado. Lamentablemente, la opinión pública no es una percepción. La gente espera de nosotras un comportamiento diferente, ejemplar. De hecho, muchos esperan un comportamiento perfecto y no lo encuentran, pero los cristianos no somos perfectos. Entonces, ¿qué podemos hacer? La Palabra del Señor nos invita a vivir en un proceso continuo de transformación (Fil. 3:12-14). Dios nos llama a transformar nuestra vida tomando a Cristo como modelo. Eso nos llevará a tener un comportamiento digno. Se requiere intención de corazón para querer transformarnos a la imagen de Cristo. Ora y estudia la Palabra constantemente. Identifica y elimina aquellos rasgos de tu conducta que no son dignos de una seguidora de Cristo. Por lo demás, «prosigue a la meta». Persevera hasta el final.

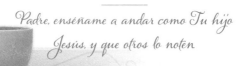

Padre, enséñame a andar como Tu hijo Jesús, y que otros lo noten

GLORIA AL DIOS SOBERANO

Y Daniel habló y dijo: Sea bendito el nombre de
Dios de siglos en siglos, porque suyos son el poder y
la sabiduría. (DAN. 2:20)

Una estimada amiga llegó a ser abuela muy joven.
Cuando nació su nieto, «el mundo entero» lo
supo. Todo era regocijo entre familiares y amigos por la
nueva criatura que Dios había regalado. Sin embargo,
pocos días después del nacimiento, la felicidad se empa-
ñó cuando el bebé fue diagnosticado con una condición
médica particular. La angustia y la desesperación llegaron.
Con el paso de los días el panorama clínico se hizo más
crítico. El bebé había desarrollado otras complicaciones
más serias y debían trasladarlo a un hospital especializa-
do. La tensión aumentaba, el desconsuelo parecía absor-
ber cada respiro y consumía día a día las esperanzas de
vida para el niño. La impotencia de no poder solucionar
la situación llevó a la familia, y especialmente a mi amiga, a buscar refugio en el Dios Soberano, el que tiene
control sobre todas las cosas, el que da y quita la vida, el
que puede obrar milagros en tiempos bíblicos y también
hoy. Ella comenzó a experimentar la fe en el Señor como

nunca antes. Tal vez porque nunca antes había necesitado tanto de Él. Y algo maravilloso sucedió. Esta abuela llena de amor, comenzó a compartir a diario las incidencias de su nieto a través de la computadora y su perfil de Facebook. Mientras transcurrían los días en que el niño estuvo en el hospital, durante la agonía de las operaciones, mi amiga nos mantenía conectados con el Señor a través de la oración. Esto era algo natural para nosotros los cristianos, pero pienso en las decenas de familiares y amigos que no conocen al Señor, para los cuales cada versículo bíblico, cada oración, cada expresión de gratitud que ella compartía sembraba en sus corazones una semilla de parte del Dios Soberano.

Así es Dios. Él puede utilizar una aparente tragedia para alcanzar a aquellos que viven una verdadera tragedia, la de ir por la vida sin Dios, sin fe y sin esperanza. Cuando Dios reveló el sueño del rey y su interpretación a Daniel, el joven no pudo más que dar gloria al único Dios que pudo haberlo hecho. Eso también hizo mi amiga cuando el Señor sanó a su nieto.

¿Por qué tendrías que darle la gloria a Dios hoy?

CRISTO, LA RAZÓN DE TODO

PASAJE DEVOCIONAL: COLOSENSES 1:16-20

... y él es la cabeza del cuerpo que es la iglesia, él que es el principio, el primogénito de entre los muertos, para que en todo tenga la preeminencia. (COL. 1:18)

*S*i eres madre probablemente has escuchado la expresión «los padres viven para sus hijos». Más que haberla escuchado, con toda seguridad la has experimentado. Cuando los hijos se reciben como regalos de Dios (sean biológicos o adoptivos), llegan a ser la motivación de sus padres. No solo les proveen alimento, afecto y protección, sino que también velan por su salud, su bienestar, su desempeño en los estudios y los deportes, su éxito en la vida y mucho más. Los hijos son la prioridad en el hogar, aun cuando eso represente sacrificio en otras áreas para el resto de la familia. Los hijos son la razón de ser. No obstante, el pasaje en el que meditamos el día de hoy te confronta con una realidad que, para muchos, es difícil de asimilar. Para los cristianos, Jesucristo (y únicamente Él) debe ser su razón de ser. No sus hijos, no su familia, no su trabajo, ni siquiera la iglesia. Solo Jesús. Él es el plan de Dios para la humanidad desde mucho antes de nacer en Belén. Desde antes de la creación del mundo ya Dios había pensado en Jesús para tu salvación.

Dios desea lo mejor para Sus hijos, esto es, los que han creído en Jesucristo como su Señor y Salvador. Pero, no basta con decir que creemos. Muchos dicen haber creído, pero todavía quieren tener el control de sus vidas y tomar sus decisiones y establecer sus propias prioridades. Más allá de creer, Dios quiere que realmente rindas toda tu vida al que le da verdadera razón a tu vida: Jesús. Piénsalo detenidamente. Si Dios dispuso que Jesús fuera la razón de todo, entonces Él debería ser el centro de todo lo que tú eres y haces. Si tu vida está enfocada en Jesús, luego todas las demás cosas caerán naturalmente en su lugar. Podrás disfrutar aún más los hijos, la familia y todas las bendiciones que Dios te da porque todo estará sobre la base del plan de Dios, Jesús primero, luego todo lo demás. Ese es el plan de Dios. Y Él es Dios.

Padre, gracias porque Cristo, y solamente Cristo, le puede dar plenitud a mi vida.

UNA PERSONA APROBADA POR DIOS

PASAJE DEVOCIONAL: JOB 1:6-12

Y Jehová dijo a Satanás: ¿No has considerado
a mi siervo Job, que no hay otro como él en la tierra,
varón perfecto y recto, temeroso de Dios y apartado
del mal? (JOB 1:8)

S in duda alguna, Job fue un personaje extraor-
dinario a quién le tocó vivir una vida llena de
experiencias duras, pero mostró una extraordinaria fe en
Dios. A pesar de todos los ataques feroces del diablo, mantuvo su confianza en Dios, su Redentor. El Señor calificó
a Job como «varón perfecto y recto, temeroso de Dios». El
Señor le concedió el título más alto al que pueda aspirar
creyente alguno. Estas credenciales muestran qué clase de
creyente era Job. Sin embargo, a pesar de la calidad de su
fe, él sufrió los embates de los más encarnizados ataques
de Satanás que desató sobre él una tremenda tormenta.
Los que conocemos la historia de Job podemos aquila-
tar la intensidad, la crueldad y la saña de las embestidas
satánicas, pero a pesar de todo, Job salió triunfante. Él
estaba convencido que tenía un Redentor vivo, capaz de
restaurarlo y devolverle la paz y la felicidad. Job interpretó

las pruebas como algo pasajero, que terminaría por la acción directa de su Dios.

La vida de todo creyente está llena de pruebas que a lo largo del camino van apareciendo, sobre todo en los momentos que más nos acercamos a Dios. Pero las pruebas son solo eso, pruebas, que una vez que hayan pasado estaremos en victoria. Cada tormenta tiene su etapa de oscuridad y también de claridad. Después de la tormenta viene el arcoíris y este anuncia que la promesa de Dios sigue vigente, porque Dios no ha cambiado, nuestro Señor es el mismo ayer, y hoy, y por los siglos. Job vivió momentos muy duros, pero no cejó en el fiel servicio y la adoración a su Creador. Nuestra meta ha de ser que Dios nos califique como creyentes perfectas, rectas y temerosas de Dios.

Pídele a Dios que te capacite para cuando tengas que pasar por el fuego de la prueba

LO QUE DIOS PERMITE

PASAJE DEVOCIONAL JOB 2:7-10

Y él le dijo: Como suele hablar cualquiera de las mujeres fatuas, has hablado. ¿Qué? ¿Recibiremos de Dios el bien, y el mal no lo recibiremos? En todo esto no pecó Job con sus labios. (JOB 2:10)

*E*n nuestra vida suceden cosas buenas y malas, podemos estar seguras de que mientras vivamos en este mundo tendremos pruebas. ¿Quién de nosotras no ha pasado por enfermedades? Job estaba siendo probado por una enfermedad indudablemente grave, dolorosa y difícil. En este pasaje podemos ver la actitud de la esposa que es la actitud propia de los que no tienen a Dios como Señor de sus vidas. Podría decirse que aquí se ve la diferencia entre una persona que cree en Jesús como Salvador y otra que no tiene a Dios como un Padre amoroso. ¡Qué bueno es saber y sentir a Dios como nuestro Padre amoroso en tiempos difíciles!, esto es lo que hace la diferencia.

Recuerdo una miembro de nuestra congregación a la cual el médico le dijo que tenía cáncer y su vida estaba por concluir. Siempre que la visitábamos salíamos de su casa reconfortados espiritualmente porque esta hermana glorificaba al Señor todo el tiempo y aun en medio de su enfermedad podíamos notar el gozo de la salvación que tenía. Ella nos decía, hermanos, esto es por lo que yo pido en oración, que yo glorifique a Dios en medio de la enfermedad, que pueda dar un buen ejemplo de amor a Dios. El Señor nos regaló a esta hermana hasta el día en que Él la llamó. El ejemplo de esta mujer abnegada y consagrada nos hace recordar lo que dice el apóstol Pablo: «Porque para mí el vivir es Cristo, y el morir es ganancia» (Fil. 1:21).

Si tú estás pasando por algún problema, enfermedad o tentación del maligno, recuerda que Dios te ama tanto que dio a Su Hijo Jesús. Y si fue capaz de hacer esto por tu salvación y vida eterna, cuanto más no hará por ti en tiempos de dificultad. La esposa de Job muestra la diferencia entre las personas que tienen a Dios a su lado y las que no lo tienen como su amparo y fortaleza. Job, cuando vio que le fue quitada la salud, la familia y todos sus bienes exclamó: «Yo sé que mi Redentor vive, y un día se levantará del polvo».

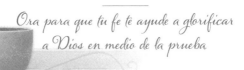

Ora para que tu fe te ayude a glorificar a Dios en medio de la prueba

PEQUEÑA, PERO PODEROSA

PASAJE DEVOCIONAL: SANTIAGO 3:3-8

Así también la lengua es un miembro pequeño, pero
se jacta de grandes cosas. He aquí, ¡cuán grande
bosque enciende un pequeño fuego! (SANT. 3:5)

*G*randes catástrofes han sido causadas por importantes factores. También la historia registra grandes acontecimientos causados por motivos aparentemente insignificantes, y el mal uso de la lengua puede causar tragedias de consecuencias inmensurables. Como órgano para la comunicación y otras funciones fisiológicas, la lengua resulta indispensable y de gran valor, sin embargo, utilizada para propósitos insanos resulta destructiva. Los efectos malignos de una lengua malvada resultan como un fuego abrazador que avanza arrasando a su paso todo lo que encuentra. La destrucción causada por la lengua afecta la moral, la fe y la vida de las personas y las familias. Los daños causados por las mentiras y los vituperios de otros seres humanos y la información retorcida, destruyen la reputación y destrozan socialmente a los afectados, mientras que el testimonio recto y el reconocimiento de los méritos de otras personas no solo hacen bien a los reconocidos, sino también al que ofrece la información correcta.

Un gran pensador del siglo pasado dijo: «Honrar, honra. Darle honra y honor a quien lo merece, enaltece a quien lo hace». El uso inteligente y constructivo de nuestra lengua es un medio que nos ha dado el Creador para bendición personal y de nuestro prójimo. La calumnia, la propagación de los defectos que otros puedan tener y la información intencionalmente torcida no son acciones dignas de los creyentes, y siempre resultan negativas para uno e insultantes para Dios. El Señor nos ha dado la lengua para fines útiles y decorosos. Dedicar nuestras palabras a la alabanza del Señor, a la predicación del mensaje de salvación por la fe en Jesús y a destacar los méritos de quienes lo merecen son fines que enaltecen y nos hacen bien delante del Señor y de los hombres.

Dediquemos tiempo para pedirle a Dios
las fuerzas necesarias para controlar
nuestra lengua

NO SE DEJE SORPRENDER

PASAJE DEVOCIONAL: 1 PEDRO 4:12-16

Amados, no os sorprendáis del fuego de prueba que
os ha sobrevenido, como si alguna cosa extraña os
aconteciese. (1 PED. 4:12)

odos los creyentes, durante el curso de nuestra
vida hemos experimentado pruebas. Estas sue-
len ser tiempos de tribulación, sufrimiento, desasosiego e
intranquilidad por los cuales atravesamos ocasionalmen-
te. El texto bíblico sobre el cual meditamos hoy describe
este tiempo como una prueba de fuego y nos advierte que
esta experiencia no es desconocida en la vida de los creyentes y que no debemos sentirnos sorprendidos cuando
nos ocurra, sino tomarlo como algo cuya ocurrencia es
parte de la vida de todo creyente.

Las pruebas sirven para propósitos de fortalecimiento
y consagración. La vida y la práctica de la fe del creyente
que es probado, resultan fortalecidas y mejoradas por las
pruebas. Esa es la razón por la cual el Creador permite
que Sus criaturas sean probadas, pero Él nos ha dado
también la seguridad de que nadie llevaría más carga de la
que podría soportar. De manera que debemos considerar
las pruebas como un medio para reconocer la providen-

cia y el poder de Dios que asiste a los suyos en medio de las dificultades que suponen las pruebas. Así como hay pruebas permitidas por Dios, también hay pruebas que vienen de Satanás, que las envía con la esperanza de hacernos desesperar y despreciar a Dios. Ese fue el caso de la esposa de Job, que al verlo atravesando por un período de tribulaciones y fuertes pruebas, le aconsejó que maldijera a Dios y se entregara a la muerte. Esa es la salida típica de aquellos que no tienen a Cristo como Salvador y Señor de sus vidas. Job, felizmente, no escuchó el consejo de su esposa y no puso atención a lo que le decían sus amigos. Él se mantuvo confiado en el Señor y solo escuchó la voz de su fe. Su confianza en Dios le sirvió para atravesar el período de pruebas y finalmente salió fortalecido de aquella experiencia.

No nos sintamos sorprendidas cuando llegue la prueba, no pensemos que Dios se ha olvidado de nosotras; todo lo contrario, Él está más cerca, está a nuestro lado mientras atravesamos por las pruebas.

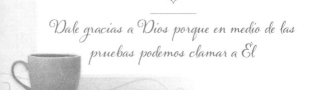

Dale gracias a Dios porque en medio de las pruebas podemos clamar a Él

GUARDA TU CORAZÓN

PASAJE DEVOCIONAL: PROVERBIOS 4:20-27

Sobre toda cosa guardada, guarda tu corazón; porque de él mana la vida. (PROV. 4:23)

*E*n el hemisferio norte, existe un ratón con un comportamiento peculiar; el ratón colecciona objetos y los guarda en su nido. Estos objetos permanecen en el nido hasta que lo abandona para comenzar otro. El ratón repite este comportamiento cada vez que comienza un nuevo nido. Mi comportamiento se asemeja mucho al del ratón. No me deshago de nada porque pienso que algún día lo voy a necesitar. Dios, en Su sabiduría, ha permitido que tenga que mudarme varias veces. Este año, debido a la enfermedad de mi padrastro, mi esposo y yo nos mudamos con él para proveerle un mejor cuidado. La casa a donde nos mudamos es la mitad de la casa en la que vivíamos antes. Por lo tanto, tuve que deshacerme de muchas cosas, incluyendo libros y archivos que, por años, como el pequeño ratón, había coleccionado y hecho parte de mi vida. «¿Qué guardo?». «¿De qué me deshago?», me preguntaba. Deshacerme de mis libros y archivos era como arrojar a la basura parte de mi vida. Al final del año, mi padrastro falleció y tuve que revisar las cosas que había dejado para decidir qué mantener, regalar o despojarme. Mientras revisaba sus cosas, algo interesante me pasó. Por primera vez me di cuenta que cuando yo muera, mi esposo y/o mis hijas revisarán las cosas que yo valoraba y que por años guardé, y decidirán su suerte. Entonces, me pregunté: «¿Qué dirán de mí, las cosas que voy a dejar?». «¿Qué dirá de mí, la vida que viví?».

Reflexionemos juntas sobre lo que vale la pena guardar. Creo que debemos guardar tiempo para buscar a Dios, para leer Su palabra, para comunicarnos con Él. Debemos guardar tiempo para servir a través de los ministerios en la iglesia, y buscar oportunidades para que nuestros bienes sirvan para bendecir a otros. Debemos guardar tiempo para ser de bendición a nuestra familia, para fortalecer los lazos de amistad. Aunque sé que cuando muera, mis hijas y nietos al revisar mis posesiones, regalarán algunas cosas; donarán los libros de mi biblioteca y posiblemente arrojarán a la basura la mayoría de mis cosas, sé que se quedarán con los recuerdos de lo que mi vida significó para ellos.

⁂

Padre, gracias por los eventos en mi vida que causan que reflexione sobre lo que es importante.

SEDIENTO DE DIOS

PASAJE DEVOCIONAL: SALMOS 63:1-7

Dios, Dios mío eres tú; de madrugada te buscaré; mi alma tiene sed de ti, mi carne te anhela, en tierra seca y árida donde no hay aguas. (SAL. 63:1)

Mi familia y yo regresábamos de la mudanza a Nueva Orleans, Louisiana, después de vivir en Los Ángeles, California. ¡Qué odisea! Ni el camión que llevaba las pertenencias, ni los dos autos en que viajábamos tenían aire acondicionado, nos perdimos varias veces, dormimos en los vehículos porque no teníamos dinero para pagar el costo del hotel para todos los que viajábamos, y por último, en una encrucijada, el camión y uno de los autos tomaron la carretera equivocada y no los volvimos a ver hasta que llegamos a Nueva Orleans. Esa fue mi primera experiencia cruzando el desierto. En otra ocasión, junto a un grupo de líderes de la Asociación Bautista de Nueva Orleans, fuimos a las conferencias de Escuela Dominical en Glorieta, Nuevo México. Al pasar por una zona de pastos para ganado, se descompuso el aire acondicionado. Sin aire acondicionado y sin poder abrir las ventanas debido al olor tan desagradable que entraba por ellas, tuvimos que viajar casi todo un día hasta que llegamos a una ciudad donde arreglaron el aire de la camioneta donde viajábamos. Dicen que la tercera es la vencida. En esta ocasión, nuestra familia viajó de Nueva Orleans a Miami, Florida. Allí dejamos con mi mamá a mis suegros e hijas, y mi esposo y yo salimos de viaje hacia Glorieta. ¡Qué experiencia tan distinta! No nos perdimos, el aire acondicionado no se descompuso, nos quedamos a dormir en hoteles, disfrutamos de las conferencias, recogimos a nuestra familia en Miami y regresamos a Nueva Orleans sin novedad alguna.

Dios, en Su infinita sabiduría y amor permite que crucemos por desiertos. En algunas ocasiones, nosotras mismas somos las responsables de crear el desierto por el cual estamos cruzando. Sin importar lo que te lleve al desierto, lo importante es: ¿en quién confiarás mientras estás cruzando el desierto?, y ¿cómo emergerás de esa experiencia? En el desierto, David clamó al único que podía brindarle socorro. David alabó a quien lo iba a socorrer.

❧

Señor donde quiera que me encuentre y en cualquier situación en la que esté, alabo Tu nombre.

SOMETEOS + RESISTID = VICTORIA

PASAJE DEVOCIONAL: SANTIAGO 4:1-7

Someteos, pues, a Dios; resistid al diablo,
y huirá de vosotros. (SANT. 4:7)

*D*espués del divorcio de mis padres, tuve que tomar el manejo de una casa y asumir la responsabilidad de velar por mi hermano pequeño. Aunque era una niña, tuve que enfrentarme al mundo como una adulta. Aprendí a ser independiente, tomar mis propias decisiones y salir adelante, aun en circunstancias adversas. Gracias a Dios recibí a Cristo como Salvador a la edad de catorce años. Fue Él quien me guio y me dio la fuerza para cumplir con mis responsabilidades, como estudiante, ama de casa y madre para mi hermano. Cuando me casé, aunque joven, estaba preparada para asumir la responsabilidad de un hogar. No me casé porque necesitaba protección, ni tampoco porque necesitaba que alguien me mantuviera o que tomara decisiones por mí. ¡No! Yo escogí casarme porque estaba segura de que Dios había escogido para mí al hombre idóneo y porque me enamoré de él. Al casarnos, ambos prometimos al Señor, y el uno al otro, amarnos hasta que la muerte nos separara. Aunque antes de casarme me era difícil entender los consejos de

Pablo hacia las mujeres casadas, al convivir con mi esposo entendí sus consejos. No tengo ninguna reserva en someterme a mi esposo porque sé que él trata de imitar el amor que siente por mí, al amor que Jesús sintió por Su Iglesia. Yo, como mujer y esposa, escojo someterme a mi esposo, no porque tengo que, sino porque quiero hacerlo.

Si queremos tener la victoria en nuestra vida, tenemos que escoger someternos a Dios y hacer Su voluntad incondicionalmente, sin dudas y sin recelos. ¿Me es difícil resistir la tentación de saborear un pastelito de guayaba? «Sí», ¿quiero resistir? A veces me falta la voluntad y cedo porque es lo más fácil. ¿Cómo puedo resistir para no ceder ante lo que deseo, cuando sé que no es bueno? Jesucristo escogió hacer lo que no quería hacer porque estaba sometido a la voluntad de Dios. Aunque tuvo la oportunidad de evitar morir, no lo hizo porque escogió resistir al diablo. Escojamos someternos a Dios y resistir al diablo. ¡El resultado será la victoria, y así glorificaremos a Dios!

Padre, escojo someterme a ti y resistir al diablo.
Ayúdame, para que la honra y gloria
sean para ti.

LA MISERICORDIA DE DIOS

PASAJE DEVOCIONAL: NEHEMÍAS 9:30-33

Mas por tus muchas misericordias no los consumiste,
ni los desamparaste; porque eres Dios clemente y
misericordioso. (NEH. 9:31)

*A*sistí a la escuela «El Sagrado Corazón de Jesús»,
hasta que el régimen comunista cerró las escuelas
católicas en Cuba. Recuerdo que todos los días íbamos a
la capilla, y una vez por semana nos confesábamos para
poder tomar la comunión el domingo. En mi memoria
ha quedado grabado el recuerdo de que antes de ir a
confesarnos, las monjas nos daban un tiempo en el salón
de clase para meditar y recordar los pecados que había-
mos cometido desde la última confesión. Yo creo que mi
costumbre de hacer listas para recordar lo que tengo que
hacer, se originó durante esa etapa en mi vida, en la cual
tenía que recordar los pecados que había cometido. «A ver,
¿qué pecado cometí desde la semana pasada?», me preguntaba yo. «¿Qué mal hice?» «Ya sé, le contesté a mi mamá.
No, no, eso fue la semana antepasada. No puedo confesar
el mismo pecado dos semanas seguidas». «A ver, a ver, lo
más seguro es que me porté mal, pero espero que no me
pida que le diga algo específico, porque no recuerdo».

Mi lista seguía creciendo hasta que llegaba a la capilla y esperaba mi turno para confesarme. Mentalmente repasaba la lista hasta que llegaba mi turno. Qué miedo sentía si me daba cuenta que había omitido confesar algún pecado de los que había escrito. Aunque han pasado muchos años, el simple hecho de recordar esta experiencia, hace que sienta los mismos síntomas que sentía cuando era niña; el corazón me palpita más rápido, me siento intranquila y, sobre todo, siento gran temor al pensar que quizás no confesé todos los pecados que había en mi lista.

¡Tanto las experiencias buenas y malas durante la niñez son difíciles de superar! Qué alegría sentí cuando experimenté la misericordia de Dios en mi vida. De repente conocí a un Dios que me ama y que no está a la espera de que cometa un error para castigarme. Confesar mis pecados era antes un rito que tenía que cumplir, ahora es un acto voluntario de contrición. Siento alivio y paz cuando confieso a mi Señor las cosas que lo han entristecido y que han impedido que haga Su voluntad.

❧

*Señor confieso hoy los pecados que
me impiden hacer Tu voluntad*

UNA NUEVA CANCIÓN

PASAJE DEVOCIONAL: SALMOS 40:1-10

Puso luego en mi boca cántico nuevo, alabanza a nuestro Dios. Verán esto muchos, y temerán, y confiarán en Jehová. (SAL. 40:3)

*P*or años han estado de moda los cantautores que ponen melodía a sus poesías, donde comparten sus sentimientos, pero solo los más talentosos pueden combinar buena poesía con buena música e interpretación. Los demás quedan olvidados sin haber podido dejar alguna huella en el alma del oyente. Sin embargo, en Cristo, nuestro Padre pone en nuestra boca un cántico nuevo, poderoso e influyente. Es la verdadera alabanza a nuestro Dios que impacta al oyente de manera que le teman y confíen. ¿Se imagina? En Cristo puede ser una cantante de gran influencia en los demás. Cuando con verdadera fe vive Su evangelio, el Señor hace brotar desde su corazón y a través de su testimonio, una canción poderosa que no solo alaba a Dios, sino que resulta en bendición para todos los que la escuchen. En este mundo, la gente anda desesperada por escuchar esa canción de salvación y esperanza, y solo los cristianos están dotados con la inspiración del Espíritu Santo para cantar esa nueva canción. ¿Es realmente usted el intérprete de esa canción salvadora y restauradora, o mantiene sus labios cerrados?

Hace poco, leí los comentarios de uno de los presos que están tomando un curso por correspondencia que ofrece mi iglesia, y este compartía su anhelo de salir de la prisión para hablar de Cristo a sus familiares y amigos. Si estás libre, tienes un privilegio que no todos tienen. Si puedes abrir tus labios para entonar la canción del evangelio de Cristo sin temor a represalias y prisión, tienes un privilegio que millones anhelan tener y no tienen. Como hijos de Dios deberíamos en todo tiempo expresar nuestro gozo y esperanza, entonando la nueva canción que exalta a nuestro Dios y proclama Su amor en Cristo el Salvador. De esa manera, el oyente, impresionado por tanto talento espiritual, que no es nuestro, queda impactado por el mensaje más bello jamás escuchado para dar fruto: salvación segura, paz interior y un alma renovada.

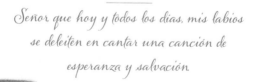

Señor, que hoy y todos los días, mis labios se deleiten en cantar una canción de esperanza y salvación

LIBERACIÓN EN DIOS

PASAJE DEVOCIONAL: SALMOS 126:1-6

Grandes cosas ha hecho Jehová con nosotros;
estaremos alegres. (SAL. 126:3)

Gran cosa fue que hoy abriéramos los ojos. Gran cosa fue que hoy, como cada día, todas las perfectas leyes que rigen este universo, se mantengan invariables y perfectas. Que la luz del sol nos alumbre y nuestros pulmones se llenen de aire. Pero mucho más, si un día con arrepentimiento, confesión y fe, le abrimos el corazón a Cristo, tenemos un propósito muy especial para estar alegres: reconocer que Dios perdonó nuestros pecados y nos adoptó como hijas dándonos una herencia eterna. Sí, hoy fue hecho para reconocer cuán grandes cosas ha hecho Jehová con nosotras, y es para estar alegres, muy alegres. Pero, ¿qué pasa si hoy amanecemos sumidas en la tristeza del abandono de una amiga o la traición de un ser amado? ¿Qué si las aflicciones presentes nublan el buen propósito de Dios para nuestra vida? ¿Se justificará la falta de gozo que debe ser parte de saber que eres amada por Dios? ¿Será que hoy no hay alguna razón para estar alegres? Con fe, siempre existe la seguridad de que todo obra para bien de las que confían y esperan en el Señor.

Con fe, cada amanecer es de esperanza, aunque parezca que las nubes negras de las circunstancias todo lo cubren. Con fe, los ojos del corazón ven el amor y el cuidado de Dios, aun en los momentos más difíciles de la vida.

Estemos de pie o en una cama, acompañadas de seres queridos o solas, en abundancia o en escasez, apreciadas u olvidadas, recordemos que grandes cosas Dios ya ha hecho por nosotras y que las seguirá haciendo siempre. Se trata de una realidad gloriosa que podemos apreciar y disfrutar. Dios es amor y no se ha olvidado de nosotras. Abramos los ojos y miremos cada una de Sus bendiciones.

Señor hoy como todos los días de mi vida haces cosas grandes y maravillosas, las aprecio, y mi corazón se alegra

AMOR CONSTANTE

PASAJE DEVOCIONAL: SALMOS 48:9-14

Nos acordamos de tu misericordia, oh Dios, en medio de tu templo. (SAL. 48:9)

Sé que algunas, de una forma quizás muy poética y queriendo expresar sinceramente lo que sienten por el Señor, han dicho que se han enamorado de Él. En particular, para mí esa no es la mejor palabra para expresar lo que sentimos por nuestro Señor. Creo que de nosotras hacia Él no debe haber otra cosa que lo mismo que existe de Él hacia nosotras: amor. Dios es amor y cada día ese poder de lo alto nos llega con acciones bien tangibles que nada tienen que ver con sentimientos fluctuantes y pasajeros. Nos enamoramos de unos ojos bellos, de una sonrisa, de una personalidad atractiva; pero otra mirada, otra boca u otra personalidad pudieran robar ese sentimiento para dárselo a otro. Sin embargo, el amor, nunca deja de ser. Y así es ese amor maravilloso de Dios que hoy disfrutamos por Su misericordia y del cual vale la pena hablar, cantar y escribir. Ahora es el momento para declarar con nuestros labios que tenemos un Dios maravilloso cuya misericordia nos alcanzó y nos sostiene a cada momento. Solo recordemos la condición perdida de donde nos rescató, en el momento que lo recibimos como Salvador y Señor de nuestra vida. A veces, recapacitando sobre mi vida pasada, me asombro de cómo el Señor me cuidó para no caer al vacío de una vida mediocre y esclava del pecado. Solo por Su misericordia he llegado hasta donde estoy. Reconozco que el amor de Dios nunca me ha faltado.

Hace poco, al visitar a un joven preso, este me comentó cómo vio la mano de Dios cuando le permitió llegar a aquel lugar para poder reflexionar sobre el mal camino que seguía su vida y poder salvar su matrimonio y su familia. Sí, la misericordia de Dios está presente aun en los peores momentos por los que atravesamos. Lo de Dios por nosotras no es un enamoramiento pasajero, es el amor verdadero que permanece y que permanecerá para siempre.

Señor te doy gracias hoy por Tu amor; y quiero que Tu misma presencia llene mi corazón de ese mismo amor por ti.

UN ALMA SATISFECHA

PASAJE DEVOCIONAL: SALMOS 107:1-9

Porque sacia al alma menesterosa, y llena de bien al alma hambrienta. (SAL. 107:9)

¿*T*e has puesto a pensar de qué se alimenta el alma? Sin dudas, sabes de qué se alimenta el cuerpo: de comida. También sabes de qué se alimenta la mente: de conocimientos. Pero el alma, ¿cuál será el alimento que la sustenta y satisface? La Biblia declara que Dios mismo es el alimento del alma del hombre. Entonces, buscar el alimento para el alma hoy y todos los días, es llenarse de la presencia de Dios. Entonces, buscarlo, encontrarlo y llenarse de Él, es la fuente de «calorías espirituales» para caminar en la vida.

Muchos piensan que las artes alimentan el alma y por esa razón van tras la música, la poesía, la pintura, la escultura o la arquitectura, pero resulta que solo pueden impactar su alma mientras la emoción de lo bello perdura. Sin embargo, un amargo vacío vuelve; y esa impresión pasajera perdura muy poco, el alma sigue hambrienta y necesitada. Tuve un profesor que alardeaba de lo mucho que las artes cultivaban su intelecto y se creía ser un hombre profundo. Lo cierto es que tenía una vida miserable en muchos aspectos y nunca pudo ser un hombre feliz y pleno, puesto que nunca conoció a Cristo. No cabe duda, el alma de la persona que no tiene a Dios, agoniza miserablemente en la mediocridad y muere de hambre espiritual.

Reconoce hoy mismo que has llegado a la fuente verdadera para que tu alma reciba hoy el sustento del día que necesita para vivir victoriosamente en medio de un mundo decadente y enfermo. Si diste a tu cuerpo las calorías que necesita para funcionar, ¡qué bueno!, pero si estás buscando en la Biblia y en la oración el alimento para tu alma, ¡mucho mejor!

Señor te busco hoy en oración y para meditar en Tu Palabra llena de bien mi alma hambrienta porque te necesito.

LA MAYOR DE LAS PÉRDIDAS

PASAJE DEVOCIONAL: LUCAS 9:20-25

Pues ¿qué aprovecha al hombre, si gana todo el
mundo, y se destruye o se pierde a sí mismo? (LUC. 9:25)

*H*e conocido a personas que por distintas
circunstancias de la vida lo perdieron todo,
desde el punto de vista material. Algunas de ellas, se su-
mergieron en la amargura, la depresión y hasta el odio.
Otras, apenas perdieron el sueño y con mucha paz, siguie-
ron su vida con escasez, pero con gozo. ¿Qué fue lo que
marcó la gran diferencia entre estas personas que pasaron
por la misma dura experiencia de perderlo todo? Bueno,
las primeras, tenían todas sus esperanzas en esas cosas
materiales que perdieron. Cuando ya no las tuvieron,
todo el mundo construido alrededor de ellas se esfumó
y quedaron como barco a la deriva. Por lo contrario, las
segundas no habían puesto sus esperanzas en esas cosas
que perdieron y, por consiguiente, heridas, pero con esperanza, pudieron continuar su vida con el alma intacta
de emociones negativas.

¿Existe algún lugar seguro donde invertir nuestros tesoros de manera que nunca se pierdan? Claro que sí, pero
no se trata de algo, sino de alguien. Cuando ponemos la

fe en Cristo, nuestros tesoros son espirituales y eternos; están en los cielos, y no pueden ser robados ni afectados. Cuando nuestra alma está segura y sellada, ¿qué importa perder lo material si lo más valioso está a salvo? Aquellos que conocí que perdiendo lo material mantuvieron su esperanza viva, fueron los verdaderos cristianos que seguros y perdonados por el Padre, tenían la esperanza puesta en Cristo. El que ha sido perdonado por el Padre tiene su alma segura, puede vivir en paz y con seguridad, las tormentas de esta vida terrenal nunca llegan al lugar donde el alma del cristiano tiene su residencia futura asegurada. Todo lo contrario, sin Cristo, aunque se llegara a ganar todo el mundo, siempre lo conquistado por esfuerzos humanos estará bajo el peligro de perderse. Con ese peligro como realidad, es imposible vivir con paz y esperanza del futuro.

¿Estaremos invirtiendo nuestros esfuerzos en aquellas cosas que con toda seguridad un día perderemos?

❖

Señor ayúdame a servirte y buscarte en oración y meditación de Tu Palabra porque así, encuentro lo que nadie me puede quitar

LA VÍA PARA SALIR DE EGIPTO

PASAJE DEVOCIONAL: ÉXODO 3:4-8

... y he descendido para librarlos de mano de los egipcios, y sacarlos de aquella tierra a una tierra buena y ancha, a tierra que fluye leche y miel, a los lugares del cananeo, del heteo, del amorreo, del ferezeo, del heveo y del jebuseo. (EX. 3:8)

*Y*o me identifico con el pueblo de Dios. No es muy fácil abandonar la zona de comodidad en la que una se ha desenvuelto durante muchos años. Si hubiera estado en el desierto, probablemente también me hubiera revelado contra Moisés y Aarón. Es que no tenemos la capacidad de ver el cuadro completo. Muchas veces creemos que el «Egipto» donde vivimos es el mejor lugar del mundo. Nos resistimos a arriesgarnos por muchas razones, una de ellas es que no creemos que estamos esclavizadas. La peor condición del hombre es no darse cuenta de que necesita librarse del peso del pecado. Se siente cómodo como está y desconoce que alguien puede romper sus cadenas. La única forma de salir de la esclavitud es rindiéndose al señorío de Cristo. Nos parece que va a costar mucho trabajo llegar a otro destino. A veces vemos la entrega a Jesús como un cambio de religión, no como un cambio de vida. Jesucristo es el único que tiene el poder y la autoridad para transformarnos en criaturas nuevas, completamente regeneradas. No conocemos que exista algo mucho mejor. Como al principio, el camino nos parece difícil de transitar, creemos que cualquier tiempo pasado fue mejor, hasta que comprobamos que lo que Dios nos ha prometido se va haciendo realidad en nuestra vida diaria. No nos damos cuenta que Dios está preparando nuestro camino, acostumbradas a andar por nuestra cuenta, tenemos miedo de equivocarnos. Luego percibimos que la dirección que estamos tomando se dirige por un camino que Dios ha preparado para nosotras.

Nadie ha dicho que la vida cristiana es fácil y sin tropiezos. Pero sí hay algo que todos los hijos de Dios comprobamos diariamente: servir a Dios, entregarnos a Jesús, confiar en las promesas del Señor y buscar Su dirección es la bendición más grande que podemos disfrutar, y no la cambiamos por nada.

Señor, gracias por ocuparte de mí y darme tantas cosas buenas.

VENTANAS ABIERTAS

*E*s posible que muchas de las personas que leen estos artículos ni siquiera se imaginen lo que significa vivir bajo un régimen que limite las expresiones de fe. Aquellas que hemos experimentado la opresión, llegamos a apreciar la libertad en Cristo de una forma completamente distinta. En nuestro país de origen, cuando mi hija estaba en tercer grado de la escuela primaria, fue acusada por su maestra de diversionismo ideológico. Simplemente había dejado un canto de navidad dentro de un cuaderno de la escuela e iba a ser sometida a un juicio, acusada de algo que ni ella misma entendía lo que significaba. Yo tenía en la puerta de entrada de mi casa un letrero que decía: «Solo Cristo salva». Alguien me sugirió que lo quitara porque me iban a identificar como desafecta al régimen, pero nunca lo quité. Siempre íbamos a todas las actividades de la iglesia, participábamos en todo, y no íbamos a dejar de hacerlo porque a alguien se le antojara implantar las nuevas reglas del gobierno. ¿Por qué tenía que dejar de hacer lo que siempre había hecho? ¿Cómo iba a esconder la fe por la cual había vivido toda mi vida? En los momentos de crisis comprobamos más que nunca el poder y la protección del Señor. Nuestra familia sufrió la discriminación, el abuso y el acoso de las autoridades, pero Dios nunca nos abandonó.

No hay edicto, ni ley, ni decreto ni orden de los hombres que esté por encima de Dios. ¡Pobre del que se hace llamar cristiano y esconde su fe por conveniencias personales! Nadie tiene derecho a intervenir en mi relación con Dios. Nadie tiene la autoridad para decirme a mí cómo tengo que practicar mi fe. Nadie puede prohibirme que yo adore a Dios en espíritu y en verdad. Ese es un asunto entre Dios y yo. ¿Estás tú preparada para seguir a Dios como sueles hacerlo diariamente?

Oh Señor te doy gracias por haberte conocido y por darme la libertad para adorarte.

SUS BRAZOS ETERNOS

PASAJE DEVOCIONAL: DEUTERONOMIO 33:27-29

El eterno Dios es tu refugio, y acá abajo los
brazos eternos; el echó de delante de ti al enemigo,
y dijo: Destruye. (DEUT. 33:27)

Todos los días deberíamos levantar una oración de gratitud a Dios porque la salvación llegó hasta nosotras. Somos parte del pueblo de Dios. Quien no ha tenido esta experiencia posiblemente no comprenda la magnitud de su importancia. Algunas pasan por esta vida sin siquiera darse cuenta que han sido creadas y traídas a este planeta con un propósito. Dios es nuestra única seguridad verdadera. Los que no lo conocen y viven sin su protección y cuidado, están como en arenas movedizas.

Nos contaron de un señor millonario cuya esposa enfermó de cáncer. En su país no había suficientes recursos para atenderla y la llevó a otro país. Regresaron unos meses después solamente para esperar a que ella muriera. El hombre dijo desconsolado: «He comprobado que el dinero no sirve para nada». Así sucede con los que ponen su esperanza y confianza en su dinero, en su carrera, en un sueño de toda su vida o incluso hasta en una causa noble. El que es salvo por Dios está protegido por Él. Lo más precioso de la vida del cristiano es que no pone su mirada en las cosas pasajeras, sino en las eternas. Sabemos que estamos sujetas a las limitaciones del mundo en que vivimos, pero tenemos la certeza de que el Señor nunca nos dejará caer. Él extiende Sus brazos eternos hasta nosotras para sostenernos.

Recuerda: si te sientes sola, el Señor está a tu lado. Si te sientes triste, gózate en la salvación que Dios te ha dado. Si te sientes atada, pide a Dios que te libere para siempre. Si te sientes agobiada, acude al Señor para que te dé seguridad. Si te sientes perdida, deja que el Señor dirija tus pasos. Si te sientes abandonada, busca refugio en los brazos de Dios. Él es la única solución para todos los problemas.

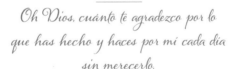

Oh Dios, cuánto te agradezco por lo que has hecho y haces por mí cada día sin merecerlo.

¿DÓNDE ESTÁ TU CORAZÓN?

PASAJE DEVOCIONAL: MATEO 6:19-21

Porque donde esté vuestro tesoro, allí estará también vuestro corazón. (MAT. 6:21)

ivimos en un mundo donde se les da gran importancia a los bienes materiales. La mayor parte de nuestro esfuerzo y tiempo están enfocados en lograr tener una casa grande, el mejor auto, los últimos aparatos electrónicos, una buena cuenta de banco, etc. Todas estas cosas (tesoros) que a simple vista son metas comunes, terminan por acaparar toda nuestra atención, esto hace que olvidemos constantemente aquello que en realidad tiene valor eterno. Hace un tiempo nuestra casa fue robada y perdimos algunas cosas de valor. Recuerdo la sensación tan grande de impotencia que me embargó, al ver que alguien se había llevado cosas preciadas para mí. Llegué a sentirme muy triste y frustrada. Con el paso de los días, el Señor me ayudó a comprender que mi corazón se había apegado demasiado a unos pocos bienes que, además de ser perecederos, en realidad no tenían la importancia que yo les había dado. Recordé también las épocas de pobreza en mi país de origen, donde no poseíamos casi nada y, sin embargo, sentíamos mucha tranquilidad y alegría en medio de todo.

Analizando las palabras de Jesús en el pasaje de hoy, podemos ver que existen dos graves peligros que corremos al enfocar nuestro corazón solamente en cuidar y almacenar tesoros terrenales. Primero, es que la polilla y el orín, que corrompen las cosas materiales, pueden terminar corrompiendo también nuestros sentimientos. Y segundo, de la misma manera que un tesoro terrenal está expuesto a que un ladrón se lo robe, nuestra vida espiritual es más vulnerable a ser minada y hurtada por el mal que nos rodea. Las cosas realmente importantes para el alma y para la vida, no tienen valor material. El amor, la familia y los amigos, son bienes espirituales que hacen rica a la persona más carente de dinero. Nuestra riqueza más grande es la salvación, y nuestro mayor tesoro está guardado en el cielo, junto a Dios, ahí debe estar nuestro corazón. Sabemos que no hay lugar más seguro que ese. Cuando nuestros tesoros están guardados en la eternidad, nuestro paso por este mundo se aligera y tenemos paz.

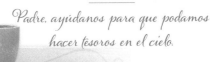

Padre, ayúdanos para que podamos hacer tesoros en el cielo.

PARA LA GLORIA DE DIOS

Si, pues, coméis o bebéis, o hacéis otra cosa, hacedlo todo para la gloria de Dios. (1 COR. 10:31)

*A*l vivir en una ciudad en la que conviven personas con diversas nacionalidades, el choque cultural entre las costumbres y los modos de hablar no es algo nuevo para mí. En ocasiones una palabra o frase muy natural para mí, es una ofensa para alguien de otro país y viceversa. Es fácil que ocurran malos entendidos. Otras veces me encuentro con personas a las cuales les incomoda la música que escucho o la comida que como. En ambas situaciones se crea un conflicto dentro de mi mente, pues sé que debo aprender a ceder, pero algo dentro de mí me dice lo contrario. Por un lado, me hago la misma pregunta que Pablo: «¿Por qué se ha de juzgar mi libertad por la consciencia de otro?». Por otro lado, la simple, pero firme exhortación del mismo apóstol, me deja en silencio: «Si, pues, coméis o bebéis, o hacéis otra cosa, hacedlo todo para la gloria de Dios». Ponernos como meta que Dios siempre sea glorificado, es un desafío bien grande. Sobre todo, cuando tratamos de cumplir esa meta en las cosas pequeñas del diario vivir, las que la mayoría de las veces nos parecen insignificantes. Sin embargo, es en esos conflictos que se nos presentan una y otra vez, donde debemos tratar de buscar el bien de los demás y tener presente que sea lo que sea que sintamos o hagamos, Dios tiene que ser honrado en todo.

Necesitamos ser moldeadas en amor. Nuestra naturaleza humana siempre querrá salir ganando. Quizá nos toque callarnos algunas cosas que nos gustaría decir en ciertos momentos, algunas pensarán que es una señal de debilidad, pero en nuestro corazón sabremos que nuestro deseo es agradar a Dios y no a los demás, buscando no servir de tropiezo. No es una tarea fácil, pero el Señor nos dará fortaleza para ir realizándola. Por fe podremos hablar y vivir para la gloria de Dios.

*Padre, permite que podamos
glorificarte en todo.*

CAMINEMOS EN EL ESPÍRITU

PASAJE DEVOCIONAL: GÁLATAS 5:19-25

Si vivimos por el Espíritu, andemos también
por el Espíritu. (GÁL. 5:25)

*H*ay una anécdota muy curiosa sobre el emperador Alejandro el Grande. Él tenía en su ejército un soldado que se llamaba también Alejandro y que constantemente se comportaba con una actitud cobarde. Un buen día el mismo Alejandro el Grande le dijo al muchacho: «¡Cámbiate el nombre o pórtate como un Alejandro!». Disfrutamos tanto de la gracia, ese regalo inmerecido que Dios nos ha dado, que con frecuencia olvidamos que nosotras también llevamos en nuestra frente un nombre por el cual debemos vivir y comportarnos, el nombre de Cristo. En el momento en que le decimos al mundo que nos rodea que somos cristianas, asumimos también la inmensa responsabilidad de vivir como tales. Eso es algo que obviamente no podemos hacer solas, es el Espíritu Santo dentro de nosotras el que puede hacer que nuestra vida sea sal y luz en esta Tierra.

No podemos quedarnos sentadas pasivamente después de que, al entregarnos a Cristo, Su Espíritu entra en nosotras. Esforcemos nuestros pasos para andar diligentemente guiadas por el mismo Espíritu Santo que nos redarguye de pecado. Solo de esta manera nuestra vida comenzará a producir, de forma natural, el fruto del Espíritu. Este fruto es la mejor prueba de que estamos caminando en el Espíritu, ya que nosotras no podemos fabricarlo, sino que ellos nacen como un resultado de nuestra relación con el Señor. Una vida que muestre el fruto del Espíritu es un testimonio viviente, es un grito de triunfo y de victoria ante un mundo entenebrecido por el pecado.

Señor que pueda no tan solo vivir
sino también andar con Tu
Espíritu Santo.

NO MIRES HACIA ATRÁS

PASAJE DEVOCIONAL: LUCAS 9:57-62

Y Jesús le dijo: Ninguno que poniendo su mano
en el arado mira hacia atrás, es apto para el
reino de Dios. (LUC. 9:62)

*E*ste es uno de los pasajes del Nuevo Testamento donde Jesús deja claro que seguirle no es algo que se debe tomar a la ligera. El versículo que encabeza el devocional de hoy no nos deja ninguna opción a la hora de saber si estamos listas o no para seguir al Maestro. Si estamos pensando decir: «Déjame que primero haga esto o aquello», todavía no estamos realmente dispuestas. Cuando ponemos la mano en el arado, nuestro Señor espera que miremos solamente hacia adelante, como buenas labradoras. Si miramos hacia atrás, el surco se torcerá por nuestra falta de atención e indecisión.

El reino de Dios requiere obreros aptos y listos para la faena, y eso demanda que nos enfoquemos hacia adelante. Y quizás nos preguntemos ¿por qué es tan importante no mirar hacia atrás? Porque es atrás donde se encuentra todo lo que nos podría atar y frenar en nuestro camino. Atrás está el pasado, las ambiciones personales, las comodidades, todo aquello que fácilmente haría que dudáramos y que priorizáramos otras cosas antes que seguir sirviendo a nuestro Señor.

El deseo de ir en pos del Jesús de estos hombres que menciona el pasaje, probablemente fuera sincero, pero también es casi seguro que estaban más guiados por la emoción que por la convicción. Cuando son nuestras emociones las que deciden seguir a Cristo, a la primera dificultad o exigencia de renuncia, nos llenamos de excusas para no seguir adelante. Cuando es nuestra convicción la que responde al llamado, ponemos las manos en el arado y comenzamos a trabajar en lo que se nos encomienda sin que nada nos pueda detener. Nada que quede atrás nos interesa, todo lo que necesitamos y queremos está adelante.

Padre, ayúdanos a poner nuestra mirada siempre en ti.

LA BENDICIÓN DEL PERDÓN

PASAJE DEVOCIONAL: SALMOS 32:1-5

Mi pecado te declaré, y no encubrí mi iniquidad.
Dije: Confesaré mis transgresiones a Jehová; y tú
perdonaste la maldad de mi pecado. (SAL. 32:5)

*S*iempre que pienso en el perdón divino viene a mi mente la imagen de nuestro Dios como un pintor con una brocha empapada de pintura blanca, pintando de un blanco impecable las paredes sucias por nuestra maldad. Es maravilloso cuando nos sentimos perdonadas, y mejor aún, cuando sabemos que somos perdonadas. Una de las primeras cosas que recibimos al aceptar a Cristo es el perdón de todos nuestros pecados, y llegamos a descubrir cuán grande es el amor de nuestro Dios. Capaz de borrar y deshacer nuestras rebeliones, dándonos así la certeza de poder vivir sin el peso de la culpa.

El salmista describe a una persona perdonada como a alguien que es bienaventurado. Sin embargo, hay un paso primordial que nos toca dar a nosotras para poder experimentar la bendición del perdón: la confesión. Muchas veces en nuestro andar cristiano, pasamos por alto la importancia que tiene esto para nuestra vida espiritual. Cuando confesamos nuestros pecados delante de Dios, abrimos la puerta para que Él entre a limpiar nuestro corazón. Le estamos invitando a que arregle el desastre en nuestro interior. Reconocemos que le hemos fallado y que lo necesitamos desesperadamente. En cambio, cuando callamos y no confesamos algún pecado al Señor, nuestra alma comienza enseguida a sentir esa «sequedad del verano». Cada vez iremos sintiendo más y más que necesitamos arreglar cuentas con Dios, pues en lo más profundo de nuestro ser sabemos que mientras sigamos callando, hasta nuestro cuerpo podría darnos señales de que todo nuestro ser necesita la libertad que trae el perdón. Y qué consuelo es saber que Dios está siempre dispuesto a perdonarnos, que no hay pecado tan grande que no haya sido pagado con Su sangre en la cruz.

Padre, gracias por Tu perdón

EL DON FUNDAMENTAL

Y si tuviese profecía, y entendiese todos los
misterios y toda ciencia, y si tuviese toda la fe, de tal
manera que trasladase los montes, y no tengo amor,
nada soy. (1 COR. 13:2)

*E*l amor es lo que nos define como cristianas. Es
la marca de nuestra fe, la prueba palpable de que
Dios vive en nosotras. Se cuenta que el apóstol Juan,
cada vez que predicaba en una iglesia, repetía una y otra
vez: «Ámense los unos a los otros», haciéndolo de una
manera insistente. Cuando alguien le preguntó en algún
momento al respecto, el apóstol le respondió que cuando
lográramos amarnos los unos a los otros en su totalidad,
habríamos alcanzado la meta. Podemos llegar a tener mucho conocimiento bíblico, llegar a dominar cada tema y
cada doctrina al cien por ciento, podemos tener los dones
más llamativos y populares, tener los templos más lujosos
y las congregaciones más numerosas. Podemos presumir
de nuestros logros, pero si lo que nos motiva no es el
amor, si la razón principal en nuestro corazón no es amar;
entonces todo aquel que conoce a Jesús no escuchará
lo que decimos, porque si no amamos y no mostramos

amor, es como si habláramos en un idioma desconocido, porque sin amor no somos nada. El evangelio en su más pura esencia es amor. Cuántas veces olvidamos esa verdad y nos enredamos en cosas que terminan por hacernos insensibles a la voz de Dios.

No permitamos que nuestro espíritu se confunda. El camino del amor es el único que nos llevará hacia la madurez en Cristo. Dios entregó a Su Hijo por amor y si hoy gozamos de salvación y vida eterna es por ese gran amor. Entonces, solamente amando podremos llevar la luz a un mundo que vive en oscuridad y dolor, un mundo donde reinan el rechazo y el odio. El amor es lo que nos dará valor, lo que nos hará ser la sal del mundo, porque mientras más amemos, más seremos como Cristo.

Padre, guíanos a ser canales de Tu amor

A SU TIEMPO

PASAJE DEVOCIONAL: ECLESIASTÉS 3:11-14

Todo lo hizo hermoso en su tiempo; y ha puesto eternidad en el corazón de ellos, sin que alcance el hombre a entender la obra que ha hecho Dios desde el principio hasta el fin. (ECL. 3:11)

*S*in duda, hay muchos aspectos sobre Dios que han sido y seguirán siendo difíciles de comprender para buena parte de nosotras. Aunque tratamos de confiar y vivir con fe, siempre hay cuestiones de la vida que nos inquietan y que no comprendemos. Una de ellas es que el tiempo, en todo su amplio significado, está en las manos de Dios, y que Él mismo ha puesto el sentido de eternidad dentro de nosotras. Por mucho que nos esforcemos, la mayoría de las veces no alcanzamos a entender esto muy bien.

Ante todas estas dudas existenciales, Salomón llegó a la conclusión de que lo mejor para el hombre era tener aceptación y fe ante las cosas de la vida, y no desgastarse la mente y el alma tratando de comprenderlas. Si Dios ha hecho todo hermoso y a Su tiempo, quiere decir que cada etapa por la que pasemos es parte de Su plan eterno, un plan que comienza y termina en Su mismo corazón. Nada de lo que digamos o pensemos cambiará el propósito de Dios. Mientras estemos en este mundo vendrán épocas de gozo y épocas de mucho sufrimiento; debemos aprender a vivir cada una de ellas en paz, tratando de hacer el bien siempre, trabajando responsablemente, y cuando llegue el momento de alegrarse, esa alegría nos sabrá más dulce.

Aprender a vivir las cosas a Su tiempo nos dará una mejor perspectiva de la vida, y cuando llegue el punto en que nuestro mundo parezca no tener sentido, descansaremos en que Su plan eterno sigue en marcha y cada cosa pasa según Él lo ha establecido. A nosotras nos toca vivir aferradas de la certeza de que Dios tiene el control de todo, incluyendo el tiempo.

Señor gracias porque en Tu sabiduría manejas nuestros tiempos.

CUÁNDO NO REGOCIJARSE

PASAJE DEVOCIONAL: PROVERBIOS 24:17-20

Cuando cayere tu enemigo, no te regocijes, y cuando tropezare, no se alegre tu corazón. (PROV. 24:17)

Q ué fácil es caer en la envidia, sobre todo en estos días, en que vivimos en un mundo de apariencias, en donde casi todo lleva a competir. He escuchado tantas veces cómo personas hablan sobre sus posesiones materiales más que de su propia familia. Cuando vemos a nuestros vecinos, amigos y conocidos todos parecen tener una mejor situación que la que uno tiene. En estos días mucha gente comenta sobre su vida privada en las redes sociales de Internet para conectarse con las personas. Sus comentarios generalmente son sobre los momentos más alegres del día o sobre alguna situación en particular que es de gran bendición, y en general casi nunca leemos acerca de las dificultades que pasan. Esto nos lleva, sin querer, a pensar más aún que nuestra vida no está bien, que no tengo aquella cosa que la otra persona tiene, que no voy a los lugares que el otro va, que no tengo la familia de la que todos parecen alardear, y pronto nos encontramos envidiando a otros, sin siquiera pensar que tal vez nada de lo que aparentan es verdad o que su vida está cubierta con cosas materiales porque en realidad no tienen una vida espiritual rica o simplemente están viviendo una vida de pecado.

El pasaje de hoy nos indica que no debemos regocijarnos por la desgracia de nuestros enemigos, y también nos advierte de no envidiar a aquellos que están viviendo una vida de pecado. El Señor nos avisa que para esa vida no hay un buen fin y su vida será apagada. Es bueno tener cerca a una persona que admiremos y la cual creemos que vive una vida dedicada al Señor, pero debemos tener cuidado al distinguir entre las cualidades que realmente nos servirían de guía para nuestra vida. Sobre todas las cosas, debemos tener claro que al único que debemos amor total y admiración es a nuestro Señor Jesús, quien vivió una vida perfecta, libre de pecado y es el único a quien debemos seguir.

Ora pidiendo discernimiento y pureza de corazón para evitar caer en la envidia

EL RETRATO DEL SALVADOR

PASAJE DEVOCIONAL: ISAÍAS 53:1-6

Todos nosotros nos descarriamos como ovejas, cada
cual se apartó por su camino; mas Jehová cargó en él
el pecado de todos nosotros. (ISA. 53:6)

*E*n el primer día de mi escuela secundaria mis padres, por primera vez, me dejaron tomar el autobús sola. Me sentí muy contenta, ya que por fin habían
escuchado mis súplicas para dejarme ir a la escuela sola.
Pero ese día hubo una tormenta tan grande que cuando
salí de clases las calles estaban inundadas y la lluvia caía
torrencialmente. El paradero de autobuses me parecía
confuso, nada estaba funcionando como mi papá me
había dicho, el agua me llegaba a las rodillas y casi no veía
por la lluvia. En ese caos tomé el autobús equivocado,
pero amablemente, el chofer me dijo que esperara a que
volviera a la escuela al completar la ruta alrededor de la
ciudad, y entonces me indicaría el autobús que debía
tomar. Para cuando por fin llegué a mi casa después de
recorrer la ciudad y caminar varias cuadras con el agua
ya llegándome a la cintura era medianoche, mi mamá
estaba muy feliz de verme, pero mi padre aún estaba
recorriendo los alrededores de la escuela buscándome

desesperadamente. Unas horas más tarde llegó completamente abatido porque no me había encontrado, sin darse cuenta que ya estaba en mi habitación. Nunca olvidaré su cara de alivio y felicidad cuando por fin me vio y me abrazó.

Si mi padre terrenal recorrió por horas las calles de San Fernando, en Argentina, buscando a la única de sus hijas que estaba perdida, se imagina lo que nuestro Padre celestial fue capaz de hacer por buscarnos y volvernos a Su camino. Él nos ama tanto que envió a Su Hijo unigénito que soportó humillaciones, dolores, desprecios y cargó con todo el pecado del mundo por amor a nosotras. Tal vez Él no necesite buscarnos en medio de una ciudad inundada con agua, pero sí nos busca en medio de un mundo perdido e inundado de pecado. Ahí es donde los cristianos cada día recibimos más ataques, donde una vez más Él enfrenta al enemigo para darnos la victoria sobre el pecado. Él siempre está allí para llevarnos al camino correcto cuando nos desviamos.

Dale gracias a Dios por el precioso regalo de Su Hijo.

HAZME Y MOLDÉAME

PASAJE DEVOCIONAL: JEREMÍAS 18:1-6

Y la vasija de barro que él hacía se echó a perder en su mano; y volvió y la hizo otra vasija, según le pareció mejor hacerla. (JER. 18:4)

*P*or distintas razones he tenido que someterme a varias cirugías a lo largo de mi vida. Nada muy grave, pero nunca he podido olvidar ese sentimiento de vulnerabilidad, de tener que depender enteramente de un doctor, que aunque haya estudiado muchos años y tenga mucha experiencia, es humano y puede cometer errores. Una de esas veces cuando estaba a punto de ser anestesiada, un doctor me dijo con mucha confianza en sus habilidades: «No se preocupe, está en buenas manos, la voy a dejar como nueva». Le puedo asegurar que, aunque todo salió bien, no me sentía como nueva cuando recién desperté. Este pasaje me hizo recordar ese momento cuando el doctor me dijo que me dejaría como nueva, y cómo tantas veces nos dejamos en las manos de personas para que nos ayuden a transformar nuestra vida. Tener mentores espirituales y familiares preocupados de nuestro bienestar es maravilloso, pero ¿quién es el único que realmente puede transformarnos? ¿En manos de quién estamos realmente? Estamos en las manos de nuestro Señor, quién es el único que nos puede dejar como nuevas. El único que puede moldearnos como esa vasija. Él es tan compasivo y misericordioso que está dispuesto a hacernos de nuevo. Note que el versículo no dice que remendó la vasija rota, sino que «hizo otra vasija, según le pareció mejor hacerla». ¡Qué increíble! Que las mismas manos que crearon el universo y todo lo que existe, nos puedan tomar, hacernos de nuevo y hasta mejorarnos.

Nunca olvidemos que Él está en control y que siempre estamos en Sus manos. Qué paz al saber que nunca más debemos sentirnos vulnerables porque sabemos que estamos descansando gentilmente en Sus manos.

Señor gracias porque estamos en Tus manos y nos puedes moldear y hacer de nuevo.

LA COSECHA DEL PECADO

PASAJE DEVOCIONAL: GÉNESIS
27:30-45

Y fueron dichas a Rebeca las palabras de Esaú su hijo
mayor; y ella envió y llamó a Jacob su hijo menor, y le
dijo: He aquí, Esaú tu hermano se consuela acerca de
ti con la idea de matarte. (GÉN. 27:42)

Una de mis más queridas memorias de mi niñez, es cuando mi mamá estaba cocinando un postre para mis hermanos y yo. Muy contentos los tres, nos acercamos a la olla para ser los primeros en probar el delicioso caramelo. Mi hermano mayor pidió ser el primero en probar el caramelo, metiendo su dedo en la olla, pero mi mamá le dijo que no, que estaba muy caliente y que esperara; sin embargo, él pensó que ella estaba mintiendo, y al tocar el caramelo se quemó y lloró como era de esperarse. Yo me enojé porque pensé que él lloraba solo para hacerme creer que el caramelo quemaba y no compartir conmigo, así que mi madre insistió diciendo que me quemaría y que mi hermano no estaba jugando. Pero como se podrán imaginar, no quise obedecer y mi madre me dejo untar mi dedo en el caramelo caliente, el cual me quemó y me dejó llorando junto a mi hermano.

Mi hermana menor también quiso meter su dedo en la olla, pero mi madre sabiamente le preguntó si acaso no veía como sus dos hermanos mayores lloraban, a lo que ella respondió que estábamos mintiendo para no compartir el delicioso postre. Al final, todos terminamos llorando con una ampolla en cada dedo y escuchando cómo mi madre nos decía que nos amaba, pero que nos dejó desobedecerla para que viéramos que las malas decisiones tienen consecuencias. El dolor en mi dedo duró por varios días, pero la lección que aprendí ese día ha estado conmigo toda la vida.

El pecado tiene consecuencias. Jacob engañó a su padre y privó a su hermano Esaú de la bendición que le pertenecía, lo que llevó a que Esaú quisiera matarlo. El pecado tiene consecuencias, algunas veces no las podemos ver de inmediato, en otras ocasiones no sufrimos físicamente esas consecuencias, pero te aseguro que, aunque tarden, siempre llegan. No podemos pretender pecar libremente sin enfrentar la disciplina de nuestro Padre celestial.

Señor, ayúdanos a aprender de nuestros errores.

EL FRUTO DEL ARREPENTIMIENTO

PASAJE DEVOCIONAL: 2 CRÓNICAS 33:10-17

Y habló Jehová a Manasés y a su pueblo, mas ellos
no escucharon. (2 CRÓN. 33:10)

*A*quellos que son padres saben que un recién nacido demanda mucha atención, pero a medida que crece van necesitando menos de los cuidados constantes de sus padres, y llega un momento en que, aunque todavía es pequeño, quiere tener más independencia y se da cuenta de que puede desobedecer a sus padres. Es ahí cuando los padres tienen que enseñarle que la desobediencia tiene consecuencias, y en algunos casos hasta deben ser disciplinados o castigados. Mi hija de dos años está pasando por esa etapa y muchas veces cuando la llamo o le hablo, ella escoge hacer exactamente lo contrario a lo que le pedí o simplemente me mira con sus hermosos ojitos, y sigue con sus juegos como si yo nunca hubiese dicho nada. Si la dejara ignorarme y desobedecerme, sin duda se convertiría en una niña muy desobediente, pero la quiero demasiado como para no sancionar su pequeña rebeldía, y dejarla que me ignore y no escuche lo que le pido o, lo que es peor, que no escuche las enseñanzas que como madre debo y quiero darle.

En este pasaje Jehová también fue ignorado por Sus hijos, y necesitaba llamar su atención para poder volver a estar en comunión con Manasés y su pueblo. Como un Padre firme y dedicado, Él tuvo que mostrarles que hay consecuencias debido a las malas decisiones que tomaron. Desgraciadamente muchas veces damos la espalda a Dios, y no lo buscamos hasta que estamos en problemas y desesperadamente necesitadas de Su ayuda e intervención. Manasés no escuchó cuando Dios le habló, y siguió como si nada. Pero cuando «fue puesto en angustias» y necesitó del Señor, oró y se arrepintió, volviendo a los caminos del Señor. Como siempre, Él atendió su oración y lo liberó. La oración y el arrepentimiento de Manasés dio el mejor fruto: el cuidado y la bendición del Señor.

Señor gracias por Tu misericordia
y por las segundas oportunidades
que siempre nos das.

UN HOMBRE DÉBIL, FORTALECIDO

PASAJE DEVOCIONAL: JUECES 16:18-21

Y le dijo: ¡Sansón, los filisteos sobre ti! Y luego que
despertó él de su sueño, se dijo: Esta vez saldré
como las otras y me escaparé. Pero él no sabía que
Jehová ya se había apartado de él. (JUE. 16:20)

*L*a hermosura de Dalila y el éxtasis sensual fue lo
que los filisteos usaron para derrocar a su más
feroz opositor: Sansón, el juez guerrero de los israelitas.
El diablo sabe muy bien cómo socavar las virtudes de
los santos. Sus herramientas son las artimañas de los
errores, la insensatez de los descuidos, la vanidad de la
ostentación personal, la mordedura del cansancio y el
veneno de la relajación moral. Él es el engañador y padre
de mentiras, aunque suele presentarse como ángel de luz.
La fuerza de Sansón era sobrenatural, Dios estaba con él
para proteger a Su pueblo escogido, pero el hombre se
deshizo del revestimiento de su poder físico, al tiempo
que su pecado le separó de Dios, quien ciñe de poder.
Dios es nuestro amparo y fortaleza, y como dijera el Señor
Jesús: «Separados de mí nada podéis hacer». La fuerza
descomunal de Sansón no estaba en su cuerpo robusto,
procedía de lo alto, era sobrenatural pues venía de Dios.

En mi país de origen pasaba mucho tiempo trabajando en mi automóvil antiguo para que pudiese circular. En una oportunidad, lejos de casa, se apagó el motor porque la bomba de gasolina estaba averiada. Le conecté una manguerita y succioné la gasolina que coloqué en una lata sobre el techo del automóvil. Arrancó; y salí. La gente me miraba con curiosidad y con burla, pero así pude llegar a mi casa.

La fuerza, el poder, viene de arriba amable lectora. Si te desvinculas, si interrumpes tu relación de obediencia y santidad con el Altísimo, te pasará como a Sansón que, cuando se envaneció y quebrantó su relación con Dios, despertó solo para percatarse que Jehová se había apartado de él. Nuestra fortaleza, nuestra protección es el Dios que adoramos y a quien debemos nuestro servicio fiel.

Oremos pidiéndole a Dios que hoy nos dé fortaleza moral en nuestra vida

SER FUERTE NO ES SUFICIENTE

PASAJE DEVOCIONAL: SALMOS 33:13-20

El rey no se salva por la multitud del ejército, ni escapa el valiente por la mucha fuerza. (SAL. 33:16)

*D*esde que apareció el carro tirado por caballos para la guerra, hasta los misiles teledirigidos, las superpotencias han sido derrotadas tanto por estrategias novedosas como por las traiciones. No basta con estar armadas o ser fuertes. Por el año 1958, una gran zona montañosa de Cuba estaba dominada por rebeldes que no tenían ley, ni piedad. Clodoardo era un estudiante del Seminario que atendía una iglesia en aquella zona y periódicamente tenía que viajar a Santiago para tomar clases. En una ocasión que regresaba a su campo misionero muy contento, a plena luz del día, le tendieron una emboscada. Él venía solo y desarmado, solo llevaba una Biblia y un libro de texto. Alrededor de él aparecieron unos quince jóvenes soldados rebeldes que lo encañonaron con armas largas. Lo acusaron de ser un delator ante las autoridades del gobierno y dijeron tener orden de matarlo. Clodoardo alegó que él solo de rodillas tenía más poder que todos ellos. Dicho esto, soltó los libros y se puso a orar de rodillas en voz alta. Cuando terminó la oración abrió los ojos y estaba solo. El Espíritu de Dios los disuadió de perpetrar el crimen.

El que está en nosotras es más poderoso que el que está en el mundo. Ni el jefe de gobierno, ni el mayor de los ejércitos, ni el más fuerte entre los poderosos, puede superar el poder del Espíritu de Dios. El Señor cuida a los que le temen, y en época de hambre los mantiene con vida. Es admirable ver que al que confía en Dios, no le falta el poder para actuar conforme a Su voluntad, ni le faltan los recursos para subsistir, no es que tenga abundancia, ni que se destaque por su propio poder, sino que no carece de lo que es necesario, y que nada se puede armar en su contra que finalmente prevalezca. Jesús declaró: «No temáis, manada pequeña, que a vuestro Padre celestial le ha placido daros el reino» (Luc. 12:32). Hoy tenemos libertad para servirle con todas nuestras fuerzas. Lo importante es que todo lo que hagamos, sea de palabra o de hecho, lo hagamos en el nombre de Cristo (Col. 3:17).

❧

Dale gracias a Dios porque Su Espíritu Santo vive en nosotras.

FORTALEZA PARA EL POBRE

PASAJE DEVOCIONAL: ISAÍAS 25:1-5

Porque fuiste fortaleza al pobre, fortaleza al
menesteroso en su aflicción, refugio contra el turbión,
sombra contra el calor; porque el ímpetu de los
violentos es como turbión contra el muro. (ISA. 25:4)

*D*e niña tuve muy pocas peleas, no porque fuera
buena, sino porque mis padres me lo prohibían.
Pero las que tuve siempre fueron en contra de alguien
más débil que yo. Mira que hay gente que despiadada-
mente abusa de los menos privilegiados. El Dios de los
santos profetas no pasa por alto esta actitud infame de
los seres mezquinos. Él exalta a los de humilde condición, abriga a los pobres, consuela a los enlutados, hace
provisión para el hambriento, sana a los enfermos, echa
fuera los demonios, trae paz al hogar, restaura las relaciones de amor y ofrece buena voluntad entre los hombres.

La injusticia social en tiempos de Isaías no le permitía
al pobre aspirar a algo más que ser pobre; para saldar sus
deudas algunos se vendían a sí mismos como esclavos sin
anticipar qué sería de sus hijos. Triste, ¿verdad? Pero en
su inmensa bondad, «Dios resiste a los soberbios, y da
gracia a los humildes» (Sant. 4:6).

Yo era una jovencita cuando vendía sombreros en la calle. Un día vino un policía y me dijo que recogiera todo y me fuera si no quería ser arrestada. Un hombre que acababa de comprarme un sombrero discutió con el policía, y me dijo, ven conmigo que en el frente de mi tintorería los vas a vender todos. Y así fue. Regresé a mi casa contenta porque no me quedó ni un sombrero. La protección que ese hombre me dio fue recompensada por Dios; su negocio fue uno de los últimos en ser intervenido por el gobierno. La Biblia señala: «Hay quienes reparten y les es añadido más; y hay quienes retienen más de lo que es justo, pero vienen a pobreza» (Prov. 11:24). No podemos erradicar la pobreza en el mundo, pero sí podemos dar una mano al que está cerca de nosotras. Ayudemos a alguien cada día en el nombre de Dios.

Agradécele a Dios Su socorro en tus necesidades actuales.

DEMOS GRACIAS

PASAJE DEVOCIONAL: 1 CRÓNICAS 16:7-12

Alabad a Jehová, invocad su nombre, dad a conocer
en los pueblos sus obras. (1 CRÓN. 16:8)

*D*ar a conocer las obras de Dios es cuestión de
agradecimiento. Demos gracias por las hazañas
de Dios desde la creación, por Su revelación progresiva
en la historia en el misterio de Su encarnación en Jesús,
en el milagro de la resurrección y en la sucesión de creyentes fieles a su realidad. En 1 Tesalonicenses 5:18 leemos:
«Dad gracias en todo». Cuanto menos tengamos, más
tenemos que agradecer. Se necesita haber percibido el
olor del fracaso para levantarse a conquistar el éxito.

Gracias a Dios por haber venido a esta existencia
terrenal. Gracias por las relaciones personales. Gracias
por nuestras fuerzas, energías y capacidades. Gracias por
nuestros talentos y la disposición para usarlos. Gracias a
Dios porque todavía el aire que respiramos contiene oxí-
geno suficiente para vitalizar nuestro organismo. Gracias
porque en la tierra sucia inerte están los minerales que
nutren las hortalizas. Gracias por el techo que nos cubre;
sea de cristal o de pajas. Gracias por la familia en que
transmitimos los valores que más nos identifican, gracias

por el trabajo que nos hace sentir útiles para la subsistencia y el desarrollo. Gracias por el trinar del pajarillo, por el susurro del arroyo, por la belleza del crepúsculo y por la esperanza del amanecer. Gracias por las noches oscuras, por la estrella de la mañana, por la pureza de la nieve y la salud del rocío. Gracias por el peligro de la tormenta, por el temor al fuego y porque siempre que llueve, escampa. Gracias por los consejos de la abuelita y por los retos del niño. Gracias, Dios, por Tu Palabra que es lámpara a nuestros pies, y gracias por escucharnos. ¡Ah!, gracias por las frutas del patio y los animales domésticos. Gracias por el personal médico y el clérigo que nos atiende, y por los maestros de quienes aprendemos. Gracias por el estímulo de los que nos apoyan y gracias por los obstáculos de nuestros oponentes. En fin, Señor, gracias por el mensaje del evangelio.

Por todo esto; y por tantas otras maravillas, te damos gracias, oh buen Señor

EJEMPLO DE ACCIÓN DE GRACIAS

PASAJE DEVOCIONAL: HECHOS 27:33-36

Y habiendo dicho esto, tomó el pan y dio gracias
a Dios en presencia de todos, y partiéndolo, comenzó
a comer. (HECH. 27:35)

*D*oscientas setenta y seis personas estaban aterrorizadas por la inminente tragedia que les envolvía, pues la nave en que viajaban quedó a la deriva y zozobraba, de noche, sin radio, sin luces de bengala, sin salvavidas inflables. Ellos olían la muerte y la desgracia los cubría. Por sobre los ruidos ensordecedores de los impetuosos golpes de las olas embravecidas contra los maderos de la embarcación, sobresalían blasfemias y maldiciones proferidas por los labios de los reclusos que viajaban y de los guardias que los custodiaban. Llevaban dos semanas sin cocinar y quién iba a querer comer en víspera de la muerte. El apóstol Pablo, prisionero por la fe de Jesucristo, hizo que lo escucharan. Con humildad, pero con firmeza, les instó a tener buen ánimo, porque estuvo conmigo; dijo, el ángel del Dios a quien sirvo, y me ha dicho que ninguna vida humana se va a perder, solamente la embarcación; acto seguido, en paz, dio gracias a Dios, y tomando pan, comenzó a comer.

Paz en la tormenta; confianza ante el peligro; seguridad en las promesas de Dios; disfrute de la vida aún al borde de la muerte. Pablo nos proporciona gran ejemplo al dar las gracias con anticipación, ya que nosotras damos las gracias después de que somos servidas, y cuando se trata de agradecimiento a Dios, muchas veces se nos olvida, y otras veces nos desentendemos en el culto de adoración al dedicarle Sus diezmos y nuestras ofrendas de gratitud. Dios se agrada de las ofrendas de gratitud. En Filipenses 4:19 promete suplir toda necesidad.

Ahora sabe que puede, anticipadamente, darle gracias a Dios por todo lo que le permite pasar en el día de hoy, en salud o enfermedad, en abundancia o en escasez, en tensión o en paz, en progreso o desventura.

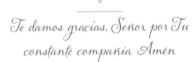

Te damos gracias, Señor por Tu constante compañía Amén

SER AGRADECIDAS

PASAJE DEVOCIONAL: 2 CORINTIOS 9:10-15

... para que estéis enriquecidos en todo
para toda liberalidad, la cual produce por
medio de nosotros acción de gracias
a Dios. (2 COR. 9:11)

*H*ace unos días hablaba con una amiga y le comentaba:

—Cuando compro un pan, me dura lo que no te puedes imaginar —a lo que me pregunta ella llena de curiosidad:

—¿Lo congelas para que te dure? —le contesté:

—No amiga, Dios es tan grande que cuando corto una rebanada de pan, inmediatamente crece otra rebanada.

Quizás tú te rías de esta conversación, pero mi amiga y yo estamos convencidas de que Dios jamás desampara a Sus hijos cuando ponemos en práctica Sus enseñanzas, ayudamos y compartimos con el necesitado todo lo que tenemos sin esperar nada a cambio; y lo hacemos con alegría: «... no con tristeza, ni por necesidad, porque Dios ama al dador alegre» (2 Cor. 9:7).

Cuando ayudamos al necesitado, y este a su vez se siente agradecido de la ayuda recibida y le da gracias a

Dios, el nombre de Jehová es alabado; y todo por medio de nuestra acción desinteresada. Tenemos que confiar en nuestro Padre y seguir ayudando a los necesitados y, a la vez, ser agradecidas por las bendiciones que recibimos todos los días de nuestra vida. Siempre debemos recordar lo que el Señor nos ha dicho: «El que siembra escasamente, también segará escasamente; y el que siembra generosamente, generosamente también segará» (2 Cor. 9:6).

Padre, ayúdanos a ser agradecidas por todas las bendiciones que recibimos de ti y a continuar ayudando al necesitado con alegría

CONFIEMOS EN JEHOVÁ

PASAJE DEVOCIONAL: SALMOS 34:7-11

Gustad, y ved que es bueno Jehová; dichoso
el hombre que confía en él. (SAL. 34:8)

"*E*l ángel de Jehová acampa alrededor de los que
le temen... y los defiende» (Sal. 34:7). ¿Habrá
una afirmación más fuerte que esta? Pienso que no. Y lo
más hermoso de todo es que como hijas de Dios, las que
hemos recibido a Cristo como nuestro Señor y Salvador,
podemos estar completamente seguras de que el ángel de
Jehová acampa a nuestro alrededor. Confiadas en esto, debemos vivir completamente tranquilas, aunque hoy en día
parezca algo imposible de hacer, pues para donde quiera
que miramos vemos tragedias humanas, huracanes, terremotos, guerras, hijos contra padres y padres contra hijos,
hambre y pestilencia. Realmente estamos viviendo en los
últimos tiempos. Todo está escrito. La venida del Señor
se acerca y debemos estar preparadas para recibirlo. Es
ahora, hoy mismo, cuando debemos alabar al Señor de
todo corazón y testificar de Él y de Su maravillosa gracia
a aquellos que no lo conocen. Debemos luchar cada día
para que más y más personas se acerquen al trono de la
gracia, y aprendan a confiar plenamente en Jehová y en

Sus bendiciones para aquellos que le temen y guardan Sus mandamientos.

No importa lo que piensen de nosotras aquellos que nos rodean porque «debemos bendecir a Jehová en todo tiempo y momento. Alabarlo y darle las gracias por todas las bendiciones que derrama sobre nosotras cada día y vivir confiadas sabiendo que Jehová es bueno y grande en misericordia».

Padre, ayúdanos a confiar plenamente en ti, hoy y siempre.

1 + 1 = 1

Y dijo Jehová Dios: No es bueno que el hombre esté
solo; le haré ayuda idónea para él. (GÉN. 2:18)

*M*atemáticamente esta cuenta no da. Uno más
uno es igual a dos. Pero no en este caso: «aquí
realmente 1+1=1». Esa ha sido la voluntad del Señor
desde la fundación del mundo y desde la creación de la
primera pareja. Lo más curioso de todo es que Jehová
hizo caer en un sueño profundo a Adán y, mientras este
dormía, tomó una de sus costillas e hizo a la mujer. No la
creó de su cabeza para que fuera más grande e inteligente
que el varón, ni la hizo de sus pies para que el varón la
pisoteara. La hizo de una costilla para que los dos fueran
un verdadero apoyo y ayuda el uno para el otro.

Hoy en día, desgraciadamente las cosas han cambiado
y el hombre en su pecado se ha olvidado del propósito
con el que Dios creó a la mujer; al igual que muchas
mujeres se han olvidado del propósito para el cual hemos sido creadas. He ahí la razón de tantos divorcios y
hogares rotos.

Es tiempo de que nosotras volvamos al propósito original de la pareja y que los jóvenes que comienzan a formar

una familia aprendan a amarse y a respetarse, así como aquellos que están casados desde hace algún tiempo.

Muchas veces es duro para la familia dejar ir a sus hijos cuando crecen y desean hacer su vida propia. Sin embargo, esa es la voluntad del Señor y Él lo dice muy claro en Su Palabra: «Por tanto, dejará el hombre a su padre y a su madre, y se unirá a su mujer, y serán una sola carne» (Gén. 2:2).

Padre, ayúdanos a comprender esta cuenta que para algunos ha perdido el sentido.

PALABRAS DE VIDA

PASAJE DEVOCIONAL: JUAN 6:66-69

Le respondió Simón Pedro: Señor, ¿a quién iremos? Tú
tienes palabras de vida eterna. (JUAN 6:68)

*M*is padres fueron personas que no tuvieron la
oportunidad de estudiar una carrera universi-
taria porque en los años de su juventud las cosas no eran
fáciles. Sin embargo, los dos eran personas tan brillantes
y tan creyentes que la universidad de los hombres no les
hacía ninguna falta. Hablaban con tanta veracidad de las
cosas del Señor y tenían tanta fe en Él, que eran dignos
modelos de imitar. Los dos fueron maestros de la Escuela
Dominical toda su vida y había que ver con la sencillez
que ellos me explicaban la Palabra de Dios. Todas sus
enseñanzas estaban adaptadas a mi poca edad y todas con
el objetivo de guiarme a través de mi vida. Ellos ya están
con el Señor hace algunos años, pero sus enseñanzas se
quedaron en mí y me han ayudado a mantenerme firme
en la vida cristiana. Cuando era pequeña, mis padres
fueron esa guía a donde yo acudía cuando me sentía algo
confundida. ¡Pobres de ellos por la cantidad de preguntas que yo les hacía! Sin embargo, siempre encontraron
la medida perfecta para dar respuesta a mis preguntas.

Ellos me enseñaron a confiar ciegamente en la Palabra del Señor y a saber que ahí es donde debemos acudir cuando tengamos la necesidad de saber lo que debemos hacer.

No nos dejemos confundir nunca por las cosas de este mundo, acudamos a Su Palabra porque ella está llena de palabras de vida que nos guiarán y no permitirán que tropecemos en el camino de la vida cristiana que nos lleva a nuestro Padre celestial que está en el cielo y con el que un día iremos a morar si confiamos en Él ciegamente.

Padre, gracias porque tenemos Tu Palabra que está llena de palabras de vida que nos guían a vivir confiando en ti.

HAGAMOS LA VOLUNTAD DEL SEÑOR

PASAJE DEVOCIONAL: 1 JUAN 2:15-17

Y el mundo pasa, y sus deseos; pero el que
hace la voluntad de Dios permanece para
siempre. (1 JN. 2:17)

*¿R*ecuerdas cuando éramos chicas y celebrábamos una Navidad, cómo tardaba para llegar la otra? ¿O el ansiado día de los Reyes Magos, hasta que llegara el otro año y los reyes con sus regalos? El tiempo se hacía interminable. Las fechas que los niños anhelábamos nunca llegaban. Pero, ¿te has fijado en lo rápido que pasan los días, los meses y los años en los últimos tiempos? Creo que si nos ponemos a mirar la velocidad con la que pasa el tiempo ahora hasta nos dan mareos.

En la porción bíblica que nos toca leer hoy, se nos exhorta a que no amemos las cosas de este mundo porque, si lo hacemos, el amor del Padre no está en nosotras. Nos habla de todas las cosas que estamos viendo en el mundo y las cosas que aman las personas que no lo conocen a Él. Hoy en día vemos con tristeza cómo las personas que no tienen al Señor en su corazón se dedican a hacer cosas horrendas, matan para obtener lujos y poder, destruyen familias al ser proveedores de las drogas que están acabando, no solo con la juventud, sino con personas que tienen carreras profesionales y una vida familiar que cuidar y proteger. Personas que cuando caen en el mundo de la drogadicción se olvidan de todo y de todos, y se entregan a una manera de vivir que solo los lleva a la completa destrucción. Cada día vemos y oímos cosas en las noticias que son casi imposibles de creer, muchas personas en el mundo han perdido la razón y se han entregado a los deseos de los ojos y la vanagloria del mundo.

Gracias a nuestro Señor Jesucristo las que creemos en Él firmemente, tenemos Su Palabra para que nos sirva de guía y, aunque estemos en este mundo lleno de pecados, estemos conscientes de que este mundo y sus deseos van a pasar, pero las que amamos al Señor y hacemos Su voluntad permaneceremos para siempre.

Padre, ayúdanos a hacer Tu voluntad siempre y a mantenernos firmes por medio de Tu Palabra

LA DEVOCIÓN DESAFIANTE
DE DANIEL

PASAJE DEVOCIONAL: DANIEL 6:6-14

Cuando Daniel supo que el edicto había sido firmado,
entró en su casa, y abiertas las ventanas de su
cámara que daban hacia Jerusalén, se arrodillaba tres
veces al día, y oraba y daba gracias delante de su
Dios, como lo solía hacer antes. (DAN. 6:10)

*E*n medio de las crisis es que salen a flote las con-
vicciones, los valores, los principios y lo bueno o
lo malo de una persona. Algunas reaccionan con soberbia
y otras con humildad, a algunas les afloran los malos sentimientos y a otras las buenas intenciones, unas transigen
y otras perseveran.

Hace muchos años en mi país de origen fueron llevados
a prisión una buena cantidad de pastores. El gobierno los
acusaba de «conspirar contra la seguridad de la nación».
Años después, algunos contaban anécdotas inverosímiles
y esta es una de ellas. A todos los prisioneros les daban
unos escasos minutos para ingerir sus alimentos al ser
llevados al comedor. El primer día, uno de los pastores,
se sentó frente a su plato de comida, se quitó sus lentes,
inclinó su rostro y puso sus dedos pulgar e índice de la
mano derecha sobre su nariz como acostumbraba hacer

a la hora de orar. Cuando los soldados vieron su actitud, mientras mantenía sus ojos cerrados le retiraron el plato de alimentos. No comió ese día y algunos le sugieron que orara con los ojos abiertos para que no le sucediera más eso. Él dijo: «Yo siempre he orado así, y así lo seguiré haciendo». Los soldados llegaron a comprender que estaban lidiando con un hombre que no cedía ante las presiones.

Me pregunto: ¿cuántas veces nos habremos dejado llevar por la presión, las distracciones o lo que sucede a nuestro alrededor para dejar de comunicarnos diariamente con Dios? No nos debe importar lo que la gente piense o crea de nuestra fe y de nuestras prácticas, lo que nos debe importar es hacer la voluntad de Dios. ¿Oras dando gracias a Dios por los alimentos, en un restaurante antes de comer? ¿Lees tu Biblia frente a tus familiares incrédulos? ¿Invitas a tu iglesia a los que vienen a visitarte el domingo? Tus respuestas dirán a quién has decidido ofender.

Ruega al Señor que te ayude a cultivar sus hábitos espirituales sin ofenderle.

LA PROMESA DE
UNA RELACIÓN SANTA

PASAJE DEVOCIONAL: HEBREOS 8:7-13

Por lo cual, este es el pacto que haré con la casa de
Israel después de aquellos días, dice el Señor: Pondré
mis leyes en la mente de ellos, y sobre su corazón las
escribiré; y seré a ellos por Dios, y ellos me serán a mí
por pueblo. (HEB. 8:10)

*P*ara disfrutar de esta relación con Dios se necesita tener un nuevo corazón. Hemos conocido
historias de personas que han recibido un trasplante de
corazón y se han identificado de forma peculiar con los
familiares del donante. Cuando una persona decide entregar su vida a Jesucristo comienza el proceso de transformación. La salvación es instantánea, pero el crecimiento
espiritual es paulatino. Una de las maravillas que obser-
vamos en las iglesias saludables es la transformación de
los nuevos creyentes. Es un milagro al que nos hemos
acostumbrado, pero que aún hace brotar lágrimas de
nuestros ojos.

Felicia, proviene de una familia prácticamente de-
sequilibrada en todo sentido. Su padre abusaba verbal y
físicamente de su madre, sus hermanos eran los jefes de
las pandillas del lugar donde vivían cuando eran jóvenes

y ella se entregó a un hombre mucho mayor que ella que la indujo a vivir fuera de la ley, enredada en vicios y en el oscurantismo. Antes de cumplir los cuarenta años de edad, ella ya había perdido a sus padres, a dos de sus cuatro hermanos y había visto a su novio ser asesinado frente a su residencia. Se acercó a una organización caritativa en busca de ayuda económica y se encontró con una trabajadora social que la invitó a una iglesia. A los cinco años de conocer al Señor su estilo de vida y sus oraciones reflejan los sentimientos de una vida transformada por una relación íntima con el Señor. La promesa del nuevo pacto se ha cumplido en ella. Dios es el único que puede cambiar un corazón para escribir en él Sus leyes y lograr que esa persona sea transformada radicalmente. Será la única forma de identificarse de forma peculiar con su Creador.

*Mantén la Palabra de Dios
en tu mente.*

EL CANDELABRO

PASAJE DEVOCIONAL: HEBREOS 9:1-10

Porque el tabernáculo estaba dispuesto así: en la
primera parte, llamada el Lugar Santo,
estaban el candelabro, la mesa y los panes
de la proposición. (HEB. 9:2)

*E*s posible que tengas un candelabro o candelero
en tu casa; este es un utensilio que se usa para
sostener una vela. Pueden ser de metal, de madera, de
cristal u otro material. La mayoría de nosotras los usamos como un adorno, pero el candelabro del tabernáculo no era un adorno. Lo que más llama mi atención
en la descripción de los utensilios del tabernáculo, es
cómo Dios en Su Palabra dedica un espacio considerable
a las instrucciones de cómo confeccionarlo todo, con
lujo de detalles. Una de las cosas que aprendemos de
esto es que todo el mobiliario que rodeaba el Lugar
Santísimo era una muestra de la grandeza de Dios. El
Señor estaba enseñando a Su pueblo a cómo adorarlo.
En cada detalle de la adoración a Dios, el pueblo tendría
que recordar las victorias, los milagros y las bendiciones
recibidas. El único acceso del pueblo a Dios era a través
del sumo sacerdote, quien una vez al año entraba al Lu-

gar Santísimo para ofrecer sacrificio de sangre, primero por él mismo y después por el pueblo. Aquel sacrificio era una forma de obtener el perdón de Dios de forma limitada y temporal.

Jesucristo vino para ofrecerse como sacrificio vivo, de una vez y por todas, para que nosotras pudiéramos tener acceso directo a Dios. Solamente confiando en Jesús, tenemos acceso ilimitado y eterno a Dios. Un candelabro nos puede recordar los milagros de Dios, pero un corazón transformado testifica de esos milagros. Muchos creyentes publican en su diario andar el milagro que Jesús ha hecho en sus vidas. ¿Tienes la limpieza interior y perfecta que viene de Dios a través de Jesús? Entonces eres un utensilio sagrado de la adoración a Dios.

Pídele a Dios que te permita ser un instrumento útil para Su reino.

NUESTRO SUMO SACERDOTE

PASAJE DEVOCIONAL: HEBREOS 8:1-6

Ahora bien, el punto principal de lo que venimos
diciendo es que tenemos tal sumo sacerdote,
el cual se sentó a la diestra del trono de la Majestad
en los cielos. (HEB. 8:1)

*E*l sacrificio perfecto de Jesús en la cruz del Calvario puso punto final a la necesidad de tener sacerdotes que hicieran sacrificios para interceder por nuestros pecados. El nuevo pacto es el pacto de la gracia. Ni más ni menos. Para obtener el perdón de Dios no necesitamos sacrificar animales; ya Jesús se sacrificó por nosotras. Su sacrificio es suficiente para tener acceso a Dios, no necesitamos cumplir reglas, sino entregarle nuestro corazón a Jesús. Dios escucha nuestras oraciones. Para recibir la herencia eterna no necesitamos que otro haga sacrificios a nuestro nombre, sino tener fe en Jesús. Ya Él ha preparado un lugar en el cielo para nosotras. Jesús es superior a todo y a todos.

A pesar de que hace más de 2000 años que Jesús vino a la Tierra como un ser humano para pagar, de una vez y por todas, el castigo de nuestros pecados al morir en la cruz, y para restablecer nuestra relación con Dios, hay personas que siguen haciendo sacrificios para ganarse el favor de Dios. Cualquier persona puede hacer cualquier tipo de sacrificio como dedicarse a cuidar enfermos de SIDA, poner su fortuna en arcas de instituciones caritativas, ir al último rincón del mundo para dar de comer a los hambrientos o simplemente vaciar su clóset para vestir a los necesitados, pero nunca ganará el favor de Dios si no está Jesús de por medio. No hacer esto es simplemente desafiar a Dios. El único sacrificio aceptado por el Señor para limpiar nuestras culpas es el de Su Hijo Jesucristo. Él es el único Mediador a quien Dios presta atención. Nadie nunca podrá sustituirlo. El punto aquí es que las buenas obras son el resultado de haber sido salvos por la gracia de Dios, ellas de por sí no garantizan nuestra entrada al cielo. La fe en Jesús, que es nuestro Sumo Sacerdote, es la única garantía que asegura un futuro eterno y glorioso junto a nuestro Creador.

Dale gracias a Dios por la salvación que ha provisto.

AYUDA ACTUAL

PASAJE DEVOCIONAL: SALMOS 46:1-7

Dios es nuestro amparo y fortaleza, nuestro pronto
auxilio en las tribulaciones. (SAL. 46:1)

*G*uerras, rumores de guerras, terremotos, hambre,
pestilencia, enfermedades incurables, drogas, adulterio, engaños y más. Esa es la realidad
del mundo en el que nos ha tocado vivir. Ya no hay un
día en que se puedan mirar las noticias y ver que todo es
agradable y hermoso. Sin embargo, las que hemos puesto
nuestra confianza en nuestro Señor y Salvador tenemos
la plena convicción de que «Dios es nuestro amparo y
fortaleza, nuestro pronto auxilio en las tribulaciones». A
pesar de que nuestro mundo está convulsionado e inse-
guro tenemos la firme convicción de que Él nunca nos
abandonará y que siempre estará a nuestro lado. Como
cristianas no debemos temer a lo que vendrá en el futuro, nuestro Padre nos ha prometido ser nuestro amparo
y fortaleza en todo momento. Sabemos que vendrán
tiempos quizás más difíciles, todo eso está escrito, pero
Él se encargará de guardarnos en el hueco de Su mano
y nos llevará por el camino correcto hasta que un día
estemos ante Su presencia donde ya no habrá ni llanto,

ni crujir de dientes, ni ladrón que hurte, ni enfermedad, ni hambre, ni pestilencia. Estaremos disfrutando de Su santa presencia.

Padre, gracias porque estamos completamente seguras de que Tú eres nuestra ayuda actual en medio de las tribulaciones.

CUANDO EL CIELO SE REGOCIJA

PASAJE DEVOCIONAL: LUCAS 15:3-7

Os digo que así habrá más gozo en el cielo por un pecador que se arrepiente, que por noventa y nueve justos que no necesitan de arrepentimiento. (Luc. 15:7)

¿*T*e ha tocado alguna vez convivir con personas que no creen en Dios y que se burlan de todo lo que tenga que ver con Él? A mí sí, y no en una sola ocasión, sino en muchas ocasiones. En mi país de origen hay personas que creen en santos, adoran imágenes, hacen sacrificios de animales y portan objetos porque piensan que los van a proteger contra todo lo malo. No saben que todas esas cosas los llevan a un camino de perdición. Como cristianas no podemos darles la espalda a esas personas, sino todo lo contrario. Tenemos la obligación de ayudarlas hasta que por ellas mismas se den cuenta de la equivocación en la que han vivido y decidan dejar atrás todas esas creencias erróneas.

Hace unos días recibí una carta de una joven que no creía en Dios cuando la conocí. Adoraba imágenes y les pedía protección a los santos. En su carta me decía entre otras cosas: «Has sido más que una madre para mí, siempre que te he necesitado has estado ahí y en los momentos más difíciles de mi vida siempre estabas para escuchar mis súplicas a Dios y sé que muchas veces oraste por mi vida y por mi tranquilidad... Me enseñaste a amar a Dios». Esa carta me llenó de satisfacción pues aquella joven ya se había apartado de sus creencias y había hecho la decisión de arrepentirse de todos sus pecados y seguir a Cristo. Sé muy bien que ese día también hubo gozo en el cielo, pues hay gozo en el cielo cuando un pecador se arrepiente, así lo dice el Señor en Su Palabra.

*Padre, permite que los que no crean en ti,
vean a Tu Hijo reflejado en nosotras
y eso les ayude a creer*

VIVIR EN LA LUZ

PASAJE DEVOCIONAL: JUAN 12:44-50

Yo, la luz, he venido al mundo, para que
todo aquel que cree en mí no permanezca en
tinieblas. (JUAN 12:46)

¿*H*abrá algo más hermoso que la luz? Pienso que no. Vivo en Nuevo México y hace unos días debido a una tormenta eléctrica, en este desierto cayó un rayo sobre los transformadores de electricidad de nuestra área y estuvimos sin luz eléctrica por varias horas. En este país vivimos tan confiados de que nunca nos faltará nada, que algunas veces no tenemos los recursos que se necesitan cuando ocurren menesteres de esta índole. Así que yo no estaba preparada para semejante problema. En mi país de origen habría tenido una cantimplora, velas, antorchas, no sé, cualquiera de esas cosas, pero esta vez me tocó salir al balcón de mi casa y hacer un ramillete de luces de energía solar con las que tenía entre las flores. Puse las luces en un búcaro de cristal como si fueran flores y funcionó a la perfección. Mi casa estaba alumbrada y no estuve en tinieblas.

Los cristianos somos muy bendecidos porque tenemos una luz maravillosa: «nuestro Señor Jesucristo». Él vino al mundo para traernos un mensaje de amor, de paz y de perdón. Si creemos en Él y hacemos Su voluntad nunca viviremos en tinieblas. Viviremos tranquilas y confiadas sabiendo que nuestros pies no tropezarán, pues andamos en la luz del Todopoderoso y Él jamás nos abandona.

Padre, ayúdanos a vivir en la luz
y a que las personas que nos rodean
te vean reflejado en nosotras.

JEHOVÁ MIRA EL CORAZÓN

PASAJE DEVOCIONAL: 1 SAMUEL 16:6-12

Y Jehová respondió a Samuel: No mires a su parecer,
ni a lo grande de su estatura, porque yo lo desecho;
porque Jehová no mira lo que mira el hombre; pues
el hombre mira lo que está delante de sus ojos, pero
Jehová mira el corazón. (1 SAM. 16:7)

$\mathcal{D}$esde muy pequeña mis padres me enseñaron a respetar a las personas sin importar el aspecto físico. Recuerdo con claridad que cuando era niña conocí a un señor de raza negra, al que le faltaban sus piernas. Él recorría la isla y cada año pasaba por mi ciudad pidiendo limosnas para poder realizar sus constantes viajes. Aquel señor del que no recuerdo su nombre tenía las piernas cortadas mucho más arriba de las rodillas y usaba unos zapatos que eran un círculo de piel amarrado a sus piernas con cordones de zapatos. El bastón que usaba para ayudarse a caminar tendría más o menos unos 30 cm (1 pie) de largo. Recuerdo una conversación que tuve con él mientras jugaba con mis muñecas. El señor me preguntó:

—¿Cómo se llaman tus muñecas? —a lo que yo contesté:
—Se llaman Elizabeth y Lissette —y me contestó sin vacilar:

—No, tus muñecas se deben llamar María, Luisa o Juana. ¿Qué es eso de estar poniéndoles nombres extranjeros a las muñecas?

Resulta que el señor se dedicaba a defender las cosas de su país, incluyendo los nombres de las personas, y también en sus constantes viajes hablaba sobre Dios a los que se le acercaban.

El ser humano es muy dado a juzgar por la apariencia de las personas, ya que en el mundo actual se le rinde culto a la belleza y a la perfección. ¡Pero gracias a Dios que Él no mira como mira el hombre, sino que mira el corazón!

Padre, te pedimos que nos enseñes a no mirar el parecer de las personas, sino hacer como Tú que miras el corazón

¿QUIÉN ES TU PAZ?

PASAJE DEVOCIONAL: EFESIOS 2:13-17

Porque él es nuestra paz, que de ambos pueblos hizo uno, derribando la pared intermedia de separación. (EF. 2:14)

*E*n la actualidad hay personas que solamente encuentran paz si se dedican a hacer lo que les agrada. Unas son adictas a cuantos tratamientos de belleza existen, otras a los juegos en los casinos, las loterías, adoran sus automóviles, usan drogas, se emborrachan, etc., sin embargo, no son felices ni viven en paz. Viven en una lucha constante en busca de la paz y no la encuentran en ninguna parte. Odian a sus amigos y a sus enemigos, y eso los hace vivir en un mundo lleno de incertidumbre.

¡Qué diferente es la vida del cristiano! Las que hemos recibido a Cristo como nuestro Señor y Salvador podemos darnos el lujo de saber que «Él es nuestra paz» (Ef. 2:14). Él aceptó la muerte en la cruz del Calvario para anunciar las buenas nuevas de salvación a todos los que estaban lejos de Él y a los que estaban cerca también. Con Su sacrificio en la cruz, ha abolido de nosotras las enemistades con los demás seres humanos y nos ha reconciliado con nuestro Padre celestial. Nos ha enseñado a amar y a perdonar a todos los que nos han hecho daño; y no hay paz más grande que esa: «poder amar a nuestros enemigos y desearles lo mejor en la vida a pesar del daño recibido». Nos ha acercado a todos los hombres para poderlos entender y luchar para que los que no lo conocen, puedan saber que Él existe y que, por lo tanto, existe un mundo donde a pesar de los problemas cotidianos hay paz, comprensión y, sobre todo, hay amor.

---

*Padre, ayúdanos a llevar Tu mensaje
de salvación a los que no te conocen*

EL MILAGRO DE LA CREACIÓN

PASAJE DEVOCIONAL: SALMOS 104:30-35

Envías tu Espíritu, son creados, y renuevas
la faz de la tierra. (SAL. 104:30)

"*E*n el principio creó Dios los cielos y la tierra. Y la tierra estaba desordenada y vacía, y las tinieblas estaban sobre la faz del abismo, y el Espíritu de Dios se movía sobre la faz de las aguas. Y dijo Dios: Sea la luz; y fue la luz. Y vio Dios que la luz era buena; y separó Dios la luz de las tinieblas. Y llamó Dios a la luz Día, y a las tinieblas llamó Noche. Y fue la tarde y la mañana un día...». Así comienza la Biblia, con el relato de la creación.

Si nos ponemos a observar lo grandioso del mundo que nos rodea, obra de Sus manos, no nos queda otra cosa más que alabarlo y adorarlo por todo lo que ha creado para el disfrute de todos los seres humanos. ¡Pero qué triste es ver que la humanidad no está cuidando como se debe la creación de Dios! Los científicos nos están alertando de los peligros que enfrentará la humanidad si no se toman las medidas necesarias para retardar un poco el desastre que se espera. ¿Se imagina usted lo que sería de nuestro planeta sin agua, tan indispensable para la vida del ser humano, sin flores que embellezcan los paisajes, sin árboles que den sus frutos para alimentarnos y sin pájaros que alegren nuestros campos y ciudades?

Es hora de que todas pongamos nuestro granito de arena para ayudar a que siga vivo el milagro de la creación. Si todas cooperamos con la parte que nos corresponde, lograremos que nuestro planeta sea un lugar agradable donde puedan vivir todos nuestros seres queridos en el futuro y que puedan disfrutar de todas las bendiciones de las que nosotras hemos podido disfrutar, eso no es más que ser buenas administradoras de lo que Dios ha creado para nosotras.

Padre, gracias por el milagro de la creación
Ayúdanos a conservar esa belleza
tan inigualable.

CAPACITADAS PARA EL SERVICIO

PASAJE DEVOCIONAL: ÉXODO 31:1-6

*... y lo he llenado del Espíritu de Dios, en sabiduría y
en inteligencia, en ciencia y en todo arte.* (EX. 31:3)

*D*ios nos creó a todos con dones. Unos sabemos
cantar, otros sabemos orar, otros escribir, otros
hablar... ¡Sí, hablar! ¡Hay personas que tienen el don
de hablar, le venden la luna y usted la compra sin darse
cuenta! El asunto es que todos los dones son importantes
si los ponemos al servicio del Señor y le servimos con
alegría. Por ejemplo, existen personas que han dedicado
su vida a servir al Señor por medio de la palabra escrita.
Yo soy una de ellas, y muchas veces estamos cansadas o
nos sentimos tristes por alguna situación personal y, sin
embargo, tenemos el deber de escribir cosas positivas para
que otras personas conozcan las bondades de nuestro
Señor. No por ser cristianas y estar al servicio de Dios,
estamos libres de los problemas humanos. Todo lo contrario, somos probadas todos los días para ver qué tan
real es nuestro servicio a Él.

Esta semana las he acompañado con los devocionales
que me pidieron que escribiera y en el momento de tener que hacerlo me encontraba enferma y enfrentando

problemas sentimentales. Pero antes de escribir cada uno de esos devocionales, me puse en comunicación con mi Padre y le pedí que usara mis manos para lo que Él quería que las lectoras de *Quietud* leyeran precisamente en el día de hoy. Devocionales que han sido escritos con un año de anticipación, pues así trabajamos esta revista los que laboramos en ella. Si alguno de los devocionales que he escrito esta semana llegaron a tu corazón y te ayudaron en algo, no es obra mía, es obra del Señor que usó mis manos para llegar a ustedes porque he puesto mis manos al servicio de Él. ¡Bendito sea Dios!

Padre, gracias por todas las bendiciones que derramas sobre nosotras. Úsanos en Tu reino.

NO LES TEMAS

PASAJE DEVOCIONAL: NÚMEROS 14:6-9

Por tanto, no seáis rebeldes contra Jehová,
ni temáis al pueblo de esta tierra; porque nosotros
los comeremos como pan; su amparo se ha apartado
de ellos, y con nosotros está Jehová; no los
temáis. (NÚM. 14:9)

*M*ientras que diez de los espías que Moisés mandó a la tierra prometida regresaron con noticias desalentadoras, Josué y Caleb regresaron con una noticia llena de seguridad y esperanza: La tierra era maravillosa, tal y como Dios lo había prometido; y los enemigos que tendrían que enfrentar, no eran nada comparados con el Dios que les acompañaba. Mientras la mayoría puso los ojos en el problema: un pueblo a derrotar, Josué y Caleb pusieron los ojos en el Dios Todopoderoso que los sacó de Egipto y comparados con ese Dios verdadero, ¿qué eran aquellas personas, sino un bocado fácil de tragar?

No sé si lo que estás pasando hoy sea tan grave como tomar la tierra prometida de aquellos pueblos fortificados, pero una cosa te puedo decir, si el Dios de Josué y Caleb está contigo, puedes gozar de la misma seguridad y confianza que ellos disfrutaron. La buena noticia es que ese Dios no ha cambiado en nada: es el mismo. En mi vida esa historia se ha repetido una y otra vez. Seguir adelante en el plan de Dios significa enfrentar situaciones imposibles de vencer con mis propias fuerzas, y entonces, ese es el momento de reflexionar y tomar una decisión personal; o pongo los ojos en mi Dios, o pongo los ojos en los problemas.

¿Reconoce que el problema que estás pasando, por grande que sea, no se puede comparar a Dios? Ahora, Josué y Caleb, tenían una referencia de ese Dios de primera mano. Ellos conocieron de las plagas con que Dios los sacó de Egipto; vieron Su poder sobrenatural dividiendo el Mar Rojo para que ellos pasaran en seco, y la pregunta se impone: ¿has experimentado el poder de Dios en tu vida, de manera que puedas declarar que ante un Dios tan poderoso, no hay problema grande?

Señor hoy camino segura en la vida reconociendo que estás conmigo, y que ningún problema es más grande que Tú

EL LÍMITE DE LA LEY

PASAJE DEVOCIONAL: GÁLATAS 2:19-21

No desecho la gracia de Dios; pues sí por
la ley fuese la justicia, entonces por demás
murió Cristo. (GÁL. 2:21)

*V*ivimos en un mundo confuso y lleno de contradicciones. Tanto en las instituciones gubernamentales como en las financieras y empresariales, todavía no han podido descifrar con exactitud la catástrofe que ocasionó la caída de los mercados a nivel global. Estamos rodeados de expertos en explicaciones complejas que no llegan a ninguna conclusión efectiva. ¿Te sorprende eso? Pues espera más y más leyes, legislaciones, decretos y regulaciones que complicarán mucho más las cosas. Para comprobarlo solo tienes que navegar por el Internet y observar las ideas y sugerencias cada vez más difíciles de entender.

Del mismo modo a través de los siglos han surgido personas y denominaciones que se han dedicado a desarrollar un intrincado mundo religioso. En contraste, el evangelio de Jesucristo es simple y sencillo. No nos corresponde a nosotras meter la mano en el plan redentor del Señor. Hay algunos creyentes que aún actúan como si la muerte de Cristo hubiera sido en vano. Muchos reemplazan la ley judaica por el legalismo cristiano. Es triste, pero para algunas iglesias es más importante lo que dice la constitución que lo que dice la Biblia. Para otros es más importante seguir lo que aprendieron por tradición que lo que puede transformar un corazón. Cada vez surgen más leyes extras para ganar la aceptación de Dios. Jesús luchó contra esas tendencias. Todo tiene un límite. Llegará el día en el que los que creen que pueden ser salvos por ser buenos estarán frente al que murió por ellos. ¿Qué le dirán?

Confiemos en el poder de Dios para nuestra salvación y para nuestra transformación. Confiemos en lo que hizo Cristo en la cruz por nosotras. Para las que todavía se complican la vida, escuchen: Jesús y Su muerte en la cruz del Calvario son el único camino. Dios lo determinó así y nosotras no podemos cambiarlo. Y si lo desean, digan conmigo esta frase que me gusta mucho: «Dios lo hizo, yo lo creo, y así es».

❧

*Pídele a Dios que te ayude a ser
una hacedora de Su voluntad*

¿EN DÓNDE SE BASA TU FE?

PASAJE DEVOCIONAL: 1 CORINTIOS 2:1-5

*Para que vuestra fe no esté fundada en
la sabiduría de los hombres, sino en el
poder de Dios. (1 COR. 2:5)*

Lei en una ocasión una frase en relación con el liderazgo que decía más o menos así: «La gente sigue al líder y después sigue a su visión». Y es cierto. Hay muchos que atrapan a las personas por su poder de manipulación, por su capacidad de decirles a las personas lo que quieren oír, por su apariencia física y por su verbosidad. Los hay carismáticos por naturaleza. Hay líderes por su posición y los hay de nacimiento. El apóstol Pablo tal vez podía mantener a las personas que lo escuchaban fascinadas con sus exposiciones y argumentos intelectuales, pero prefería predicar el sencillo mensaje del evangelio con la ayuda y el poder de Dios. Hay que ser humilde de verdad para no permitir que aflore nuestro ego. Si lo hizo Jesús, que es Dios, ¿cómo no lo vamos a hacer nosotras? Si reflexionamos en esto, nos daremos cuenta que ser una líder de un grupo de mujeres que busca a Dios es una responsabilidad extraordinaria. Como líder, tu podrás convencer a las mujeres, pero no podrás convertirlas en nuevas criaturas. Podrás usar todas las artimañas conocidas e inimaginables para que te sigan, pero no podrás asegurar que están siguiendo a Dios. Podrás tener personas que den su vida por tus ideas, pero no podrás garantizar que permanezcan fieles.

Una iglesia saludable es el reflejo del poder de Dios, no del de su líder. Un incrédulo que busca a Dios es la oportunidad brindada a la iglesia para que se manifieste el poder de Dios. Un alma ganada para Cristo es el resultado del poder transformador de Dios obrando. Es un proceso simple y sencillo. La palabra que prevalecerá es la de Dios, no la nuestra. Muchas personas que asisten a las iglesias siguen al líder, pero caminan en vano. La fe de una persona no debe estar basada en un líder, porque por muy bueno que sea, puede fallar, y aunque no falle, de nada vale seguirle si su propia vida no está bajo la sombra del poder de Dios. Para alcanzar las promesas eternas solo hay uno al que debemos seguir: Jesús.

Pídele al Señor que te ayude a confiar plenamente en Su poder y no en el de los hombres.

VEN Y... DESCANSA

PASAJE DEVOCIONAL: MATEO 11:28-30

Venid a mí todos los que estáis trabajados y cargados,
y yo os haré descansar. (MAT. 11:28)

*E*ste es un llamado de Dios para todos. ¿Quién puede decir que no necesita descanso? Puede ser que algunos piensen que Jesús está prometiendo aquí que nos acerquemos a Él para vivir como en un paraíso. La realidad es otra. El Señor sabe lo que pesa el pecado porque lo cargó por nosotras. No podemos esperar que en este mundo imperfecto vivamos como seres perfectos. La lucha del creyente es más constante e intensa que la angustia del incrédulo. Permíteme explicarlo: desde el mismo instante en que una persona decide entregarle su vida a Jesús se convierte en enemigo del diablo. Este sujeto está constantemente atacando a los creyentes para que no cumplan el propósito de Dios en sus vidas. Recuerden que la misión de Satanás es tratar de interrumpir los planes de Dios. El incrédulo que está bajo la posesión satánica ni se da cuenta de por qué vive angustiado. Tanto el creyente como el incrédulo están abarrotados de cargas y trabajos que nos presenta la vida, pero su forma de afrontarlas es distinta. Jesús ofrece una misma fórmula para ambos. Todo este peso es la consecuencia del pecado que nos arrastra: a veces son los requerimientos excesivos que nos imponemos nosotras o nos imponen otros, el nivel de vida que queremos alcanzar o mantener, la búsqueda constante de confort o preeminencia, la necesidad de lograr alivio en medio de crisis personales provocadas por nosotras mismas, la falta de acercamiento a Dios.

El descanso que Jesús nos ofrece no es el relajamiento para nuestros músculos, sino el sosiego para nuestras almas. Es la paz con Dios. Jesús no nos dice que debemos abandonar o ignorar lo que nos cuesta trabajo. Él nos está diciendo que atemos nuestro yugo al de Él, y el peso se aligerará. Nosotras no tenemos fuerza para cargar con todo. ¿Estás dispuesta a descansar en los brazos de Jesús? Nadie más puede ofrecer lo que Dios ha prometido (Jer. 31:25).

Ora a Jesús y entrégale tus cargas, verás cómo aligera tu peso.

DIOS OYE NUESTRAS SÚPLICAS

PASAJE DEVOCIONAL: SALMOS 116:1-7

Amo a Jehová, pues ha oído mi voz y mis súplicas.

(SAL. 116:1)

*E*spero que nunca te hayas encontrado en una situación en la cual te parece que estás en medio de un túnel oscuro, o en un callejón sin salida. Es frecuente que nuestras amistades y familiares cercanos, en situaciones como esas, traten de animarnos o consolarnos diciendo: «Hay luz al final del camino». Pudiera ser que la situación haya sido tan terrible que hayas pensado: «¿Pero hacia dónde está la salida? ¡Todo está oscuro!» Yo me he visto en esa situación. Y no una, sino varias veces en mi vida. Hay momentos en los cuales, las cargas y la tristeza, pueden ser tan agobiantes que ni a orar atinamos. Las circunstancias son infinitas. Puede ser que seamos la causa de la situación que enfrentamos o a lo menos que seamos contribuyentes. O pudiera ser que es algo sobre lo cual no hemos tenido ninguna participación. Pudiera incluso ser una enfermedad sobre la cual no tenemos control o la muerte de un familiar querido. Tal vez se trate de alguien que se enojó u ofendió por algo que hicimos sin intención y de lo cual, ni siquiera estamos conscientes.

Yo me he visto en todas esas situaciones. Yo también, como el salmista, he clamado, he pedido, he suplicado y en todos los casos, te puedo decir que Dios me ha escuchado. No siempre me ha contestado de la manera que yo hubiera esperado ni en el tiempo que yo deseaba, pero siempre me ha respondido y me ha dado mucho más de lo que pedí y de lo que merecía.

Amo a Dios porque escuchó mi voz y mis súplicas. Cuando yo descubrí que estaba perdida y que necesitaba un Salvador, le pedí que Cristo viniera a salvarme, y entonces, me dio Su Espíritu que mora en mí. Mi amor por Él no tiene límites, pues me ha oído y ha provisto para todas mis necesidades, incluyendo aquel tiempo en el cual no estuve autorizada a trabajar en Estados Unidos y sin amigos ni familiares que me dieran un centavo, Él motivó a muchos de Sus hijos a que cuidaran de mí y proveyeran para cubrir todo lo que necesitaba. ¡A Él sea la gloria!

Dale gracias a Dios porque Él siempre oye nuestras súplicas.

ÉL NOS DA EL GOZO

Jehová está en medio de ti, poderoso, él salvará; se gozará sobre ti con alegría, callará de amor, se regocijará sobre ti con cánticos. (SOF. 3:17)

*C*uando visité el mar de Galilea pude presenciar que de pronto, sin esperarlo, se formó una tormenta. Se sentía el poderoso viento y el oleaje se notaba con bastante fuerza en el enfurecido mar. Nunca pensé que allí se pudieran producir tempestades tan fuertes. En esos momentos dos cosas acudieron a mi mente: Primero, cuando Jesús calmó la tempestad con solo reprender el viento y las olas. ¡Qué maravilloso hubiese sido estar allí con Él en la barca! Segundo, las palabras de un himno que dice: «Después de la tormenta viene la calma, viene la paz». Y así sucedió después de la furiosa tormenta, vino la calma y pudimos seguir nuestra excursión.

La tempestad y la calma me llevan a pensar en las personas que se encuentran tristes y angustiadas en medio de una tormenta de crisis y que anhelan que llegue el día de un futuro brillante, sin sufrimientos ni dolor. Las profecías de Sofonías señalan al día que todavía no había llegado en su época. El profeta Sofonías en los últimos versículos nos presenta alabanzas y acción de gracias por la noticia que Dios librará y confortará a Su pueblo arrepentido.

Recibimos una revelación completa y perfecta de Dios a través del evangelio de nuestro Señor Jesucristo. Dios nos amó tanto que envió a Su Hijo unigénito a nacer en un pesebre para que estuviera en medio de nosotras, se entregara para pagar el precio de nuestros pecados en la cruz del Calvario y para que tengamos vida eterna. Esas palabras de ánimo: gozo, alegría, amor y regocijo pueden ser una experiencia en nuestra vida al arrepentirnos de nuestros pecados y recibir al Hijo de Dios como único Señor y Salvador. Cuando Dios está en medio de nosotras, podemos alzar cánticos de alegría.

Dios gracias por Tu misericordia y Tu bondad

DECÍDETE POR LA OBEDIENCIA

PASAJE DEVOCIONAL: JOSUÉ 24:19-25

Y el pueblo respondió a Josué: A Jehová nuestro
Dios serviremos, y a su voz obedeceremos. (JOS. 24:24)

*¿H*as trabajado en un proyecto junto con un grupo de personas? Es muy interesante ver cómo se desarrolla el trabajo cuando se trabaja en una línea de producción. Un grupo de la iglesia se ofrece anualmente para servir en una agencia que tiene un almacén donde diferentes corporaciones donan artículos para regalar a través del mundo. Estos artículos pueden ser alimentos, artículos de limpieza o belleza, etc. Cuando se llega al enorme almacén, se instruye al personal acerca del trabajo a realizar ese día, las medidas que se deben tomar para no tener un accidente y cómo hacer el trabajo con más rapidez. Cada persona escoge su responsabilidad. Cuando hay algo pesado, se ayudan unos a otros. Las personas saben que deben obedecer exactamente las instrucciones dadas y las advertencias de peligro. El grupo trabaja con ahínco, rapidez y con alegría, disfrutando el momento de compañerismo y servicio.

El tema de servicio se repite otra vez en el Libro de Josué. El pueblo de Israel servía a Dios cuando tomaron la tierra prometida. El pueblo declaró que «a Jehová serviremos». Sin embargo, Josué puso una cláusula advirtiendo al pueblo lo que le pasaría si servían a dioses ajenos. ¿Qué diría Josué al pueblo de hoy que quiera servir al Señor? ¿Qué dioses ajenos tendría que quitar? Cada persona debe analizar cuáles son las cosas que se interponen para tener un servicio a plenitud. Josué animó e inspiró a los israelitas para que sirvieran en el futuro. Él les recordó todo lo que había pasado anteriormente. Él le dio el crédito de la victoria a Dios. También los desafió a continuar hacia la victoria y el servicio. Ellos dijeron: «A Jehová nuestro Dios serviremos, y a Su voz obedeceremos».

Nosotras también podemos comprometernos con Dios para servirle, obedecerle y dejar los dioses ajenos que están en nuestra vida para apartarnos del Dios verdadero. Si vamos a cumplir con el servicio que Dios espera de nosotras, debemos estar listas a rendir nuestra vida completamente a Él, a oír Su voz y obedecerla.

Señor dame poder para librarme de los
«dioses ajenos» y comprometerme
a servirte y obedecerte.

MEJOR QUE LOS SACRIFICIOS

PASAJE DEVOCIONAL: 1 SAMUEL 15:22-25

Y Samuel dijo: ¿Se complace Jehová tanto en los
holocaustos y víctimas, como en que se obedezca a
las palabras de Jehová? Ciertamente el obedecer es
mejor que los sacrificios, y el prestar atención que la
grosura de los carneros. (1 SAM. 15:22)

*L*os padres esperan que sus hijos menores obe-
dezcan sin cuestionar sus mandatos. ¡Qué bello
es ver a los preescolares en sus clases queriendo seguir
las instrucciones de los maestros, con toda su atención
puesta en ellos y tratando de agradarlos! Ellos procesan
la orden y la ejecutan. Por lo general, los más pequeños
obedecen porque reconocen la autoridad. Según van
creciendo, algunas veces cuestionan la orden y el por
qué deben obedecerla. De la misma manera en nuestra
vida cristiana hemos añadido otros puntos a nuestra
obediencia. Ahora, antes de obedecer un mandamien-
to, pensamos que tenemos que comprenderlo, analizar-
lo, ver cuál es la situación y luego, consultar qué es lo
correcto bajo nuestro criterio o según la Escritura. En
otras situaciones, pensamos que ayudando al necesitado, asistiendo regularmente a una iglesia, no haciendo
daño a nadie; en fin, haciendo algún esfuerzo, podemos

justificar nuestras acciones delante de Dios y merecernos Su perdón.

Samuel con valentía confrontó al rey Saúl por sus pecados. Saúl actuó como la mayoría de los seres humanos: trató de justificar sus acciones pecaminosas queriendo sacrificar el botín al Señor. Saúl pensaba que haciendo algo por sus propias fuerzas podía obtener el perdón. Así como Saúl no había entendido que Dios no acepta acciones, ritos ni ofrendas, sin obediencia, muchas personas en estos días no comprenden lo que significa la verdadera obediencia, lo que es mejor que los sacrificios.

Algunas veces obedecer los mandatos de Dios puede parecer aburrido y sin sentido. Esto sucede si nuestra percepción de Dios no se fija en Su gran amor por nosotras. Dios nos amó tanto que envió a Su Hijo para sacrificarse por nuestros pecados. Él envió a Su Hijo para que naciera en un pesebre y luego se ofreciera en sacrificio por nuestros pecados. Sí, podemos tener la plenitud del gozo de Dios si escuchamos y obedecemos Sus mandatos.

Señor que mi anhelo sea obedecerte en todo momento.

DIOS RECOMPENSARÁ

PASAJE DEVOCIONAL: MATEO 10:39-42

Y cualquiera que dé a uno de estos pequeñitos un vaso de agua fría solamente, por cuanto es discípulo, de cierto os digo que no perderá su recompensa. (MAT. 10:42)

*H*ace muchos años, cuando mi esposo y yo llegamos a Estados Unidos nos vimos en un país extraño, sin recursos, con un nuevo idioma, sin saber qué dirección tomar, pero con un Señor grande y poderoso que sí conocía nuestras necesidades más íntimas y el rumbo que debíamos tomar. Recuerdo que una familia cristiana nos hospedó en su casa dándonos el alimento diario, tanto físico como espiritual, ofreciéndonos apoyo en esta nueva vida. Esta familia, con la gracia y el buen humor de la esposa, nos instruyó acerca del nuevo estilo de vida con el cual nos enfrentaríamos a partir de ese momento. Conociendo bien este país y las necesidades de los recién llegados, ella se dio cuenta de nuestra necesidad de ropa y nos llevó a un refugio que para nosotros era el departamento de ropa más grande del país. Ellos, además de enseñarnos algo acerca de las costumbres, también nos enseñaron, con el ejemplo, lo maravilloso que era llevar las buenas nuevas del evangelio, predicando y enseñando en una iglesia no muy cerca de su domicilio. Todo era nuevo para nosotros, sin embargo, ellos nos hicieron sentir tan a gusto que parecía que llevábamos años en este nuevo ambiente y que estábamos de vacaciones.

Hay situaciones en la vida que algunas veces se olvidan fácilmente, pero nunca podremos olvidar ese «vaso de agua» que unos discípulos ofrecieron a unos pequeñitos acabados de llegar a un nuevo país.

Las pequeñas cosas, las cosas que parecen insignificantes y que algunas veces pasan inadvertidas, las acciones que para algunos no tienen sentido y no ven el motivo de llevarlas a cabo. Acciones que pequeñitos en la fe necesitan ver en las vidas de los cristianos. Vidas ejemplares que estén conectadas a Cristo y asemejándose cada día más a Él. Manos que sirvan al necesitado y sirvan en la obra del Señor enseñando los caminos del Señor a los pequeñitos de edad y en la fe. Vidas cuyos corazones amen al extranjero y a sus familias. Vidas que estén dispuestas a ir más allá de la comodidad de su hogar para extender el evangelio.

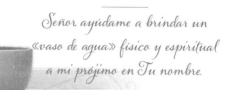

Señor ayúdame a brindar un
«vaso de agua» físico y espiritual
a mi prójimo en Tu nombre.

EN ESPÍRITU Y EN VERDAD

PASAJE DEVOCIONAL: SALMOS 84:1-4

Anhela mi alma y aun ardientemente desea los atrios
de Jehová; mi corazón y mi carne cantan al Dios
vivo. (SAL. 84:2)

Se acerca el día de Navidad y como todos los años también llegan los días ocupados buscando los regalos para los familiares y amigos. Muchos de ellos tienen de todo y nos ponen en una situación de no saber qué comprarles. Caminamos de tienda en tienda para encontrar algo que esté al alcance de nuestro presupuesto, que comunique nuestro amor y satisfaga una necesidad de la persona que lo recibe. Otras veces, especialmente con los niños, pensamos que le hemos comprado un gran regalo y ellos ni siquiera le ponen atención y comienzan a jugar con algo que nunca pensaríamos que los entretuviera. En fin, usamos nuestra capacidad, olvidándonos que hay otros gustos y necesidades. Si aplicamos esta situación a nuestro intento de ofrecer a Dios un regalo, también estaríamos en la misma disyuntiva de qué regalarle. Sabemos que Dios es el dueño de todas las cosas y posee todos los tesoros del cielo y de la Tierra. ¿Qué pudiéramos regalarle u ofrecerle? Él no necesita nada. Otras veces tratamos de hacer algo para agradarle, pero no es lo que a Él le agrada. Sin embargo, sí hay algo que Dios desea recibir de los creyentes. Algo para lo que no tenemos que pensar en el presupuesto, ni tampoco se puede comprar en las tiendas. Es un regalo que Él siempre está esperando de nosotras y no tan solo en la Navidad. Él desea que Sus seguidoras le adoren en espíritu y en verdad.

El pasaje de hoy en Salmos 84, llamado «La perla de los Salmos» por el gran predicador inglés Spurgeon, presenta una maravillosa canción de inspiración e instrucción. Este Salmo relata el anhelo del pueblo de Dios de tener un lugar donde pudieran adorar y derramar su corazón en alabanza y cánticos para reconocerle como su rey soberano. El pueblo cristiano también anhela adorar a Dios ardientemente. Esta adoración ocurre cuando comprende la grandeza de Dios, cuando reconoce lo insignificante que es delante de Él y entrega su vida al Señor Jesús como Salvador y Señor. En otras palabras, existe una correlación directa entre nuestro concepto de Dios y nuestro deseo de adoración.

Señor, que mi adoración sea sincera y siempre reconozca Tu grandeza

IGUALDAD EN CRISTO

PASAJE DEVOCIONAL: COLOSENSES 3:8-11

Donde no hay griego ni judío, circuncisión ni
incircuncisión, bárbaro ni escita, siervo ni libre, sino
que Cristo es el todo, y en todos. (COL. 3:11)

*L*o que más disfruto de vivir en el sur de Florida
es la gran diversidad de nacionalidades que la
componen. Según los últimos datos, en el año 2009 había cerca de tres millones de habitantes en el Condado
Miami-Dade solamente. En el 67,9 % de los hogares se
habla otro idioma que no es el inglés. Con 35 ciudades
incorporadas y muchas áreas no incorporadas, este condado puede considerarse un campo misionero interna-
cional. ¿Por qué me gusta tanto? Porque cuando le hablo
de Cristo a cualquier persona, el mensaje puede llegar a
rincones del mundo que ni siquiera me puedo imaginar.
Otra belleza de esta área son sus iglesias. Tal vez en alguna
zona residencial, en algún centro de trabajo o estudio, o
en cualquier otro conglomerado, alguien pueda percibir
alguna preferencia en cuanto a raza o nacionalidad, pero
en las iglesias no. ¿Cuál es la diferencia? En Cristo hay
unidad en la diversidad. En nuestras iglesias hemos aprendido a relacionarnos con personas distintas a nosotros

tal como lo hizo el Señor. En Cristo no hay diferencias ni preferencias. Él ha derribado todas las barreras de nacionalidad, raza, sexo, educación, nivel social o poder. Él recibió a todas las personas que venían a Él. Entonces, ¿quiénes somos nosotros para aceptar a unos y rechazar a otros? ¿Habrá alguien a quien Jesús le habrá negado la salvación por ser diferente?

Escuché que un miembro de una congregación recriminó a su pastor por servir a personas de nacionalidades diferentes a las suyas. Su argumento era que Jesús escogió a Sus discípulos y que el pastor debería escoger a los que se unieran a la iglesia. El pastor le respondió: «Jesús me ha dicho que sirva a todos sin excepción».

Nuestra tarea es llevar el mensaje de Cristo hasta lo último de la Tierra. Si queremos ver vidas transformadas debemos hacerlo sin importar el color de la piel, el lugar donde haya nacido o el idioma que hable una persona. Todos necesitan a Cristo.

Ruega al Señor que te ayude a ser semejante a Él

DÓNDE DEPOSITAR TU CONFIANZA

PASAJE DEVOCIONAL: SALMOS 56:10-13

En Dios he confiado; no temeré; ¿qué puede
hacerme el hombre? (SAL. 56:11)

*E*n estos últimos años todas hemos sufrido una catástrofe financiera en nuestra nación. Digo todas porque aun las celebridades y los famosos han perdido casas y propiedades. Los dueños de negocios han tenido que reducir su personal. Millones de personas han perdido sus trabajos y sus casas. Algunos millonarios han dejado de serlo. No es una crisis de unos cuantos. Es un desastre de dimensión global. Como era de esperar, las reacciones de las personas han sido diversas. Algunos se han quitado la vida, otros han atentado contra los que consideran los causantes de sus desgracias, otros han caído al nivel más bajo de pobreza, y aun hay quienes han tomado nuevos rumbos dejando sus sueños para cuando vengan tiempos mejores. Lo más triste de todo esto es que muchas de esas personas tenían depositada su esperanza en las posesiones que han perdido.

Estamos cansadas de escuchar a las personas decir que hemos llegado a este mundo sin nada, y sin nada nos iremos. Es una gran realidad, pero a muchas les cuesta trabajo aceptarlo. La mayoría de las personas viven luchando todo el tiempo por alcanzar un nivel de vida superior basados en sus posesiones y en sus posiciones, y aunque no es malo progresar, la meta que se han trazado en muchos casos supera sus posibilidades de depender de Dios para alcanzarlas. Puede suceder que algunos piensen que los cristianos somos seres de otro planeta, especialmente cuando decimos y mostramos que podemos vivir por encima de las circunstancias que nos rodean. La mujer que realmente confía en Dios no tiene temor de lo que suceda a su alrededor, sea lo que sea. Eso no es irresponsabilidad, eso es fe. De todas formas, estamos seguros que no podremos llevarnos nada de lo que poseemos y que tampoco lo necesitaremos.

Dios nos advierte una y otra vez en la Escritura que no nos preocupemos, que no nos afanemos, que no nos desesperemos. La mujer que confía en Dios plenamente no necesita que nadie le recuerde eso porque lo ha vivido. Nada ni nadie puede superar la protección que provee Dios.

Pídele a Dios que hoy te permita ayudar a alguien a confiar en Él

LIBERTAD EN CRISTO

Así que, si el Hijo os libertare, seréis verdaderamente
libres. (JUAN 8:36)

*M*i esposo y yo tenemos un amigo y compañero
de ministerio al que admiramos mucho. Es
un anciano que tiene una energía increíble para su edad
y lo consideramos como un gigante de la fe. Cuando era
joven se unió a un comando de rebeldes que fueron a
invadir un país para derrocar al gobierno en turno. En
aquellos tiempos su meta era lograr la libertad de sus
coterráneos a como diera lugar. Fue tomado prisionero y
llevado a una mazmorra donde estuvo en las peores condiciones físicas por varios años. Pero en aquella prisión
encontró la verdadera libertad. Tuvo un encuentro con
Cristo. Al regresar a su casa era otro hombre. Una nueva
criatura con un nuevo horizonte. Ya no lucharía más con
las armas convencionales para que otros fueran libres,
ahora usaría un arma más poderosa, la Palabra de Dios,
para librar de la esclavitud a los incrédulos. Había sido
un hombre soberbio y testarudo, ahora era un humilde
siervo de Dios. Con la ayuda de Dios fundó y pastoreó
varias iglesias, y ahora disfruta de su jubilación sin retirar-

se. Digo sin retirarse, porque continúa con su constante e incansable labor de alcanzar almas para Cristo.

Así que, una persona puede estar fuera de la cárcel y ser una prisionera. Alguien puede creer que está ayudando a otros y puede encontrar ayuda para sí misma. La única forma de ser libres de verdad es a través de Cristo. Si todas las creyentes tuviéramos una visión clara de lo que significa liberar a las personas de la esclavitud del pecado, como la tiene nuestro amigo, las iglesias estarían repletas de personas transformadas por el poder de Dios. Pero no todas las libertades son iguales; la diferencia está en el libertador. Jesús mismo es la Verdad que nos hace libres. Jesús no nos da la libertad para que hagamos lo que nos venga en gana, sino que nos libera para que lo sigamos a Él y hagamos la voluntad de Dios. El Señor quiere que lleguemos a ser lo que Dios quiere que seamos. Jesús es la Verdad que nos libera del engaño, es el Camino que nos libera de la perdición, es la Vida que nos libera de la muerte. ¿Eres libre? ¿Deseas ser libre en Cristo?

❧

Ora a Dios para que te ayude a disfrutar de la verdadera libertad en Cristo.

DIOS ES ETERNO

En el principio creó Dios los cielos y
la tierra. (GÉN. 1:1)

¿*N*o te sorprende este primer versículo de la
Biblia? El autor no explica quién es Dios. No
hay una introducción, ni un prefacio, ni un prólogo que
determine de dónde sale el nombre de Dios. ¡Dios y ya!
Dios es eterno, creó y controla el mundo. Tres grandes
verdades difíciles de digerir para algunas personas. Dios
existía antes de que algo existiera. Pudiéramos escribir libros y libros tratando de explicar la eternidad, pero es algo
que realmente nosotras no podemos entender por mucho
que lo tratemos de definir. Lo describimos con una frase
simple: no tiene principio ni fin. Dios, el Creador de este
maravilloso universo, no tiene por qué explicar quién es
ni cómo es Él. Sin embargo, gracias a Su infinito amor,
se ha revelado a nosotras a través de la naturaleza, de la
Escritura, de los profetas, de Su Santo Espíritu y de Su
Hijo Jesucristo. Yo no necesito una explicación de nada
para creer en Dios, es más, creo que si lo pudiera entender, entonces Dios no sería Dios. A Dios solo tenemos
que amarle, adorarle, obedecerle y servirle. Amar a Dios

es tenerlo como la primera prioridad en nuestra vida. Adorarle es no dejar que otro ocupe el lugar que solo le corresponde a Él. Obedecerle es tener un estilo de vida totalmente dirigido por Su Palabra. Servirle es hacer Su voluntad en cada paso que demos por este mundo.

¡Es un privilegio formar parte de la familia de Dios! Hay personas que antes de creer quieren ver a Dios. La gran diferencia es esta: hay que creer primero para luego ver a Dios. Las perspectivas de una vida cambian cuando está centrada en Dios. Él es creativo, nos ha hecho a todas completamente distintas, únicas y maravillosamente complejas. Somos valiosas para Él, tanto que creó la Tierra para que nosotras la habitáramos. Somos más importantes que los animales, somos la corona de la creación. Nosotras rompimos la relación con Dios por nuestra desobediencia y Él elaboró un plan perfecto para que volviéramos a recuperar nuestro estado original. Él mismo bajó a la Tierra para resolver lo que nosotras no éramos capaces de solucionar.

Pídele a Dios que disipe tus dudas si las tienes, solo Él puede hacerlo.

BUENA ADMINISTRADORA DE LA GRACIA DE DIOS

PASAJE DEVOCIONAL: 1 PEDRO 4:7-11

Cada uno según el don que ha recibido, minístrelo a los otros, como buenos administradores de la multiforme gracia de Dios. (1 PED. 4:10)

No me sorprende que haya cristianos que se crean superiores a otros. Maestros que por su manera de expresarse o de actuar pareciera que enseñan para mostrar sus conocimientos más que para ayudar en la transformación de las vidas. Oradores que por su manera de hablar pareciera que se complacen en aplastar a sus oyentes en lugar de ayudarlos a crecer espiritualmente. Obreros que por su manera de trabajar en la obra parecen más unos capataces que ministros al servicio de Dios. Son comparaciones sorprendentes para algunos, pero desdichadamente reales. Una administradora es la persona que administra y cuida los bienes de otro. Una administradora debe ser honesta, humilde y leal. Todas las creyentes somos responsables de administrar lo que Dios ha puesto a nuestro cuidado. No solo se refiere a las posesiones materiales, sino también a las espirituales.

Recuerdo la historia de un mayordomo que tenía bajo su cuidado la finca de un señor feudal en España. En una de las revueltas de la región, un grupo de campesinos se apareció para prender fuego a la casa señorial. El mayordomo se interpuso entre los campesinos y la casa, y dijo a los alborotadores: «No estoy defendiendo la propiedad ni al señor, sino al legado que estos plantíos han dejado en mí y en mis hijos, en ustedes y en los hijos de ustedes. Aquí hemos aprendido a ser hombres de bien».

Por la gracia de Dios disfrutamos de los beneficios que Él ha querido regalarnos. No es porque lo merezcamos, sino por los méritos de Cristo. Ya sea talento, tesoro o tiempo, han sido puestos por Dios a nuestra disposición para que lo glorifiquemos a Él primeramente, y después para que beneficiemos a otros. Él no necesita que lo defendamos, ni tampoco necesita pequeños «dioses» para cumplir Su propósito. Lo mejor que podemos hacer como depositarios de los bienes de Dios es actuar como mujeres de bien. La honestidad, la humildad y la fidelidad a nuestro Dios nos ayudarán a dejar nuestros intereses personales.

Ora para que Dios te ayude a seguir sirviéndole a Él y a los demás.

ENTREGA TUS PLANES AL SEÑOR

PASAJE DEVOCIONAL: PROVERBIOS 16:1-7

Encomienda a Jehová tus obras, y tus pensamientos
serán afirmados. (PROV. 16:3)

Una de mis amigas de la juventud partió de este mundo hace unos meses. Guardo muy gratos recuerdos de los tiempos cuando estábamos juntas en casi todas las actividades de la iglesia. Éramos un grupo muy unido, y aunque tenía más amistades en la escuela que en la iglesia, los de la iglesia eran mis mejores amigos, y ella se casó con un joven apuesto que cantaba como un ángel. Ella también tenía una preciosa voz de soprano. Los tres recibimos clases de voz con la misma profesora. Una vez al año, los estudiantes del conservatorio de música, teníamos presentaciones en un teatro donde iban los cazadores de talento de aquella época a contratar nuevos artistas. Ellos vieron hecho realidad su sueño de ser cantantes en un coro polifónico. Cuando se les presentó la oportunidad, hablamos de las consecuencias que traerían los viajes y ocupaciones propias de esa carrera. Sin consultar con nadie, se lanzaron a la aventura. Por más de treinta años no supe de ellos. En su funeral, el viudo me contó su triste historia: habían recorrido medio mundo sin Dios y sin frenos. Dos de sus tres hijos están en la cárcel y el otro escapó de su casa y nunca más supieron de él.

Aunque nuestros sueños sean hermosos, debemos calibrarlos a la luz de la voluntad de Dios para nuestra vida. Tal vez pensemos que se nos ha ocurrido una idea genial, pero no debemos lanzarnos hasta tener la confirmación de que tenemos la aprobación de Dios. Comprendo que no todas somos llamadas por Dios al ministerio, pero sí hemos sido salvadas para vivir conforme a los planes de Dios. La mayoría de las veces, cuando no contamos con Dios, echamos a perder las cosas, arruinamos nuestro testimonio y pagamos las consecuencias de nuestra desobediencia. No es lógico vivir sin planear para el futuro, pero de nada valen los planes si no los ponemos en las manos de Dios. De alguna manera, Él nos confirmará que están bien o mal y nos dejará a nuestra suerte para que aprendamos la lección. Todo depende de nuestro grado de dependencia de Él. ¿Confías lo suficiente en Dios como para esperar Su respuesta?

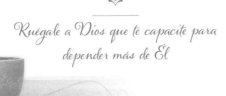

Ruégale a Dios que te capacite para
depender más de Él.

DIOS PUEDE REVIVIR LOS
HUESOS SECOS

PASAJE DEVOCIONAL: EZEQUIEL 37:1-6

Y me dijo: Hijo de hombre, ¿vivirán estos huesos?
Y dije: Señor Jehová, tú lo sabes. (EZEQ. 37:3)

Con frecuencia escuchamos decir: «Mientras hay vida, hay esperanza». Pensamos que mientras tengamos un soplo de aliento, por muy mínimo que sea, todavía podemos luchar, que todavía podemos salvar la situación. Pero hay ciertos momentos o situaciones en las que simplemente nos rendimos, dando por hecho que es el fin. Pienso que el profeta Ezequiel se debe haber sentido bastante desalentado frente a todos esos huesos secos. El panorama era de muerte y desolación. ¿Qué podría responder él ante la pregunta del Señor sobre si esos huesos podrían revivir? Quizá en su interior pensó que la pregunta no tenía sentido, que un montón de huesos secos jamás podrían ser más que eso... huesos secos, sin vida, sin esperanza. Sin embargo, le dejó la última palabra a Dios, admitiendo que solamente Él lo sabía, siendo testigo después de cómo todos aquellos huesos desahuciados y abandonados, volvían a la vida por el poder de Dios.

A veces nuestra vida nos puede parecer casi igual a este valle de huesos secos. Sentimos que no hay nada más que hacer, que todo está irremediablemente perdido. Este sentimiento de derrota y desesperanza nos hace querer renunciar en nuestro caminar con Dios.

El pasaje de hoy es un claro llamado a la esperanza. Tenemos un Dios que todavía hace milagros, que es capaz de hacer lo inimaginable e ir contra toda lógica humana. Él puede darles vida a los huesos secos de nuestra alma, puede volver a unir todo lo que está roto, puede hacer vivir de nuevo nuestro corazón y traer luz y gozo cuando pensamos que solo nos queda el desierto y la tristeza. Cuando la sutil voz del desaliento resuene en nuestra mente, cuestionándonos si podremos salir adelante o si podrán revivir nuestros huesos alguna vez, rescatemos nuestra fe en el Señor y creamos que Él lo puede hacer todo.

Padre, ayúdanos a creer en Tu poder
en medio de toda circunstancia

UN AMOR DIFERENTE

PASAJE DEVOCIONAL: JEREMÍAS 31:1-9

Jehová se manifestó a mí hace ya mucho tiempo, diciendo: Con amor eterno te he amado; por tanto, te prolongué mi misericordia. (JER. 31:3)

*E*l conocido predicador Spurgeon estuvo en cierta ocasión visitando a un amigo que vivía en el campo. Vio que sobre uno de los graneros había colocado una veleta con la inscripción «Dios es amor». Esto le llamó la atención y entonces le preguntó si con ese texto quería decir que el amor de Dios era tan cambiante como el viento. El hombre le respondió que no, que lo que quería decir era que el amor de Dios es constante y firme, sin importar de dónde soplen los vientos.

Como seres humanos, hemos sido creadas para amar y para sentirnos amadas. A través de nuestra vida experimentamos el amor en sus múltiples expresiones, y amamos de muchas maneras y en diferentes grados, pero en el fondo de nuestro corazón algo nos dice que ansiamos algo más, algo diferente; un amor diferente, y ese es el amor de Dios, que en el versículo citado el mismo Dios lo describe como «amor eterno». ¿Qué hace que el amor de Dios sea un amor diferente? Nunca terminaríamos

de mencionar todos sus hermosos atributos, pero podríamos mencionar dos cosas que son una gran muestra
de Su grandeza. Una es la fidelidad, esa capacidad de
nuestro Padre de permanecer fiel aun cuando nosotras
le fallamos, de ser siempre el mismo a pesar de todo. La
otra es la misericordia, la cual nos es dada y prolongada
solamente por Su gracia. Un amor así es lo que nos ofrece
Dios, pidiendo solamente que abramos nuestro corazón
hacia Él. Sabernos amadas con tal magnitud debería
transformar y llenar nuestra vida cada día y motivarnos
a compartir este amor diferente con todo aquel que no
lo haya experimentado.

*Señor gracias por Tu amor eterno, gracias
por amarnos de una forma tan
especial y diferente.*

ANDAR EN LA VERDAD

PASAJE DEVOCIONAL: 3 JUAN 1-4

No tengo yo mayor gozo que este, el oír que mis hijos
andan en la verdad. (3 JN. 4)

*E*n la actualidad en que vivimos, cada día se levan-
tan voces extrañas proclamando nuevas verdades,
y donde de formas muy sutiles la relatividad se va colando
en cada rincón de nuestra sociedad, la idea de andar en
la verdad hace que surjan muchas preguntas. Dos de las
que podríamos citar y quizás las más importantes son:
¿qué es andar en la verdad? Y, ¿cuál es la verdad? Muchas
veces estas y otras cuestiones pondrán a prueba nuestra
firmeza en los caminos del Señor. Como cristianas sabemos y creemos que Jesús es la única y absoluta verdad, y
que esa verdad está expuesta claramente en Su Palabra.
Andar en la verdad sería entonces llevar una vida conse-
cuente con los mandatos de Dios, una vida de acuerdo a
la verdad que Él nos ha enseñado. Es interesante notar
cómo otras traducciones bíblicas traducen la frase «andan
en la verdad», como «poner en práctica la verdad». Esto
es algo más que cierto, andar en la verdad no es otra cosa
que practicar la verdad en todo momento. El anciano
Gayo era una persona a la que el apóstol Juan tenía en

mucha estima. En su diario vivir Gayo ponía en práctica la verdad de Dios, la vivía y andaba en ella. Los que lo rodeaban y veían su integridad pudieron contarle personalmente a Juan de esto, lo cual lo llenó de mucho gozo.

Cuando andamos en la verdad, siempre seremos de impacto para todo el que nos conozca. Nuestro testimonio será real y evidente para el mundo. Pero lo que más nos debe motivar a caminar como cristianas verdaderas es que nuestro Señor también se llena de gozo al ver cómo lo honramos con nuestra vida.

*Señor guíanos y danos sabiduría
para vivir en Tu verdad*

LA IMPORTANCIA DEL CARÁCTER CRISTIANO

PASAJE DEVOCIONAL: 2 TIMOTEO 2:24-26

... y escapen del lazo del diablo, en que están cautivos
a voluntad de él. (2 TIM. 2:26)

*N*osotras somos canales de la gracia de Dios. Somos las vasijas que Él usa para llevar Su mensaje de salvación a los demás. Quizá no entendamos por completo el alcance que tienen nuestras acciones y nuestra manera de ser con lo que nos rodea, pero en todo momento Dios puede estar obrando en la vida de alguien y nosotros debemos ayudar a Su propósito.

Leí que en cierta ciudad un policía se convirtió al cristianismo, pero cuando desempeñaba su trabajo presenciaba tales cuadros de pecado y desgracia que por un tiempo su esposa y él pidieron a Dios que les abriera la puerta de otro empleo. Oraron, pero no recibieron respuesta. Por fin, un día él le dijo a su esposa: «Me parece que hemos cometido un error, hemos implorado que se me conceda cambiar de empleo, pero creo que Dios me quiere como policía. Ahora voy a pedirle que me ayude a servir donde estoy». Así comenzó su vida de magníficos servicios. Su influencia sobre los demás policías creció tanto que pronto lo nombraron director de detectives, convirtiéndose en el instrumento que Dios usó para evangelizar a varios criminales.

En estos versículos se nos insta a ser amables con todos y a estar dispuestas a enseñar y compartir la Palabra de Dios con amor y paciencia. No siempre seremos bien aceptadas y no siempre encontraremos corazones dispuestos. Pero ahí está el reto, cuando alguien se opone al evangelio, nuestro llamado no es pelear ni contender, sino todo lo contrario, somos llamadas a ser mansas y tratar con amor a esa persona. La razón principal de esto es que Dios puede hacer un milagro en ella y hacer que se arrepienta y se vuelva a la luz. Mediante nuestras palabras y nuestro carácter cristiano, podemos influir en la vida de alguien que esté lejos de Dios, para sacarlo de donde está cautivo.

Amado Dios, que mi vida pueda servir para que otros sean liberados de la cautividad del mal.

DIOS DICE QUE NO PARA PROTEGERNOS

PASAJE DEVOCIONAL: GÉNESIS 2:15-17

... mas del árbol de la ciencia del bien y del mal
no comerás; porque el día que de él comieres,
ciertamente morirás. (GÉN. 2:17)

*E*n el huerto del Edén, Adán y Eva tenían todo lo
que necesitaban. Vivían en perfecta armonía en
un lugar hermoso donde podrían disfrutar de todas las
cosas menos de una, el árbol del que Dios les había dicho
que no comieran. El propósito de Dios al prohibirle al
hombre que comiera de ese árbol no era limitar su libertad ni tampoco mantener en oculto el conocimiento.
Lejos de eso, su deseo era y sigue siendo protegernos del
mal y de que nos alejemos de Su presencia. Él sabía lo
que pasaría y hoy día sigue conociendo nuestro futuro.
Es por eso que muchas veces Su respuesta hacia nuestras
peticiones es un no, porque Él sabe lo que eso puede
traer a nuestra vida.

Cuántas veces pensamos en todo el dolor que nos
hubieran evitado Adán y Eva si hubieran obedecido el
mandato de Dios de no comer del árbol de la ciencia del
bien y del mal. Creemos que nosotras no hubiéramos

hecho lo mismo, cuando en realidad si hubiésemos estado en su lugar habríamos actuado de la misma manera. Es parte de nuestra naturaleza querer hacer nuestra voluntad, aunque esta vaya en contra de lo que Dios nos ha dicho.

Cada deseo que nos es negado no deberíamos tomarlo como una injusticia o desamor de nuestro Padre. Nuestro corazón necesita aprender a aceptar la voluntad de Dios y, más que nada, necesitamos aprender que los planes de Dios para nosotras siempre serán buenos. Si Él nos está diciendo que no a algo es para guardarnos y librarnos de algo que nosotras, en nuestra sabiduría limitada, desconocemos, pero que Él en Su infinito conocimiento ya sabe.

Señor ayúdanos a entender con paz cuando Tú nos dices que no.

COMO UN NIÑO

De cierto os digo, que el que no reciba el reino de
Dios como un niño, no entrará en él. (MAR. 10:15)

*S*e cuenta que un rey de Prusia una vez decidió
visitar una escuela rural en un campo de su país.
En un momento de intercambio con los niños, cuando
estos habían dicho que toda cosa pertenece a uno de los
tres reinos: mineral, vegetal o animal, les preguntó: «Y yo,
¿a cuál reino pertenezco?». Los niños no hallaban cómo
contestar a esta pregunta; pero una graciosa niña resol-
vió la dificultad, cuando salió al paso contestando: «Tú
perteneces al reino de Dios». El rey quedó muy contento
con la viveza de la niña y profundamente emocionado
por la verdad que ella había expresado.

Cuando Jesús nos dice que tenemos que recibir el
reino de Dios como lo recibe un niño, nos está poniendo un gran reto delante de nosotras, mientras más
crecemos, más complicadas nos volvemos. Nuestro ego
crece y los años y las experiencias vividas van despojan-
do a nuestro corazón de la inocencia y la sencillez de
la infancia. ¿Cómo recibir el reino de Dios como niños
si nos consideramos adultos que lo saben todo? Esta

condición para entrar al reino nos lleva a pensar ¿con qué tipo de actitud nos acercamos a Dios? Como un niño debemos estar confiadas en que el Padre cuida de nosotras y correr a Sus brazos con alegría. Como un niño debemos amar sencillamente y vivir cada día con alegría y sin afanes. Con la pureza de un niño debemos aceptar el mensaje de salvación y entregar nuestra vida a Dios. Con la enorme curiosidad de un niño debemos buscar más y aprender más de la Palabra. Ser como niños no significa ser irresponsables o inmaduras, sino que significa amar a Dios sin prejuicios y sin barreras. Tener un corazón de niño en nuestro andar cristiano debe ser nuestro deseo siempre.

Señor ayúdanos a ser como niños a la hora de acercarnos a ti.

EL MENSAJE DE DIOS PARA PABLO

... porque yo estoy contigo, y ninguno pondrá sobre
ti la mano para hacerte mal, porque yo tengo mucho
pueblo en esta ciudad. (HECH. 18:10)

*L*a ciudad de Corinto sin duda era bastante imponente. Cuando Pablo llegó a predicar el evangelio se encontró con que además de ser la ciudad más rica de su época, estaba habitada por una multitud mixta de entre 400.000 personas de varias castas y religiones. Comenzar una obra en ese lugar era una tarea difícil, lo que probablemente desanimó a Pablo. Por eso el Señor lo confortó diciéndole que no debía temer, ya que Él estaba apoyándolo para que cumpliera Su propósito porque en Corinto había mucha gente que Dios consideraba Su pueblo y que tenían que oír Su Palabra. Tiempo después, la iglesia ahí creció y se multiplicó mucho.

Creo que todas nosotras, de una manera u otra, nos podemos sentir de esa manera. Puede que sea nuestro lugar de trabajo, nuestra escuela, nuestro vecindario o incluso hasta nuestra propia familia. Quizá sentimos temor y no sabemos cómo testificar del evangelio. Pensamos que la tarea es muy grande para nuestra capacidad y que no daremos la talla. Aquí hay un mensaje para cada una de nosotras: el Señor quiere que hablemos sin miedo porque ahí también hay un pueblo que necesita ser salvado y no debemos amedrentarnos ante el ambiente, la actitud de las personas o las condiciones adversas que se nos presenten. Tenemos que hablar y no callar confiando en que la mano de Dios nos está guiando en el proceso. En cada Corinto Dios tiene un pueblo, nuestro deber es predicar y ser Sus embajadoras.

Padre, ayúdanos a hablar de ti
siempre sin miedo.

LA IMPORTANCIA DE LA
ORACIÓN DIARIA

PASAJE DEVOCIONAL: SALMOS 5:1-7

Oh Jehová, de mañana oirás mi voz; de mañana me
presentaré delante de ti, y esperaré. (SAL. 5:3)

*D*ios nos ha dado el privilegio de hablar con Él por
medio de la oración. Este privilegio se convierte
en una bendición cuando vamos ante Su presencia con
el deseo de alabarle, adorarle y buscar Su dirección para
nuestro diario vivir. La oración matutina nos da fuerzas
para comenzar el día y nos permite sentir el gozo del
Señor cuando vemos que Su promesa de estar siempre
con nosotras se cumple en nuestra vida. El salmista se
prepara para presentarse ante Dios en oración. La oración
requiere preparación. No solo es acercarse a Dios, sino
reconocer Su majestad a la cual solo tenemos entrada a
través de Jesucristo.

El salmista pide que el Señor escuche sus palabras y
esté atento a su clamor. Si Dios no escucha nuestras oraciones, son vanas. Nuestra oración debe ser reverente
porque vamos a hablar con el rey que, aunque es poderoso
y soberano, comprende nuestro clamor, inclina Su oído
hacia nosotras y nos toma de la mano para guiarnos por

el camino. La oración es algo más que repetir palabras, es nuestro sincero clamor a Dios, esperando que Él nos escuche. Es presentarnos al Señor con humildad y gratitud por Sus misericordias. Es alabarle y adorarle con todo el corazón. No tenemos que usar palabras vacías antes de llegar al trono de Dios. La meta de nuestra oración debe ser que Dios nos oiga. La oración requiere que nuestra relación con Dios sea correcta. Si no es así, ese es el tiempo de cambiar y arreglar nuestra situación con Él, ya sea porque necesitemos la salvación, porque nos hayamos alejado de Su camino o porque le hayamos desobedecido.

Es cierto que podemos orar a cualquier hora y en cualquier lugar, pero la oración temprana; a solas con nuestro Dios, nos llena de una manera especial. Esta ejercita nuestra vida espiritual. También es el momento para pedir perdón por nuestros pecados e interceder por otros que necesitan Su dirección y protección. El salmista termina confiado de que Dios lo ha escuchado y reconoce que Él actuará conforme a Su voluntad.

Ora humillada con la seguridad de que
Él escuchará tu oración

¿CONOCES QUIÉN O QUÉ ES TU ADVERSARIO?

PASAJE DEVOCIONAL: 1 CORINTIOS 16:1-9

Porque se me ha abierto puerta grande y eficaz, y muchos son los adversarios. (1 COR. 16:9)

*D*esde pequeños todos aprendemos lo que es un adversario. Es alguien que está en contra nuestra. Los niños disfrutan compitiendo unos contra otros, les gusta ganar y ser los vencedores. Más adelante, en la juventud y la adultez, nos encontramos con adversarios más difíciles de vencer, y sabemos que para triunfar tenemos que vencerlos. Siempre que queremos alcanzar una meta hay que hacer algún esfuerzo para lograrla. El pasaje bíblico de hoy, es una conclusión al importante tema que el apóstol trata en el capítulo anterior sobre la resurrección y cómo con Cristo somos vencedoras, dándonos la esperanza gloriosa de una vida eterna con Él. Una victoria completa sobre el gran adversario, la muerte. Cuando hacemos la voluntad de Dios encontramos dificultades. En muchas ocasiones hay problemas económicos, necesidad de más preparación, decisiones en el estilo de vida, situaciones familiares, cambios de ciudad y otros que se pueden añadir a la lista. Los problemas no son siempre señales de que no estamos dentro de la voluntad de Dios. El Señor Jesús nos advierte sobre ese tema cuando declara: «En el mundo tendréis aflicción; pero confiad, yo he vencido al mundo».

¿Puedes identificar qué adversario obstaculiza la obra para la cual Dios te ha llamado? Los adversarios pueden ser personas, pero también pueden ser circunstancias y tienes que decidir entre hacer la voluntad de Dios; la voluntad tuya o la de otros. Otro obstáculo puede ser que no estés dispuesta a hacer cambios en tu vida, aunque esos sean para tu bien. ¿Comprendes? Tu adversario puedes ser tú misma. Si queremos hacer la voluntad de Dios es necesario que no pongamos nuestra mirada en los problemas, sino en las grandes oportunidades de salvación que Dios ofrece cuando abre las puertas. Son muchos los cristianos que pueden decir al final de sus días que con la ayuda de Dios son vencedores. El Señor conoce cuán grandes son los enemigos, pero Él es más grande y poderoso para llevarnos a la victoria.

Ora al Señor para que te ayude a vencer los obstáculos que te impiden servirle.

EL LEGADO DEL REY EZEQUÍAS

PASAJE DEVOCIONAL: 2 REYES 18:1-7

En Jehová Dios de Israel puso su esperanza; ni
después ni antes de él hubo otro como él entre todos
los reyes de Judá. (2 REY. 18:5)

Creo que a todas nos gustaría que al final de nuestra vida nos recordaran como se recuerda a Ezequías, rey de Judá: «el rey que hizo lo bueno ante los ojos de Dios». Existen algunas razones por las cuales el rey Ezequías agradó a Dios. Cuando llegó al trono, quitó los lugares de adoración paganos que el gobernante anterior había permitido. Hizo las reformas necesarias confrontando a los sacerdotes y a los idólatras por el pecado que estaban cometiendo. En su reino no había lugar para esa clase de actividades porque el rey pensaba que su reino pertenecía a Dios y toda la alabanza y adoración serían solamente a Él. Decidió mantenerse en los caminos de Dios y con tenacidad mantener la nación buscando la dirección divina. Ese es el legado que nos deja Ezequías.

Si queremos un avivamiento espiritual en nosotras, en los hogares, en nuestra iglesia y en nuestra comunidad, entonces tenemos que tomar decisiones valientes que agraden a Dios y nos acerquen a Él. Esta es la herencia preciosa que podemos dejar a nuestros descendientes, un legado basado en el respeto y en la adoración al verdadero Dios donde no hay lugar para esos dioses falsos que destruyen a las familias, a los gobernantes y a las naciones. Hay dioses modernos que ocupan el lugar que solamente pertenece a Dios. No podemos decir: Señor, te entrego toda mi vida excepto mis finanzas, mis relaciones, mi diversión y mis planes futuros. Para que se logre un avivamiento espiritual, debemos dejar que el Espíritu Santo tome el control de nuestra vida y volvamos nuestros ojos al Señor. La salvación es el fundamento para lograr una vida espiritual exitosa. La salvación se produce cuando nos arrepentimos de nuestros pecados y pedimos a Dios que nos perdone por medio de Jesucristo. Este cambio es para siempre y nos permite poner nuestra confianza en Dios, quien es poderoso para librarnos del más fuerte de los enemigos.

Ora dando gracias a Dios por Su fidelidad

OBTEN LA PAZ INTERIOR

PASAJE DEVOCIONAL: EFESIOS 3:13-16

... para que os dé, conforme a las riquezas de
su gloria, el ser fortalecidos con poder en el hombre
interior por su Espíritu. (EF. 3:16)

*U*na de las victorias que puede experimentar un
cristiano es aprender a dar más importancia a
los asuntos espirituales que a los materiales. Cuando el
apóstol Pablo escribió esta carta a los efesios, él estaba
en prisión por predicar el Evangelio. Él muestra que se
preocupaba más por la vida espiritual de sus hermanos
en Éfeso que por su situación de presidiario. Lo podemos
ver claramente cuando más adelante les escribe y les pide
que oren por él, pero no por su libertad, sino para que se
le facilitara seguir predicando el evangelio.

Con frecuencia estamos preocupadas por las cosas que
afectan lo externo, o sea, el cuerpo. Oramos por alimentos, ropa, vivienda, salud o por trabajo. Sin embargo, sería
conveniente que nos ocupáramos de orar por los asuntos
que afectan nuestro espíritu. Es más importante pedir a
Dios que fortalezca nuestro espíritu que pedir que cambie
las circunstancias en que estamos. Oramos por sanidad
para el enfermo, por trabajo para el que no lo tiene,

y cuando alguien tiene problemas matrimoniales, oramos para que se arreglen, pero nos olvidamos de la parte espiritual de las personas. Tu oración debe ir más allá de las circunstancias. Puedes pedir a Dios con humildad que fortalezca tu espíritu. Cuando esto suceda, estarás lista para enfrentar las situaciones más difíciles, vencer la tentación y salir victoriosa en medio de la tribulación. Dejar tu carga al Señor y confiar en Sus promesas es recibir Su paz. Puede ser que las circunstancias no cambien, pero en tu mente y en tu corazón tendrás la paz de Dios en abundancia. Dios te ofrece la paz, pero tienes que aceptarla y decir: «Sí, Señor, la quiero, ayúdame a obtenerla». Confía y cree en lo que dice el versículo 16: «Para que os dé, conforme a las riquezas de su gloria, el ser fortalecido con poder en el hombre interior por Su Espíritu».

Pide al Señor que te dé Su paz.

SEÑALES DE UNA VIDA CON CRISTO

PASAJE DEVOCIONAL: 1 JUAN 3:21-24

Y el que guarda sus mandamientos, permanece en Dios,
y Dios en él. Y en esto sabemos que él permanece en
nosotros, por el Espíritu que nos ha dado. (1 JN. 3:24)

*V*arias de las cosas que nos facilitan mucho las cosas a las que no sabemos nada de mecánica, son
las diferentes luces y dibujos que tienen los automóviles
que nos indican cuando algo funciona mal. Si estamos
atentas a estas advertencias, evitaremos que se vacíe el
tanque de la gasolina, que las luces se queden encendi-
das, que nos olvidemos de cambiar el aceite o que haya
una puerta mal cerrada. Si no prestamos atención a esas
señales, corremos el riesgo de quedarnos en el camino o
perder nuestro vehículo. La mejor opción para el buen
funcionamiento de un automóvil es atender a las señales.
De esta misma forma, las personas que viven alrededor de
los creyentes necesitan ver en los cristianos al que llaman
Salvador y Señor de su vida.

El buen testimonio puede ser el brazo que alcance a los
que están sin Cristo. Tú misma puedes comprobar si las
señales que muestras a los demás son señales claras que
atraen a otros para que también encuentren a Cristo y lo

sigan. ¿Muestras a otros que te agrada estar en comunión con Dios, que lees la Biblia, oras y participas del compañerismo en tu iglesia? Una de las señales más claras para que otros sigan el camino cristiano, es mostrar con tu vida que Dios te ha perdonado y decir a otros que ese perdón también está disponible para ellos. No puedes engañar a Dios. Él conoce cada corazón.

Si amas al Señor con todas tus fuerzas y muestras que también amas a tu prójimo, todos podrán ver que Dios es una realidad en tu vida. Las personas a tu alrededor pueden notar si practicas la justicia y si tus acciones muestran que vives dentro de la voluntad de Dios. Esta es una señal que tampoco pasa inadvertida. Otra señal que es visible para todos, es cuando estás segura de que la venida de Cristo es una realidad. Esta señal se ve a través de tu estilo de vida, de tus prioridades, del uso que das al dinero, en fin, si cada día tratas de asemejarte a Cristo. Hay otras señales que muestran si estás con Dios y si Él está en ti. No temas examinar tu vida para comprobarlo.

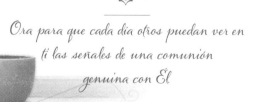

Ora para que cada día otros puedan ver en ti las señales de una comunión genuina con Él.

CUIDA TUS PALABRAS

PASAJE DEVOCIONAL: PROVERBIOS 26:22-28

La lengua falsa atormenta al que ha lastimado, y la boca lisonjera hace resbalar. (PROV. 26:28)

Cuando en la zona en la que yo vivo hay algún incendio, inmediatamente las autoridades hacen una advertencia a los ciudadanos para que se mantengan alejados del lugar de peligro y así eviten las consecuencias que trae estar cerca del fuego. Si podemos seguir las instrucciones para salvar nuestros cuerpos, es aún más importante seguir las advertencias de la Palabra de Dios, las cuales nos hacen vivir una vida abundante en Él. Las advertencias que el rey Salomón escribe en el pasaje de hoy, ayudan a practicar un lenguaje puro; que edifique a otros en vez de destruirlos. También ayudan a que reine la armonía y el amor entre las relaciones humanas. Una advertencia importante es permanecer alejado del chisme, el cual consume como el fuego y destruye la reputación de muchos, la que quizás nunca puedan restaurar. Otra advertencia que nos da la Palabra de Dios es sobre el odio. Este sentimiento que muchas veces se disfraza con palabras amables que no sentimos, que corrompe el corazón y produce completa infelicidad al que lo siente. El odio es uno de los sentimientos que más aleja al creyente del Señor, de los amigos y de los familiares. Junto con el odio aparece la hipocresía, las palabras falsas que hacen que tenga una actitud deshonesta ante sus semejantes. ¿Qué podemos decir de las palabras contenciosas que terminan generando peleas y provocando los celos y otros sentimientos que destruyen al ser humano?

Las palabras mal intencionadas son unas de las razones que conducen a la violencia doméstica que existe en el día de hoy, y que muchas veces lleva a la muerte a criaturas inocentes. Las palabras que se pronuncian tienen una influencia buena o mala en las personas. Dios quiere que Sus hijas tengan un lenguaje piadoso que las identifique como ciudadanas de Su Reino. De más está decir que lo que se conoce como «malas palabras» de ninguna manera es aceptable en la conversación de una creyente.

Ora para que Dios use tu manera de hablar para siempre glorificarlo a Él

FALSOS PROFETAS Y MAESTROS

PASAJE DEVOCIONAL: 2 PEDRO 2:1-3

Y muchos seguirán sus disoluciones, por causa
de los cuales el camino de la verdad será blasfemado.

(2 PED. 2:2)

*E*n la actualidad estamos acostumbradas a aceptar las imitaciones. Hay sustitutos para el café,
el azúcar, las ropas de marca y hay joyas que solo un
experto puede notar la diferencia entre las genuinas y las
de fantasía. Las personas que coleccionan antigüedades,
muchas veces descubren que los artículos que compraron
como antiguos y por los cuales pagaron una fortuna, son
solamente muy buenas imitaciones.

En la actualidad también hay engañadores y falsos
maestros que distorsionan la Palabra de Dios y que tratan
de desviar a los cristianos de las doctrinas bíblicas que por
la gracia del Señor tenemos. Estos falsos maestros diluyen
la verdad del evangelio y solo piensan en sus ganancias
personales. En el capítulo anterior al pasaje bíblico que
leemos hoy, el apóstol Pedro hace muchas exhortaciones a
permanecer firmes en la fe en Cristo. El apóstol les señala
el peligro de escuchar a los falsos maestros los cuales con
su hipocresía tratan de alejarlos del camino de Jesucristo.

Las características de los falsos profetas del pasado y del presente son las mismas. Ellos sienten gran pasión por la popularidad y predican lo que muchos quieren escuchar y no lo que dice la Biblia. Los falsos maestros tienen gran habilidad para presentar las mentiras como verdades. No se presentan como enemigos del cristianismo, pero de una manera gradual y sutil introducen sus falsas enseñanzas. Muchas veces lo hacen secretamente con el solo propósito de conseguir seguidores. Es cierto que existen estas personas que hacen daño y corrompen las verdades bíblicas, pero no olvides que también Dios los conoce y a Su tiempo los juzgará y los destruirá. Existe el peligro de quitar los ojos de Cristo, pero Dios te da la opción de permanecer firme porque la fortaleza del cristiano viene del mismo Señor a través del Espíritu Santo que está contigo y en ti.

Ora para que Dios te ayude a mantener la mirada en Cristo.

CREADAS PARA HACER
BUENAS OBRAS

Porque somos hechura suya, creados en Cristo
Jesús para buenas obras, las cuales Dios preparó de
antemano para que anduviésemos en ellas. (EF. 2:10)

*U*no de los testimonios que más ha impactado mi vida fue el de una alfarera que al mismo tiempo que hacía su trabajo daba su testimonio de cómo Cristo cambió su vida y la convirtió en un vaso nuevo, útil para servirle a Él y a los demás. Es maravilloso pensar cómo Dios puede transformar tu vida y convertirla en un vaso nuevo, diferente a cualquier otro vaso y con un propósito único en esta vida. El Señor también ha creado a otras personas a su alrededor para que seas una bendición para ellos. La mejor obra que puedes hacer por otros es llevarlos a Cristo. Dios le da diferentes dones a los demás. No te preocupes, tú haces la obra mejor o peor que ellos. El propósito no es la comparación, sino que hagas el trabajo que Dios quiere que hagas por ellos con el don que Dios te ha dado. Dios se agrada de una obra diligente que refleje el amor y el gozo que Él te da al hacerlo.

Cuando el cristiano no hace algo para mostrar el amor de Cristo a los demás, su vida espiritual se empobrece. Dios siempre te da la oportunidad de hacer buenas obras y te capacita para que cada día seas más semejante a Cristo. Solamente tienes que aceptar ser un barro dócil en Sus manos para que Él forme la vasija adecuada que llevará a cabo el propósito que Él quiere que tenga tu vida. Si permites que Dios te use, tendrás la oportunidad de hacer obras pequeñas y grandes que serán de bendición a quién las recibe y para ti misma, y en ocasiones sentirás la ingratitud de algunos. Otras veces aprenderás a enmendar tus propios errores, pero también dejarás en muchos huellas que nunca se borrarán.

Hay mucho trabajo que hacer por los demás. Mira a tu alrededor y donde quiera que veas una necesidad, descubrirás la oportunidad que Dios te está dando para ministrar en Su nombre. Las bendiciones que recibes del Señor no son para guardarlas, sino para compartirlas con otros. Al hacer tus buenas obras, recuerda dar siempre la gloria a Dios.

Ora para que Dios te haga comprender cómo puedes ser de bendición para otros a tu alrededor

ES BUENO DAR GRACIAS A DIOS

PASAJE DEVOCIONAL: SALMO 92:1-5

Bueno es alabarte, oh Jehová, y cantar salmos
a tu nombre, oh Altísimo. (SAL. 92:1)

*E*stamos tan acostumbradas a recibir bendiciones de Dios constantemente, que muchas veces no nos damos cuenta cuán importantes son en nuestra vida. Siempre me acuerdo con alegría de una joven que había en nuestra iglesia que, en todos los cultos de oración, ella siempre daba gracias a Dios porque podía respirar. Para muchos esta expresión de gratitud parecía graciosa y ya se esperaba que esa joven la hiciera. En realidad, ella era asmática y sufría de ataques muy fuertes en diferentes épocas del año, así que respirar era una bendición que no podía pasar por alto.

¿Por qué es bueno dar gracias a Dios? Porque Sus bendiciones son incontables. Porque todo lo bueno que recibimos viene de Dios. En cada gota de lluvia y en cada puesta de sol se refleja Su grandeza. ¡Cuán bueno es alabar a Dios! Muchos disfrutan de Sus beneficios, pero olvidan agradecérselos al Señor. Hay muchas cosas por las cuales estar agradecidas a Dios, pero no debemos olvidar algunas que muchas veces pasan inadvertidas. Podemos dar gracias a Dios por Jesucristo y mostrar agradecimiento porque el Espíritu Santo nos guía. Podemos alabar a Dios por los líderes cristianos que con tanto amor hacen su trabajo para que nosotras nos edifiquemos y crezcamos espiritualmente. Demos gracias a Dios por la Biblia, Su santa Palabra que nos enseña cómo agradar a Dios con nuestra vida. Mostremos nuestra gratitud y alabanza a Dios por la salvación y por la vida eterna que tenemos en Él. Seamos agradecidas porque Cristo dejó la iglesia en la cual podemos servirle. Elevemos una alabanza a Dios por la provisión diaria, no solamente por los alimentos, sino también por la compañía de otros, por el consuelo en los momentos tristes, porque nos lleva de Su mano. Demos gracias a Dios por el cielo porque sabemos que será nuestra morada eterna. Hagamos nuestra la expresión del salmista cuando dijo: «¡Bueno es alabarte, oh Jehová, y cantar salmos a Tu nombre, oh Altísimo!».

Ora para que en tu corazón siempre haya un canto de alabanza y gratitud a Dios.

PODEMOS CONFIAR EN DIOS

PASAJE DEVOCIONAL: HEBREOS 12:24-29

Así que, recibiendo nosotros un reino inconmovible, tengamos gratitud, y mediante ella sirvamos a Dios agradándole con temor y reverencia. (HEB. 12:28)

as noticias de esta semana hacen temblar a cualquiera. La lluvia en Centro América ha provocado inundaciones y derrumbes tan grandes que muchas familias han quedado sin hogar. Turquía también sufrió un fuerte terremoto que ha dejado muchas pérdidas materiales y víctimas. Muchos gobiernos sienten la sacudida de la mala administración, la falta de empleos y el crimen. En todas partes hay temor y ansiedad. Pero, ¿dónde están los creyentes en Cristo en estas situaciones tan difíciles? Ellos están dentro de las crisis y los problemas, pero con una gran diferencia: dependen de Dios que tiene un reino inconmovible y eterno.

Podemos confiar en nuestro Dios porque Su naturaleza no cambia, a pesar de que el mundo cambia constantemente y es sacudido por toda clase de crisis y desastres naturales. Podemos confiar en Dios porque Su Palabra no pasará. Esta es una promesa del Señor. En medio de las crisis, la Palabra de Dios nos alienta y nos proporciona la paz que necesitamos. Otra razón por la que podemos estar tranquilos es porque la Iglesia del Señor no podrá ser destruida. Podemos vivir confiadas en que, si somos del Señor, nadie nos arrebatará de Sus manos. No importa la crisis que estemos pasando, Dios está más cerca de lo que creemos, deje el asunto en Sus manos y permita que sea Él quien dé la solución. El Señor nos exhorta a cada instante para que nos despojemos de todo lo que nos impida correr la carrera cristiana de una forma victoriosa.

Si por alguna razón las cargas nos estuvieran impidiendo tener una vida abundante en Cristo, aprendamos a depositarlas en Él, que está dispuesto a llevarlas por nosotros. Confiemos en que el mismo Señor que creó al mundo de la nada, también puede vencer en medio de la crisis. Dios siempre hace Su parte y cumple Sus promesas, nuestra parte es confiar en Él y servirle con todo el corazón y con todas nuestras fuerzas. No temas, Dios está en control.

Ora para que Dios te permita permanecer fiel y firme en medio de los problemas.

LA NECESIDAD DE RESPONDER
AL LLAMADO

PASAJE DEVOCIONAL: LUCAS 10:1-9

Y les decía: La mies a la verdad es mucha, mas los
obreros pocos; por tanto, rogad al Señor de la mies
que envíe obreros a su mies. (Luc. 10:2)

*E*s triste ver un campo de hortalizas seco y destruido
por no tener suficientes obreros a la hora de la
cosecha. Cuando la cosecha está lista es necesario trabajar sin demora antes que el mal tiempo o las plagas la
destruyan. De igual manera ocurre en la mies del Señor;
hay que tener obreros preparados y listos para sembrar
la semilla del evangelio, de esa manera, Dios recogerá la
cosecha en el momento oportuno. En la obra del Señor
hay una necesidad urgente de obreros. El llamado que
Jesús hizo a los setenta discípulos cuando los comisionó
para que predicaran el evangelio es el mismo clamor que
escuchamos hoy: La obra es mucha y los obreros pocos.
Esta escasez no se debe a la falta de personas. Muchas ven
la necesidad y escuchan el llamado, pero pocas responden
de manera incondicional para que Dios las use. Quizá
teman porque es difícil y sin grandes remuneraciones
materiales. El Señor Jesús advirtió a Sus discípulos que

primero debían orar, porque es la obra del Señor y necesitamos depender de Él para recibir instrucciones. Cada día es más urgente responder al llamado de Cristo, sin Él, el mundo perece. El llamado de Dios a predicar el evangelio no es asunto del pasado. Todavía está vigente y muchos lo escuchan, lo responden y se dejan usar por Él. Es un privilegio muy grande ser parte de los obreros en la mies del Señor.

Dondequiera que estemos hay oportunidades para hablar a otros de Cristo, no las dejes pasar. No temas que te rechacen, otros también rechazaron a Cristo y por eso no dejó de amarlos. En nuestra vida cristiana tenemos dos opciones: la primera es cerrar nuestros oídos al llamado de Dios de llevar el evangelio y, por consecuencia, perder todas las bendiciones que esto implica. La otra opción es aceptar el llamado y ser parte de la mies del Señor. No es una tarea fácil, pero se disfruta tener el gran privilegio de estar a las órdenes de Cristo.

Pídele a Dios que te ayude a responder
al llamado que Él tiene para ti.

DISPUESTAS A OÍR LA VOZ DE DIOS

PASAJE DEVOCIONAL: 1 SAMUEL 3:1-10

*Y vino Jehová y se paró, y llamó como las otras veces:
¡Samuel, Samuel! Entonces Samuel dijo: Habla porque
tu siervo oye.* (1 SAM. 3:10)

*E*xiste una diferencia entre oír y escuchar. Muchas
veces hablamos a nuestros hijos y ellos no quieren
escuchar el mensaje, por lo que es imposible establecer
una comunicación. En la época que vivió Samuel las personas no querían oír la voz de Dios, aunque muchas veces
Él quería hablarles. Las personas no quieren escuchar
la voz de Dios porque demanda un cambio de actitud
que no están dispuestas a realizar. Aunque Samuel era
un niño, su actitud nos muestra que estaba dispuesto a
escuchar la voz de Dios. Él no podía comprender lo que
estaba sucediendo, no estaba acostumbrado a que Dios
le hablara. Necesitó la ayuda de Elí para escuchar lo que
Dios quería decirle.

El Señor nos habla de diferentes formas. Muchas veces
a través del mensaje del pastor o el consejo de una hermana o circunstancias que se van presentando que nos
hacen reflexionar y pensar en lo que Dios está tratando
de decirnos. Es posible que cuando Dios quiere decirnos

algo exista alguna interferencia que evite que el mensaje sea claro. Esa interferencia casi siempre es alguna actitud o pecado que bloquea la buena comunicación que Dios quiere que tengamos con Él. Es necesario que nuestros oídos estén abiertos y que nos presentemos delante de Dios con un espíritu humilde, que estemos dispuestas no solo a escuchar Su voz, sino también a servirle con agrado y sin condiciones. No necesitamos equipos electrónicos para mantener una buena comunicación con Dios, tampoco recibimos un mensaje diciendo que la batería no está cargada o que no estamos conectadas. No se nos pide que marquemos otro número, ni tampoco encontramos los circuitos ocupados. Nuestra línea con Dios siempre está disponible. Es un gran privilegio poder ir al Padre a través de Cristo. Si de verdad queremos oír la voz de Dios, debemos mantenernos conectadas con Él por medio de la oración, la lectura de Su Palabra y la comunión con los hermanos.

Ora para que al oír la voz de Dios seas diligente para obedecerle.

CRISTO ES QUIEN NOS JUSTIFICA
DELANTE DE DIOS

PASAJE DEVOCIONAL: ROMANOS 3:19-24

Por cuanto todos pecaron, y están destituidos
de la gloria de Dios, siendo justificados gratuitamente
por su gracia, mediante la redención que es en
Cristo Jesús. (ROM. 3:23-24)

*E*n la actualidad hay muchas personas que tienen
deudas. A todas esas personas les gustaría que
alguien se les acercara y les propusiera pagarles todas las
deudas: la hipoteca, el seguro, las cuentas de las tiendas,
la electricidad, el automóvil, los préstamos estudiantiles
y todas las demás cuentas. Eso es solo un sueño. No
confíen en que va a suceder. Cuando se trata de restaurar nuestras relaciones con Dios, sí hay Alguien que
está dispuesto a asumir todas nuestras deudas y pagarlas
por nosotras. Esa persona es el Señor Jesucristo. Sin Su
ayuda no obtendremos el perdón de nuestros pecados ni
gozaremos de la eternidad en el cielo.

A nadie le gusta fallar, pero en realidad todas hemos
fallado, eso es parte de la vida. Aun así, hay personas que
no quieren admitir sus faltas y que no están dispuestas a
recibir el perdón que Dios ofrece. Usan la libertad que

Dios les ha dado para decidir y deciden para su propia condenación. Dios quiere que tengamos redención y no condenación. Aunque nuestra salvación es gratuita, a Dios le costó un precio muy alto: el sacrificio de Cristo en la cruz del Calvario. ¡Qué bueno sería que luego de ser salvas, nunca más ofendiéramos a Dios ni hiciéramos las cosas que le desagradan! Pero honestamente, no es así. Nuestra naturaleza humana hace que muchas veces fallemos y seamos desobedientes a Dios.

¡Qué hacer cuando fallamos después de aceptar a Cristo? La salvación que Cristo nos da es eterna, no la perdemos, pero sí se puede perder el gozo del Señor por causa de nuestras desobediencias. Si esto sucediera, lo mejor es detenerse y reconocer dónde hemos dejado a Cristo. Lo vamos a encontrar en el mismo lugar donde lo dejamos. Podemos volver nuestros rostros hacia Él con la seguridad de que extenderá Su mano y nos levantará de nuevo y nos dará una nueva oportunidad para seguirle y amarle.

◈

Ora para que Dios perdone tus pecados y te permita permanecer fiel durante todo el tiempo que Él te permita vivir

MIEMBROS DE LA FAMILIA DE DIOS

PASAJE DEVOCIONAL: EFESIOS 2:19-22

En quien vosotros también sois juntamente edificados
para morada de Dios en el Espíritu. (EF. 2:22)

*C*asi todas las nacionalidades y culturas del mundo se encuentran representadas en la industria marítima, y particularmente, en la tripulación de un barco crucero. Mi trabajo es enseñar a los oficiales de cubierta las técnicas de entrenamiento que usarán al entrenar a la tripulación de su barco. Ellos comentan que uno de los retos que encuentran al entrenar a la tripulación es la diversidad de culturas e idiomas representados. Estos oficiales cuentan que a bordo de uno de sus barcos se pueden identificar más de cincuenta nacionalidades e idiomas. Una de las prácticas que ha ayudado a crear la unión entre tantas diferencias es el de crear lo que ellos llaman una «cultura de compañía». Esto quiere decir que, aunque los miembros de la tripulación siguen siendo filipinos, rusos, hispanos, serbios, etc., cuando llegan a bordo adoptan una nueva «cultura» que expresa la misión de esa compañía. La nueva «cultura» precede la nacionalidad y la cultura del individuo. Esta práctica unifica a la tripulación. Una tripulación unida es más eficiente y rinde mejor servicio, los huéspedes están contentos con el servicio y dejan mejor propina y la compañía ganará más al tener huéspedes que regresen en un futuro para pasar sus vacaciones a bordo de ese barco.

Cuando la persona recibe a Cristo como su Salvador, se une a la familia de Dios. Su nueva familia lo amará, cuidará y ayudará a edificarse en su nueva fe. Esa fue mi experiencia cuando recibí a Cristo y me uní a la Iglesia. En la iglesia encontré a mi nueva familia; encontré hermanos, primos, tíos, tías, padres y madres que me amaron cuando me sentía sola, me aconsejaron en tiempos difíciles y me sostuvieron por medio de sus oraciones y con su presencia mientras estuve entre ellos. Así es la nueva familia a la que Dios te une. Mira a tu alrededor en la iglesia y busca amar y apoyar a las personas que llegan solas, sin ánimo y sin esperanza. Si al leer esta meditación te sientes sola, sin ánimos y en busca de apoyo, busca el amor de Dios en los miembros de tu iglesia. Ora pidiendo al Señor que te guíe a la persona que Él ya ha puesto en tu camino para ayudarte y guiarte, y para que juntamente sean edificadas en el Señor.

❧

Padre, guíame a dar apoyo, esperanza y amor a alguien en mi iglesia que necesite de Tu amor y consuelo.

GUARDADAS DE LA MALDAD

PASAJE DEVOCIONAL: 2 TESALONICENSES 3:1-5

Pero fiel es el Señor, que os afirmará
y guardará del mal. (2 TES. 3:3)

*D*espués de leer el pasaje bíblico hazte las siguientes preguntas: ¿en qué forma me ayudaría la oración de mis hermanos mientras me encuentro en esta situación? ¿Conozco a alguien que necesite que yo ore por él? ¿Qué cosa en específico quiero que suceda en mi vida y en la vida de esa persona al orar por ella? ¿Tengo claro mis motivos cuando pido que oren por mí? ¿Necesito conocer la situación para orar con sabiduría? Pablo pide a la Iglesia que ore para que en el lugar donde están predicando suceda lo mismo que sucedió cuando ellos oyeron la Palabra de Dios. Cuando Pablo pide a la Iglesia que ore por las personas que estarán escuchando la Palabra de Dios, los está incluyendo y haciendo partícipes de la obra que ellos están desempeñando. Cuando oramos por los misioneros que sirven en diferentes países, nos hacemos parte de su labor y reconocemos que son hermanos que están haciendo la obra de Dios de la misma forma en que tú y yo somos llamadas a hacerla en el lugar donde vivimos.

La segunda petición de Pablo es que la Iglesia ore para que sean librados de «hombres perversos». Hay un dicho que señala: «No todo lo que brilla es oro». Pablo nos da a entender que a veces hay personas que aparentan ser algo que no son, y que en vez de ayudar a que la palabra de Dios se glorifique, ponen trabas para impedir que otros oigan las buenas nuevas. La petición de Pablo nos hace pensar que en nuestro medio ambiente, también hay este tipo de personas. Unirnos a Pablo en oración para que nos libre de esas personas nos obliga a orar por las personas que a nuestro alrededor también sirven de estorbo e impiden la obra de Dios. ¿Quiénes son? ¿Cómo impiden la obra de Dios? ¿Qué lugar ocupan en nuestra vida?

Pidamos la guía de Dios al orar por estas personas. Las siguientes palabras de Pablo son palabras de confianza y afirmación acerca de la fidelidad de Dios hacia Sus hijos. Pablo confía en que Dios es fiel para los suyos, afirmándolos y guardándolos del mal. Pablo confía en que no importa cuáles sean las circunstancias que nos rodean, Dios será fiel guiando nuestro camino.

Señor ruego que Tu palabra se glorifique dondequiera que se exponga

SABIDURÍA

Pero la sabiduría que es de lo alto es primeramente pura, después pacífica, amable, benigna, llena de misericordia y de buenos frutos, sin incertidumbre ni hipocresía. (SANT. 3:17)

*N*uestra manera de reaccionar y actuar cuando no estamos preparadas dice mucho acerca de quiénes somos. La primera práctica que hacen los estudiantes en el curso que enseño está diseñada para que ellos analicen objetivamente su reacción y actuación al dar un entrenamiento sin previa preparación. Al siguiente día, después de repasar el vídeo de la práctica que hicieron, pido que digan algo que les gustó y algo que tienen que mejorar. Después de oír sus comentarios les aseguro que sus siguientes prácticas irán mejorando con las sugerencias que recibirán en el curso. A veces hay estudiantes que han sido instructores durante muchos años y tienen mucha práctica en la enseñanza. En casos así, desde la primera práctica ya ellos desempeñan muchas de las habilidades que el curso recomienda.

En Santiago 3:14-17 se identifica dos tipos de sabiduría: la sabiduría terrenal y la sabiduría que viene de lo alto. Después de leer el texto me pregunté, ¿cuál de las dos sabidurías guían mi manera de reaccionar y actuar cuando no estoy preparada? Esta pregunta me hizo pensar en la gran naturalidad con que mis estudiantes incorporan en su práctica los elementos de un buen entrenador. Por supuesto, que ellos practiquen dando charlas todos los días los obliga a mejorar sus técnicas de enseñanza. Por lo tanto, «la práctica perfecciona los hechos». Esto quiere decir que para que yo pueda actuar con sabiduría de lo alto tengo que practicarla. Si practico reaccionar usando la sabiduría de lo alto con las personas más allegadas a mí, lo más probable es que también actúe de la misma manera con las personas o situaciones que inesperadamente se cruzan en mi camino.

Padre, ayúdame a responder a otros
con la sabiduría de lo alto.

ESCOGIDAS POR AMOR

PASAJE DEVOCIONAL: DEUTERONOMIO 7:6-9

Porque tú eres pueblo santo para Jehová tu Dios;
Jehová tu Dios te ha escogido para serle un pueblo
especial, más que todos los pueblos que están sobre
la tierra. (DEUT. 7:6)

*P*ermíteme enumerar algunas de las tantas bendiciones que mi familia y yo hemos recibido del Señor. Hace años despidieron a todos los empleados en mi departamento menos a mí. Mis hijas nunca se rebelaron en contra de nuestros deseos y enseñanzas. Ambas recibieron a Cristo como Salvador y están casadas con hombres creyentes. Este año, mi esposo y yo, celebraremos nuestro 39.º aniversario de bodas y ya logramos ver nacer a nuestro primer nieto. La lista sigue y sigue, así como el amor de Dios. A veces me pregunto: ¿por qué mi familia y yo recibimos tantas bendiciones? La única respuesta que encuentro a mi pregunta se centra en la persona de Dios, Su fidelidad y Su infinito amor que sobrepasa todo entendimiento. Mi lista de méritos propios es insignificante. No hay nada que yo pueda hacer para merecer el amor, la gracia y la misericordia de Dios. Su palabra dice que Él me escogió, no por lo que soy, sino para mostrar quién es Él. Lo único a mi favor (y es suficiente) es que un día hice la decisión de recibir a Cristo como mi Salvador personal y ese acto me unió a mi Padre celestial, haciéndome Su hija.

Mi caso no es único. Dios también te ha escogido para recibir Su misericordia y Su amor. En estos momentos, da gracias al Señor por Su amor hacia ti y por las muchas bendiciones que ha derramado sobre tu persona. Puede ser que, a diferencia de mi caso, estés sin trabajo, tus hijos sean rebeldes o tu matrimonio haya fracasado, pero ten por seguro que Dios nos ha escogido, como me escogió a mí, no por lo que valemos, sino por el amor que nos tiene. Para concluir di en voz alta las palabras del himno: «Dios te ama». «La más sublime nueva es: ¡Dios te ama! Su gracia ahora puedes ver; ¡Dios te ama! Si en obscuridad tú vas, Él tu senda alumbrará. En Su amor seguro estás; ¡Dios te ama! Y cuando deprimido estés, ¡Dios te ama! Pues, aunque solo tú te ves, ¡Dios te ama!».

Dios, te doy gracias porque me amas sin merecerlo y me salvaste a pesar de mi maldad

LA HUMILDAD EXCEDE AL RESTO

PASAJE DEVOCIONAL: MATEO 23:8-12.

Porque el que se enaltece será humillado,
y el que se humilla será enaltecido. (MAT. 23:12)

*U*na de las cosas que se observan más claramente en las enseñanzas de Jesús es que no criticaba a los pecadores ni ensalzaba a los religiosos. Por lo general, estamos acostumbradas a escuchar mensajes acusando a los pecadores por ser los causantes de las tinieblas de este mundo; y a los religiosos, comparando su comportamiento con el de los que no conocen a Dios para mostrar lo buenos que son. Eso muestra una sutil actitud de orgullo. Jesús nunca hizo eso. La humildad precede al servicio. El que está dispuesto a servir a Dios, está dispuesto a servir a los demás y para servir a los demás se necesita modestia. No podemos decir que servimos a Dios fustigando a los pecadores, sino teniendo compasión por ellos. Satanás es el culpable de las tinieblas de este mundo que a nosotras nos corresponde alumbrar con la luz de Cristo. No podemos decir que servimos a Dios si nos estamos comparando con los demás, porque nuestro modelo es el Señor, no las demás personas. Nuestro estándar es mucho más alto: imitar a Cristo. Todas sabemos que Jesús desafió las normas de la sociedad y retó a Sus discípulos a ir muy por encima de las expectativas del resto del mundo. Su modelo de liderazgo es el más elevado que se conoce, porque está basado en servir a Dios y a los demás motivados por el amor.

Siempre vienen a mi mente las historias de la vida de los misioneros. A la hora de pensar en el servicio, primero pensamos en lo que hizo el Señor por nosotras, y después en lo que han hecho y están haciendo los misioneros alrededor del mundo. Guillermo Carey abrió la brecha del ministerio, modelando un estilo de vida entregado a servir a Dios y a los demás. Durante sus primeros cinco años en India no se convirtió ni una sola persona, murió su hijo menor y su esposa perdió la razón, pero este hombre se convirtió en un dolor de cabeza para Satanás porque nunca dejó de creer en el Dios que lo había llamado, y por cada golpe que recibía se levantaba más fortalecido.

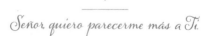

Señor quiero parecerme más a Ti.

DIOS DA LA PERCEPCIÓN
QUE NOS FALTA

PASAJE DEVOCIONAL: 1 REYES 3:23-28

Y todo Israel oyó aquel juicio que había dado el rey,
y temieron al rey, porque vieron que había en él
sabiduría de Dios para juzgar. (1 REY. 3:28)

*H*ay una frase que dice que el sentido común
es el menos común de los sentidos. Esto es
realidad en la vida de algunas personas, especialmente
en aquellas que no tienen la bendición de conocer al
Señor. Muchas veces me pregunto cómo pueden algunos
vivir una vida tan tormentosa por causa de situaciones
que a veces ocurren por falta de visión o por falta del
conocimiento de Dios. A veces se me desgarra el corazón
al ver cómo algunos sufren situaciones incontrolables,
las cuales considero serían muy fáciles de resolver si las
pusieran en las manos de Dios. Dios les da a Sus hijos la
percepción que muchas veces les falta a quienes no buscan Su dirección. Cada vez que leo esta historia recuerdo
una vecina de mi niñez que era una mujer joven y muy
robusta. Cuando tuvo su primer hijo, mi abuelita, que
no era enfermera, pero que había trabajado mejor que
muchas de ellas, le dio varias recomendaciones en cuanto

a la maternidad. Una de ellas era no darle el seno al bebé en su cama, sino sentada en un sillón. Una mañana al despertarse, la joven madre descubrió que había ahogado a su hijo con su propio cuerpo. Después de alimentarlo lo acostó junto a ella y se quedó dormida. Su bebé tenía doce días de nacido. No todas las personas tienen el discernimiento para entender algunas advertencias, pero cualquiera lo puede tener. Solamente hay que pedírselo a Dios. Este fallo del rey Salomón era una prueba de que Dios le había concedido su petición de tener sabiduría. Su corazón podía discernir, que es lo mismo que percibir, apreciar y comprender para establecer un juicio.

Cualquier situación de la vida se puede convertir en una tragedia. Tal vez algunos estén pensando que no es fácil llegar a tener la sabiduría que tuvo Salomón, sin embargo, puede haber alguien a nuestro alrededor que Dios esté usando para advertirnos acerca de algún peligro. Las dificultades y tropiezos que encontramos nos pueden sorprender a nosotras, pero a Dios no.

Señor dame entendimiento y Tu sabiduría

¿ES USTED UN DIÓTREFES O UN DEMETRIO?

PASAJE DEVOCIONAL: 3 JUAN 9-12

Amado, no imites lo malo, sino lo bueno. El que hace lo bueno es de Dios, el que hace lo malo, no ha visto a Dios. (3 JN. 11)

*E*l testimonio de un cristiano es básico para alcanzar almas y para relacionarse con los hermanos de la fe. A través de la historia hemos visto casos de líderes religiosos que han dañado a la iglesia con testimonios que dejan mucho que desear. Nuestro nieto mayor vive en Texas y recientemente nos pasamos unos días en su casa. Cuando llegamos, su esposa nos tenía una lista de lugares de interés que podíamos visitar. Uno de esos días lo dedicamos para viajar hasta Waco y ver lo que quedaba del campamento de los Davidianos donde murieron David Koresh y sus seguidores. Nadie sabe a ciencia cierta lo que sucedió aquel 28 de febrero del 1993 entre las fuerzas de la ley y aquel grupo de religiosos. Unos dicen que Koresh era un manipulador sicópata y otros que era un impostor que se hacía pasar por líder religioso. Del lugar donde se reunían no vimos nada. Parece un sitio inhóspito y abandonado. Tal parece que sus seguidores ni siquiera han querido preservar las cenizas que quedaron del incendio, y los habitantes de aquella zona no desean recordarlo.

Es triste que entre las iglesias cristianas también haya líderes que toman la iniciativa de controlar a un grupo de personas y manipularlas para satisfacer sus deseos personales. No es un mal nuevo, desde los tiempos de los primeros cristianos ya habían surgido quienes querían tomar el lugar de Dios. Con la candidez que lo caracteriza, el apóstol Juan califica a estos individuos como personas que les gusta hacer lo malo. Lo único que sabemos de Diótrefes es que quería tener el control de la iglesia. Esta expresión encierra grandes consecuencias. Hay pecados como la soberbia, la rivalidad, la calumnia y la manipulación que pueden surgir en el seno de la iglesia. Si alguien no deja oír su voz para que se detengan esas actitudes, puede causar un gran daño. Es natural que los miembros de una iglesia amen a sus pastores, no que los adoren; que los respeten, no que les tengan miedo.

Señor te he visto, quiero hacer lo bueno.

DE UNA VEZ POR TODAS

PASAJE DEVOCIONAL: HEBREOS 9:24-28

Así también Cristo fue ofrecido una sola vez para
llevar los pecados de muchos; y aparecerá por
segunda vez, sin relación con el pecado, para salvar a
los que le esperan. (HEB. 9:28)

No dudamos de la fe de las personas que se pasan
la vida yendo a la iglesia para confesar sus pecados a alguien que les impondrá una penitencia de rezar
siempre las mismas letanías y así librarse de las culpas.
Tampoco dudamos de la fe de los que buscan complacer
a sus dioses coronándoles de favores o haciéndoles promesas de sacrificarse para que ellos les concedan lo que
desean. Por lo general tienen fe en las cosas que les han
enseñado, no en el Cristo vivo. El asunto no es tener
cualquier fe, ni confiar en cualquier cosa, sino depositar
nuestra fe en el Señor Jesús como Salvador y Señor de
nuestra vida. La Biblia habla de la salvación. La explica
varias veces y de forma muy precisa. En realidad, yo no
creo necesario que alguien tenga que explicarnos un pasaje bíblico tan claro como el de hoy: ya no hacen falta
más sacrificios. Cristo nos abrió las puertas del cielo. Se
cuenta que cuando un antiguo romano oyó hablar del

cristianismo, dijo: «Ese sistema no puede permanecer porque está fundado sobre una cruz, sobre la muerte de Su fundador. Lo que se inicia sobre una derrota catastrófica no puede permanecer».

Pues es precisamente por haber culminado con la muerte de Cristo en la cruz que todavía hoy tiene vigencia y la tendrá hasta el fin de los tiempos. Tal vez nosotras no podamos explicarlo desde el punto de vista legal o en términos de negocios o científicos, ni siquiera lógicos, pero ese fue el plan de Dios desde el principio y no tiene sustituto. Cada vez se acerca más el momento del regreso de Cristo. Cada día que pasa son 24 horas menos que faltan, pero como no podemos ponerle límite de tiempo a Dios, pudiera suceder mañana. Como el plan de salvación es tan sencillo, el hombre se ha empeñado en entretejer algunas marañas a su alrededor para hacerlo más atractivo porque a nosotras nos gustan las cosas complicadas. Es una forma de llamar la atención y de acceder a los antojos de nuestro enemigo el diablo.

Señor Jesús, gracias porque lo hiciste todo por mí.

UN PASO VERDADERO

Yo conozco que todo lo puedes,
y que no hay pensamiento que se esconda
de ti. (JOB 42:2)

*M*e encanta estudiar el Libro de Job, especialmente los últimos capítulos donde Dios lo enfrenta con la realidad: Job hablaba lo que no entendía. ¿A quién se le puede ocurrir discutir con Dios?

Es muy fácil hablar sobre Dios, lo que no es muy fácil es entender todo lo de Dios. Él nos ha revelado solo lo que podemos entender y ni siquiera así somos capaces de penetrar en las profundidades de Sus virtudes. Desde la creación hasta la segunda venida de Cristo, Dios ha puesto a nuestro alcance lo que Él sabe que nosotras podemos comprender y lo que Él cree que es suficiente para que conozcamos lo básico que necesitamos para formar parte de Su plan eterno.

Recuerdo que hace algunos años tuve la oportunidad de testificarle a una joven que tenía una creencia distinta. Ella estaba tratando de comprender algunas cosas antes de aceptar y recibir a Jesús como su Salvador. Quería ver a Dios, quería explicaciones lógicas sobre la Trinidad, dudaba si tantas personas podrían caber en el cielo y no creía que todo el mundo vería a Cristo cuando volviera. Todas las semanas venía con una lista de preguntas que lógicamente estaban formuladas para desenmascarar y desacreditar mi fe. Por supuesto, en ningún momento acepté que me presionara o me desviara de mi propósito de presentarle claramente el plan de salvación. Mis conclusiones finales fueron que si ella quería tener un dios encerrado en sus pensamientos limitados, jamás tendría un encuentro con el Dios de las edades. Yo no puedo entender todo lo referente al Dios en el que creo, y me alegro porque si fuera diferente, entonces no sería Dios. Tampoco tengo por qué ponerle condiciones a Dios. Él es el Creador del universo y de todo lo que hay en este, incluyéndome a mí. Y aunque el hombre ha avanzado mucho en sus descubrimientos científicos, no ha hecho nada nuevo, solo descubrir lo que Dios ya ha hecho desde siempre.

Gracias Señor porque algún día te veré.

CÓMO MANTENER LA PAZ

PASAJE DEVOCIONAL: FILIPENSES 4:4-7

Y la paz de Dios, que sobrepasa todo entendimiento,
guardará vuestros corazones y vuestros
pensamientos en Cristo Jesús. (FIL. 4:7)

*E*stamos viviendo tiempos muy difíciles: despidos en los empleos, pérdida de propiedades, enfermedades raras y al parecer incurables, hogares rotos, hijos contra sus padres e hijos abandonados por sus padres, desastres naturales, manifestaciones de personas inconformes, abusos y violencia doméstica, corrupción, persecución de la fe cristiana. Ya sean los desastres naturales, la crueldad del hombre o las guerras espirituales, sin duda alguna la vida está llena de tragedias. Debemos recordar que en el jardín del Edén sucedió la más grande tragedia de la humanidad cuando el hombre se reveló contra su Creador. Todo lo que ha sucedido después es consecuencia de la ruptura del hombre con Dios. El pecado hizo que el mundo entero comenzara a padecer. Los huracanes, los terremotos, el terrorismo, el genocidio y la guerra, todo eso es pecado. Todo lo que Dios hizo es bueno y lo que el hombre ha hecho es malo. Por eso no hay paz. Al hombre siempre le faltará la paz, por mucho que traten de hacer tratos, acuerdos, reuniones o disposiciones. Reconciliarse con Dios es la única forma de mantener la paz. La paz no se encuentra en las circunstancias que nos rodean, sino en el corazón.

En nuestra iglesia hay cinco jóvenes, familiares de miembros, que han estado en las guerras de Medio Oriente. Gracias a Dios todos fueron y regresaron sanos y salvos. Algunos nos han contado sus experiencias, especialmente lo que significa tener el apoyo de una iglesia que esté orando por ellos mientras están en medio del peligro. Hemos experimentado la bendición de verlos regresar en paz y saber que ellos sintieron la paz de Dios en el fragor de la lucha diaria. Como leemos en Filipenses 4:5: «El Señor está cerca». No fue por gusto que Pablo escribió esta nota a los de la iglesia de Filipo. Mientras más se acerque el regreso de Cristo, viviremos en más peligro.

Señor quiero estar en paz contigo.

¿CUÁNTO VALE TU ALMA?

PASAJE DEVOCIONAL: MARCOS 8:34-38

Porque ¿qué aprovechará al hombre si ganare todo el mundo, y perdiere su alma? (MAR. 8:36)

Creo que no hay nada más triste que conocer a personas que no creen que haya una vida después de esta. Cuando escucho una persona decir que no cree que haya algo después de la muerte, me imagino que estoy hablando con alguien que cree no tener más porvenir que un animal. No quiero ofender a nadie. Sé que hay muchas personas que aman a los animales, pero por muy cariñosos que sean con nosotros, no tienen alma. Al menos la Biblia no lo dice. En una ciudad cercana a la nuestra hay un cementerio que se llama «El cielo de los animales domésticos». Para mi concepto, allí se quedan los esqueletos de los pobres animalitos que mueren. Pero no sucede así con el hombre: una verdad no deja de ser verdad porque alguien no la crea. Dios creó al hombre a Su imagen y sopló aliento de vida en él (Gén. 1:26; 2:7). Somos la corona de la creación y Dios nos ama tanto que estuvo dispuesto a entregar a Su Hijo para que muriera por nosotras cuando rompimos nuestra relación con Él. La salvación de nuestra alma es la relación eterna con Dios.

Algunos de los que dicen que no existe nada después de la muerte dedican el tiempo a luchar por obtener, acumular o derrochar lo que tienen, y a eso le llaman «disfrutar de la vida porque eso es todo lo que se van a llevar». Lo hacen sin darse cuenta que no se llevarán nada, especialmente si no se han preparado para encontrarse con Dios. Nosotras, las que sabemos que nuestra vida aquí es un ensayo, una preparación para nuestra vida eterna en el cielo, comprendemos el valor que tiene nuestra alma. Pero así y todo, podemos equivocarnos y pensar más en nuestros sentimientos y deseos naturales que en los propósitos de Dios. En las películas vemos que algunos han vendido su alma al diablo, eso demuestra que tiene valor aún para los cineastas. El interés de Satanás es destruir todo lo bueno de Dios e ir en contra de Su voluntad. Jesús, que nunca perdió el enfoque en Su misión, nos advierte que de nada vale vivir bien aquí en la Tierra si no nos preparamos para vivir en el cielo. Allí es donde residirá nuestra alma para siempre.

Señor Jesús, gracias por salvar mi alma

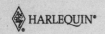

COMING NEXT MONTH

#5. *If I'd Never Known Your Love* by **Georgia Bockoven**
When her husband's business trip to Colombia turns deadly
and he ends up kidnapped, Julia McDonald is thrown into a
tailspin of horror and waiting. For five long years, she does
whatever it takes to bring Evan home. Finally a phone call
comes. But then…

Publishers Weekly has said that award-winning author
Bockoven "creates believable characters as she weaves a
quietly involving tale."

#6. *The Night We Met* by **Tara Taylor Quinn**
One night in January 1968, Eliza Crowley met Nate Grady.
It was a chance meeting, since Eliza was on the verge of
entering a convent, and Nate was making a brief visit to her
hometown. *But it was a night that would change their lives.*

A *USA TODAY* bestselling author, Quinn "writes touching
stories about real people that transcend plot type or genre."
—*All About Romance*

"I'm _____
which _____

"I'm ne_____ _____ _____ Eve is still talking about her mother, Daisy. "She's not even a grown-up. Do you know what I mean, Tommy? She needs someone to take care of her, and she's always going to be that way."

"Men take care of women."

I hear her breathe. Now she's mad.

"No one's going to take care of _me_. Because if people take care of you, they also want to tell you what to do."

I say, "You'd let me tell you what to do."

"Oh, try it."

That makes me laugh. But I can't think of a dare she won't take—although accepting a dare is not the same as letting yourself be told what to do.

"I'll always be here, Eve. I promise."

Her voice comes back in the dark. "Thanks." She sounds sulky but also comforted, and that's when I think I'm going to know Eve for the rest of my life.

Dear Reader,

For an author, the joy of writing a story for Harlequin Everlasting Love lies in creating characters who grow and change through decades of friendship and love. Once or twice, after completing a book, I have brooded about my characters. I've had to leave them at the start of what may be the hardest journey they've ever known: marriage. A relationship of this kind by its nature requires long knowledge. Over decades, two people who love each other will also have relationships with friends and family, will know birth and death, will grow and change.

The Depth of Love is a celebration of enduring friendship between a man and a woman—and of friendship that is also love. I hope you enjoy this story and the time shared by its characters.

Wishing you good things always,

Margot Early

The Depth of Love

Margot Early

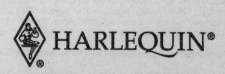

TORONTO • NEW YORK • LONDON
AMSTERDAM • PARIS • SYDNEY • HAMBURG
STOCKHOLM • ATHENS • TOKYO • MILAN • MADRID
PRAGUE • WARSAW • BUDAPEST • AUCKLAND

ISBN-13: 978-0-373-65405-5
ISBN-10:   0-373-65405-7

THE DEPTH OF LOVE

ABOUT THE AUTHOR

Margot Early is the award-winning author of thirteen novels and three novellas. She lives high in the San Juan Mountains of Colorado with two German shepherds and twenty tarantulas. When she's not writing, she's outdoors in all seasons, often training her dogs in obedience.

Books by Margot Early

HARLEQUIN SUPERROMANCE

HARLEQUIN SINGLE TITLE

For Warren

PROLOGUE

Tommy
Viento Constante, New Mexico
November 8, 2006
The End

Today has been for telling the story of the cave, and maybe of Eve, too, because she is part of the cave for me. The story is incomplete. Will I see its end? No. My part is not even a chapter in its magnitude.

What I wrote about the Viento Constante Cave system is rough and unscientific. I want to open a door for those who shut down when science shows up. They, too, deserve to see the life, the ancientness and magnificence of the cave. So this is how I've begun:

Time existed before the cave. Time saw carbon dioxide from the soil turn water to carbonic acid. Beneath the water table, water crept in. The cave began.

In the 1600s, while the cave lived unheralded, home to bats, home to an unnamed scorpion descended from arthropods older than the cave, a man of God came to the place. Wind flattened junipers, sculpted sandstone into unearthly shapes, picked up dirt and seared his eyes.

His burro blinked and stood and refused to move, and the priest did not pitch a tent. He sketched the place, sketched wind spiraling and spouting up from stone, sketched junipers blown horizontal.

He named the spot for no saint and no spirit.

He called it Viento Constante because the wind never ceased. The wind—God's breath.

In the world of caves, wind within a passage heralds the presence of a big cave system. The opening of Viento Constante's great cave lay five miles from the community that sprang up around the small Catholic church of Santa Maria, on land owned by the Romero family. None of the settlers in that area, none of their descendants for centuries, knew that the single cavern room five miles from the church concealed hundreds of miles of cave passage.

The people of Viento Constante were Catholics and Penitentes. They believed a Child would lead them.

In 1980, when two children, teenagers, discovered that there was more than one small room to the cave at Viento Constante, the pair made a pact to keep that information to themselves....

Two hours have passed since I left the computer. Now, three of us trudge through desiccating heat. Sand gusts at us on the path between the house and the cave entrance on the Rancho Ventoso, once owned by Eve's family, held by Spanish stockmen for centuries before that.

It's hot today and windy. *It's always windy,* Cimarron used to say. The wind gusts, swirls casts time and memories in all directions.

As recently as two months ago, Eve said, *You don't own that cave, Tommy. It owns you.* Then, a shrug. She sees it as a fault—and I find it to be my right—to be owned by the cave.

Yet if it owns me, this living wonder that's been in my trust, before that in hers and her family's, will it own me less if I relinquish, literally, the key to its gate?

The wind escorts us there, Eve and my son Ben and me. Eve and Ben don't know why we're out here in the heat on an Indian summer day. They don't know why we've come to the cave entrance, the entrance to the place neither of them loves, the place that, as they've long acknowledged, owns me.

It's too late to change my mind. The rangers are there, their taupe-colored Bureau of Land Management truck parked on the gravel outside the locked entrance. After, I g e them the key, they'll create a new gate, new signs, new protection for this national treasure. If I am given a key to the new gate, it will be as one temporarily employed in the service of the cave, forced to see that I am temporary, to see that even when I die, even when all my writings have gone from the earth, the cave will live.

Will I own myself at last?

Or am I one of those destined to be driven by ambition

to explore, to go deeper in the earth, to set new records, to seek the unexplored. Sometimes with the wind, sometimes against it, always tearing in one direction, unstoppable, selfish. Have I changed?

No.

Behind me, Eve says, "Tommy."

She sees why we're here.

She says, "You're not doing this because of me, are you?"

The land is bigger than either of us. The world beneath, deep in its beauty and danger and what it has taken, is immense. I act for that place of wonder that Eve first opened for me.

"I'm doing it," I say, "because of the cave."

And my son, in a sixth-grader's voice of truth and treason, says, "That's why you do everything."

CHAPTER 1

Eve
Rancho Ventoso
October 31, 1977
The Beginning

Eve Swango was born on Halloween, which meant birthday parties were sometimes lost in the excitement of the school parade, of Halloween cupcakes and trick-or-treating. And of course, in Viento Constante, Halloween was less of a big deal than Todos Santos, the celebration of All Saints' Day on November first and All Souls' Day on the second, when her classmates and their families visited the graves of loved ones, often leaving cempasúchil, the yellow marigold, bought at the market outside town. Eve minded none of this—it made her feel special in a way

she couldn't articulate, to have been born on All Hallows' Eve. In any case, this year she was ten, and her mother had promised her a slumber party.

Her mother had said she could invite up to six friends, but even after a year and a half in Viento Constante, Eve wasn't sure six girls would come to her house. She was the only Anglo in her grade, and even the Spanish she'd learned from Rosa and Felix, the Swangos' "help"—when her mother wasn't around to know about it—could not make her something other than Anglo.

She'd invited Cecilia Martinez, Maria Ortiz and Patty Romero.

She had dressed as a soccer player for Halloween. Eve had some ambition to be a professional soccer player, not for the fame but because she loved the game and was good at it. Besides, the costume was comfortable, even for the last day of October. She kicked a ball all the way home from school, picking goals between junipers along the dirt roads, nailing boulders, running to dribble the ball back to the road. When she reached her house, she went first to see her horse, Magic, who was of mustang stock and had been gentled by Felix and was now twelve years old. "I'm having a birthday party," she told the horse. She could already smell fry-bread from the kitchen; it would be her afternoon snack.

When she entered the kitchen of the big adobe house, a strange boy sat at the heavy wood table. His hair was so long that at first Eve wasn't sure he *was* a boy. He wore the kind of cheap jeans that never fade and a black T-shirt with an elaborate painting of the Virgin of Guadalupe on the back. He was taller than Eve and older, though not as old

as her sister, Cimarron, and Eve suspected he was both Spanish and Native American, which some people were.

Rosa, whose back was to the door, sang. *"Voy a cantarles un corrido muy mentado/Lo que hapasa do allá en la hacienda...."*

Eve loved to listen to Rosa sing. Rosa had taught her many songs, and Eve sang them sometimes when she was out riding Magic.

The boy stared at Eve. His eyes seemed almost black, and his face was fierce, like a hawk's.

Rosa looked around, broke off her song. "There you are. Go wash your face and hands, and you can eat and meet Tommy. Tommy Baca. He's going to live here."

A stranger would come to live with her family? Impossible. "No, he's not," she said and leaned toward the counter to see her birthday cake, which she had only just noticed. It was covered with pink roses. *HAPPY BIRTHDAY EVE* crossed the white icing in pink froth. Undoubtedly, Eve's mother had told Rosa what to do. Eve would have preferred a cake the way Rosa made it without her mother's input. She had begged for a piñata, too, and Daisy had refused, asking her if she wanted to be like one of her wetback classmates. Eve hadn't known what that word meant, only that it was sufficiently offensive for Felix, who had overheard, to tell Eve's father, in rapid and arrogant Spanish, that his family had been in this valley since the seventeenth century.

But Eve still had no piñata.

Cimarron came into the kitchen and leaned against the doorway, her black hair bouncing around her shoulders like o⁻ of Charlie's Angels. Her smile to Eve was fake—part

sarcastic, part disgusted. Cimarron was a person to be treated with caution. She went away to school—boarding school—and she was already a model and had been to Europe and had her photo in big magazines. The pictures didn't really look like her, though. She told Eve scary things that Eve's father said were nonsense but that Eve couldn't forget—for instance, that in the *morada*, the Penitente church on their property, *Los Hermanos de Luz* crucified people and next Lent Eve would be chosen to die. Felix, Cimarron said, was a Penitente, one of the Brotherhood of the Light, some kind of Catholics who did all the scary things in the Bible for real, and he'd already picked Eve for crucifixion. Now Eve's half sister said, "Have you seen what Dad brought home?"

Eve's father was a geologist, and he taught at the local community college, although he used to be a professor at the university in Santa Fe. He wanted, he said, to be closer to his family. He brought home fossils and mineral specimens. When he went to Santa Fe as a visiting lecturer or on other business, he brought back jewelry for Cimarron and sometimes a doll or a kachina for Eve, who had a collection of these in her room. "What?" Eve asked.

"That."

"You are a very rude girl," Rosa exclaimed. "You get out of my kitchen until you're ready to act like a lady. They taught you no manners in Paris?"

"He's our new foster brother, our very own gutter child."

Rosa turned away and began muttering under her breath in Spanish, furiously splashing dishwater in the sink.

Eve thought Tommy looked as if he belonged in a gang. But she wasn't afraid of him. She said, "Can you ride a horse?"

"Don't like that stuff," he told her.

"You should learn to like some things that are good for you," Rosa told him. She told Eve, "He is to live with Felix and me. Felix and I have been visiting him at his orphanage for a few months now, and today your father and Felix brought him home to live with us."

Eve thought this was interesting. Her mother said Rosa and Felix weren't "able to have children."

"Evie," Cimarron said in a sweet voice that instantly made Eve suspicious, "let's go practice the piano. I have to tell you a secret."

Eve decided to ignore her. Cimarron had already given dark hints of what *Los Hermanos* had planned for *Todos Santos*. Eve didn't want to know. She told Tommy, "I'll let you ride my horse. If you're going to live here, I bet my dad will get you one of your own."

"Eve, come here *now.*" Cimarron's voice carried warning.

Eve followed slowly, and Cimarron told her not to play with that boy. "He was sent to live with us because, at his orphanage, he ate someone's dog. Don't let him ride Magic. He might want to eat him next."

Eve recognized that this was one of her sister's scary stories, yet it painted a horrible image she knew would give her bad dreams. What kind of person ate dogs? *You're lying.* She didn't say it because Cimarron would pinch her.

"You should call your friends and tell them not to come. Mother's been having bourbon since two o'clock."

This was not a lie, would not be a lie. Her mother was drunk. Eve knew what drunk was. Her mother would play the piano and sing old songs from musicals and maybe dance. She would talk about how much better her life was

before she became pregnant with Cimarron. She discussed things Eve didn't wholly understand.

"So what?" Eve said. Her mother was drunk. Eve didn't like her mother drunk, but she still intended to have a slumber party.

Heels sounded on the wood floor, and Daisy Lee Swango appeared. She wore a full-skirted dress with short cap sleeves. Cimarron and their mother were built alike. Tall, with curves. Eve thought her mother looked pretty. She had her black hair up in what Daisy called a French twist, and she wore glittery earrings shaped like tears.

"Eve, darling, it's getting late. You need to hurry and put on your dress before your friends come."

Eve hated to wear dresses. She wore them on Sundays and on holy days and detested every minute of it. Her mother had grown up in Virginia, and Cimarron said that was why she liked dresses so much. Eve also knew it was why her mother talked with an accent.

"We're all wearing our Halloween costumes," she said, "because we're going trick-or-treating. Dad promised to take us."

"Oh." Her mother's eyes rounded in exaggerated surprise. All her expressions were bigger than other people's. "No one told me."

Eve herself had mentioned it to her mother *yet again* only the night before. She hadn't said anything about it that morning because she never saw her mother before school. If her father was out of town, it was always Rosa who woke her, made sure she had her lunch and everything she needed. This morning, it had been Rosa.

"Well, you should put on a nice dress before you go

trick-or-treating. You can change into your costume later. Did you have soccer practice today?" she asked vaguely.

"This *is* my costume, and I want to wear it for my party. Who's that boy?"

"An orphan Rosa and Felix have agreed to take in."

Cimarron had been right about the orphan part; maybe she'd been right about the reason Tommy was no longer at the orphanage. But she *couldn't* be. Rosa and Felix lived in the little adobe house Daisy called "the caretaker's cottage." So Tommy Baca would be living in that house, not in the big house where Eve lived with her sister and parents.

Her mother pirouetted gracefully and sang the opening lines to "Oh, What a Beautiful Morning" as she made her way to the sideboard. She frowned for a moment, as though looking for something she'd lost, then shrugged and took down a clean glass.

Eve glanced at the grandfather clock against the wall. Her friends would be arriving soon.

Cimarron gave her a what-did-I-tell-you? look. Eve ignored her, not seeing any reason her slumber party should be canceled.

An hour and a half later, she began to see.

Cecilia, as a white rabbit, Maria as a ballerina and Patty as a nurse sat politely on the couch in the living room while Daisy held forth. Daisy poured herself another glass of bourbon from a bottle she had now decided to keep close at hand. She was trying to feed film into an eight-millimeter projector, and the first titter escaped Cecilia, who whispered to Maria in Spanish.

As if Eve didn't know the meaning of *ebria*.

"Well—" With a shrug, Daisy gave up on the film. "I'll

tell you about it. The casting couch was not a thing of the past then, nor is it today, and I don't mind saying I paid *all* my dues. Why pretend otherwise?"

None of them had the slightest idea what she meant.

"I auditioned with the best…." Her eyes misted over and a tear ran down one cheek.

Mother! Eve objected silently. *Why do you have to do this to me?* Her father had office hours at the college and wouldn't be home until six-thirty, just in time to take them trick-or-treating. There was no Pin-the-Tail-on-the-Donkey, no Musical Chairs.

Eve turned to the three girls on the couch. "Let's go outside." As she jumped up, she spotted the figure slouched in the doorway and wondered how long he'd been there.

But he turned swiftly, and a moment later, she heard him speaking Spanish to Rosa in the kitchen, though too fast for Eve to understand.

Rosa protested no, that Señora Swango had said no.

But the boy's voice took on a charming, fond, wheedling tone that caught Eve's ear at once. Sweet and affectionate, generous and loving. Another side to a shadow of anger she'd sensed in him from the first. He said he didn't need whatever it was. Again, that word for drunkenness.

"Tomasito," Rosa said kindly, and Eve imagined her cuffing the boy lightly on the ear. Clearly, Rosa liked him.

Looking back to make sure the other girls followed, Eve started out of the room.

"No!" her mother insisted. "I know what mothers do. I'll teach you dance steps. Don't you want to learn to dance?" she implored of the white rabbit.

Cecilia's face crumpled in fear.

Eve said firmly, "No, Mother, we're going *outside.*" She grabbed Maria's arm to lead her out of the room, and the other two girls hurried after them. "Let's go pet Magic," she said as she passed through the kitchen, now empty.

But when they stepped onto the flagstone threshold, the orphan called Tommy blocked the way. He stood on a rickety wooden extension ladder, suspending a piñata, an enormous elephant, from a stout oak limb near the doorway. Felix crossed the patio bearing a heavy rake or shovel handle and a rag for a blindfold.

The four girls began jumping up and down, and soon they were being blindfolded, one after the other, and turned three times. Each swung at the piñata while the others shouted, *"¡Dale! ¡Dale!"* "Hit it! Hit it!" as Tommy pulled the rope to draw the candy-filled papier mâché elephant up and down.

Eve went last and felt the bat connect hard with the piñata, and the girls cried out.

As she removed the blindfold, Rosa whispered to her, "You must thank Tommy. It was his, for his birthday in a week. Your father bought it for him on the way here from the orphanage."

Eve straightened and looked curiously at Tommy. She brought him the bat. *"Gracias,"* she said. "You have a turn. You can break it."

"All of you," he said, "go again, and then I will. *Tío* Felix can pull the rope."

Eve stared into his eyes for a moment, the person who had done such a fine thing. The piñata might help her friends forget Daisy Lee Swango's trying to show them her bit parts in 1960s B-movies, which was what Cimarron said their mother had done a long time ago and which made

no sense to Eve. Surely it was impressive to be in a movie at all, and her mother was a very accomplished dancer. B wasn't a bad grade, Eve knew, although it wasn't as good as an A.

But she remembered Daisy's tears and her incomprehensible monologue and she vowed, neither for the first nor the last, never to be like her mother. Not in any way at all.

Then, who was she supposed to be like? She could be like her father—except that she wasn't a man.

Tommy
The next school day

Rosa and Felix have kept me with them during *Todos Santos*. When they came to the orphanage the first time and wanted to meet me, I was sure it was for nothing good.

Now, it's sixth months later, and I live with them and these other people and go to school in Viento Constante, and everyone's waiting for me to screw up.

One day at school. I haven't screwed up yet.

After school, the girl called Eve says, "Tommy, come outside."

She's not a bad kind of girl, and I feel sorry for her because her mother's a drunk. That's why I gave her the piñata on her birthday. Now it's Monday, and I follow her outside the house, the old-style hacienda, one of the rich houses of old New Mexico. I don't belong here, but she doesn't either, even though her parents own this place, the Rancho Ventoso.

"Magic is over here," she says, skipping. She's a very *little* girl. Her sister, the junior model, is full of herself, but this one's okay, just a little kid. "Do you know how to ride

horses?" she asks. "It's easy. I can change the stirrups for you and everything, and Magic is quite gentle."

"I don't want to ride him," I say. I've ridden horses— on special occasions, field trips for some of the orphans. Felix has said I'll "learn to ride" here, on the Swangos' ranch, because he can teach me about horses. *But horses,* Felix said, *will teach you more themselves.*

Eve's horse looks old and tired. She has brought him a piece of apple. "Pet his nose," she tells me. "And he likes you to blow on his nose like this." She demonstrates.

I hang back.

The little girl, Eve, leaves her horse. "Have you met the dogs?" She seems worried. "They're Felix's," she adds, as though that's supposed to make some difference to me. "Do you play soccer?"

"Like, on a team?"

She nods.

"No."

Her eyes are so dark brown they're almost black. She says, "Do you have brothers or sisters?"

"No."

"Where did you used to live?"

It must be nice to be a little girl like that who isn't afraid of asking whatever she wants to know. "In an orphanage. A Catholic boys' home."

"Do you have parents? Or are they dead?"

"I don't know."

She looks so sad I think maybe she feels it just as though she's the one who doesn't know about her parents.

I tell her, "Someone left me outside the orphanage the

night I was born. I don't know who my parents were. Felix and Rosa say they're going to be my parents now."

"I'll be your sister!" she offers at once.

This almost makes me laugh.

"I've never had a brother, and I don't always like my sister."

Now, that's good judgment, in my opinion.

I don't tell her she can be my sister. It's not going to last, staying at this place. I've seen other kids leave the orphanage and then come back when it "doesn't work out." Nothing lasts. I told Felix that, and Felix said, *Except God.* I wanted to say I don't believe in God. Instead, I played along with Rosa and Felix's way of looking at things.

For now, I'm playing, that is.

I tell Eve, "I'll be your friend."

"Then, come on. I'll teach you how to play soccer." She runs.

She runs all the time.

Eve
Ash Wednesday, 1978

Eve walked alone across the land, keeping far away from the *morada*. It was almost Lent, and Cimarron said that at Lent Felix would be looking for someone to crucify and they always picked a little girl and an Anglo. When Eve asked her mother about this, Daisy said, "Shall we watch one of my movies, Eve?"

"But is it true?"

"Is what true?"

"What do they do in the *morada?*"

"To be perfectly honest, I don't have the slightest idea.

I don't think it's any of our business." And her mother poured one of the drinks she liked to have inside her glass. "Let's watch a movie."

Eve knew Daisy wouldn't protect her. Daisy never protected her from Cimarron when Cimarron bit her and things like that, and Daisy would not protect her from *Los Hermanos*.

So there was nothing to do but go away until after Lent. She thought no one would get crucified before Good Friday, which was weeks away, but she wasn't going to take any chances. She couldn't even tell Tommy, who was her good friend now, because even though he fought with Felix, Rosa and Felix were kind of his parents.

If Felix intended to do something to Eve, he might even use Tommy to trap her.

But where could she go? There were probably people like Felix all over New Mexico. Maybe even the fathers of people in her fifth-grade class at school. Where could she go and hide till after Easter?

If only she could've taken Magic, but Felix would have seen her taking him. She would've needed his help with the saddle, anyhow. If he suspected she was planning to run away, he might have kept her from going.

What if she went to the cave?

The cave was just one room, not a big cave where she could get lost, but she still wasn't supposed to go inside by herself, although she'd been there with her dad. If she hid in the cave, she'd be near her house. If she got very hungry, maybe she could sneak home at night and get some food.

So she went there. People should bring three lights into a cave, her father had told her. To be without light was to get lost and die. Eve had no light at all. But she knew she

could climb down even in the dark. It wasn't that far. Her father said some caves were thousands of feet deep, but this one was smaller than her bedroom.

She went to the opening. The wind made her hair, which would've been called *sorrel* or *chestnut* if it were on a horse, fly all over the place as she stared down into the dark hole. It was always windy up here but never down in the cave. She could see the dirt floor below. She was good at climbing on rocks, and she could climb into the cave, and she could climb back out, too. She knew she could because she'd climbed back out with her father, and she hadn't needed his help at all.

So she turned around and climbed backward down the rocks the way he'd taught her. She knew her favorite red corduroys would get dirty, but she couldn't do anything about that. Tomorrow was Ash Wednesday, which was the first day of Lent.

She sat on the floor of the cave and listened to the whistling, circular sound of the wind right outside. It seemed as if the cave was a hole in an enormous flute and the wind was playing it. She didn't put her hands on the floor. There might be scorpions. No snakes, though. Her father said there weren't any snakes in that cave.

It was cool, but it might be warmer in the cave at night than it would be outside.

She was going to be bored. She could see that, with no books to read and without Magic to ride.

At least they won't catch me.

A long time passed. She was wearing her snow jacket, so she wasn't *very* cold, except that she would've preferred to be at home. Was there a warmer place she could hide?

"Eve!"

The voices were distant, like people singing with the big flute that the cave was part of. She couldn't tell who was shouting, but it was more than one person.

It's Felix. He wants to catch me.

She heard cars up above, coming and going and people calling her name. Then she heard a dog.

Cimarron had told her that in the South, when there was slavery, people used to go after escaped slaves with bloodhounds, and the bloodhounds would eat the slaves.

"Eve?"

The bright light made her jump. It was her father.

She shook her head. "Don't make me go back, Daddy. Hide me! Hide me from Felix."

Her father climbed down into the cave. "What are you talking about?"

She whispered. She couldn't even say it out loud. If she said it out loud, it would come true. So she whispered what Cimarron had told her Felix was planning.

"Your sister," her father said, "should grow up to write storybooks. That is hogwash. I know what they do in the *morada,* and, believe me, they don't crucify *anyone,* least of all ten-year-old girls. Felix wouldn't hurt a hair on your head."

"What if he didn't tell you?"

"Eve, if I thought there was the slightest chance he'd hurt you in any way, he definitely wouldn't be living here. He and Rosa love you, and neither of them would ever hurt you."

"How do you *know?*"

"Because they'd go to jail if they did." He looked as though this was the best answer he could give her.

"Can't we go away somewhere else, where there aren't any *moradas?*"

Her father picked her up and hugged her. "Don't you like it here? You'd have to leave Magic."

She hadn't thought of that.

"Just for Lent," she said. "Until Lent is over."

"How about, instead," he said, "if I take you to go see some special caves?"

"I like caves," Eve said. "But don't let Felix get me." She would stay close to her father during all of Lent. That was the thing to do because her father wouldn't let anyone hurt her.

Back at the house, her father said to Cimarron, "Young lady, please tell me and Eve what you said to her about the *morada*. And Felix."

"It was just a *story*," Cimarron muttered. "She wasn't supposed to *believe* it."

"There," Eve's father said.

Eve was pretty sure then that Cimarron had lied about Felix and *Los Hermanos*.

When she was in bed that night, Cimarron opened the door and came in.

Eve froze, terrified that Cimarron was going to tell her it was true, after all.

"Eve, I just wanted to tell you. Rosa killed a brown recluse spider in here today, but it was pregnant, and all the baby spiders ran all over the floor. She couldn't kill them all, and it's like with rattlesnakes—the babies are the most poisonous."

With a smile, she slipped back out and shut the door, leaving Eve in the dark with nothing to distract her from the thought of hundreds of baby brown recluse spiders, all crawling toward her.

CHAPTER 2

Eve
A cave trip
Two days later

Two days after finding a terrified Eve in the Rancho Ventoso cave, Eve's father took Tommy and her camping in another part of the state to go see some caves. Not Carlsbad Caverns, which Eve and Tommy had both already seen, but some wild caves between Santa Fe and Albuquerque.

Eve preferred being with her father to being with anyone else in the world. Her father was the person she could rely on. Her father never got drunk, and he never made her watch movies of himself. He took her to caves. This time, he was taking Tommy, too, which was fine with Eve because she liked Tommy.

Cimarron hadn't wanted to come, although she'd been invited.

Eve was glad her sister wasn't along.

They camped way out in junipers and sandstone, and Eve's father started teaching Tommy camping rules. Not littering, carefully putting out fires, where to go to the bathroom, all the stuff Eve had learned a long time ago. Rules for camping in caves were different. Sometime, her father promised them, they would explore a long cave together. In a cave, he said, you had to take *everything* out with you.

Eve watched the look of total revulsion on Tommy's face as her dad explained the mechanics of this. One bottle for pee…

"The cave environment is very fragile," her father said. "For instance, when we go into this cave, we're going to walk in each other's tracks. We'll lay out survey tape so we know where our path is. We don't want to disturb any more of the cave than we have to."

"So why are we going in at all?" Tommy asked, which Eve thought was a pretty smart question.

Her father smiled. "To look and to learn."

"Learn what?"

And her father began to tell Tommy about caves and rocks the way he always told Eve. Eve loved to hear him explain what the earth was like long ago and how the mountains got pushed up, and how the caves formed. She didn't completely understand it, but it was a story she liked anyhow.

Tommy, on the other hand, seemed to grasp more than she did. He was smart, good at math and science.

"Also," Eve's father said, "I'm going to teach you two the proper way to survey a cave."

"Survey?" Tommy asked.

"Measure and record its dimensions. It's—sort of a game. If you do it right, you win."

"What do we win?"

Eve liked the way Tommy always got to the point.

"Money," said her father.

Tommy lifted his eyebrows and looked interested.

Eve said, "I want to win a horse."

"Instead of Magic?" her father asked.

"No. *Also.*"

"Ah."

Tommy
The same day, Friday

This is the coolest place I've ever been. I've been in caves before—tourist caves like Carlsbad Caverns—and that little cave at Rancho Ventoso that's just one room, where Eve hid. This cave is different. It's a *real* cave.

We've been crawling, and I get to go first. Eve's dad, Peter, sometimes lets Eve goes first but he never lets her go last. He doesn't let her out of his sight, except for if she and I go to get water together or something—*outside* the cave, that is. Inside, we all have to stay together.

He says it's too easy to get lost.

To show us, he had us turn out our lights, and he switched his off, too.

Everything was black. Without light we probably wouldn't be able to find our way out.

We all have helmets with lights and two flashlights each. And, we carry all this other stuff. Notebooks and pencils and

water bottles to drink from and others to pee into. Peter taught me some knots last night. He said they'll come in useful for learning to climb and to rappel, which can help in caving.

There's a hole in the cave floor. The inside is smooth. The outside is thick and white and looks foamy, like insulation. "A carbonate rim," Peter says.

He's been telling us about stalactites and stalagmites. They take millions of years to form."

Eve says, "Stalac*tites* come from the *top*, with a *T*. That's how you remember which is which."

Peter shows us furry-looking stuff, orange-colored balls the size of golf balls maybe. "Cave velvet. Come have a closer look. You see all the tiny crystal facets? We call it *macrocrystalline,* because we can see the facets. Microcrystalline, we can't."

I try to remember all this.

Eve says, "They're puffballs." Eve, I've noticed, makes up her own names for a lot of things. She loves to be with her dad, but she also likes to be with me, the way some of the little kids at the orphanage used to.

Peter points out other structures, *speleothems,* he calls them, and I start remembering the names of things and how some of them form. It's like a jewelry shop where the jewels can't leave.

"It's a dragon cave," Eve says.

"Can people explore caves as a job?" I ask. "Like being an astronaut?"

Peter smiles. "Usually it's a hobby. Scientists, geologists—we choose work that allows us to visit places like this. So exploring caves can be *part* of someone's work."

I wouldn't mind a job like that.

Tommy
June 30, 1978

Eve and I go to lots of caves with her dad. Cimarron never wants to come, of course, when she's even around. Most of the time she's in New York or Los Angeles or France or Italy or somewhere, and she makes sure everyone knows it.

Peter teaches Eve and me to survey caves, which is pretty complicated. We don't get paid unless we do it right. Sometimes he pays us with money, but he gives us the choice of being paid with minerals and fossils—*not* from inside caves, because he takes *nothing* from caves. He teaches Eve and me to sketch. I'm better than she is because a nun who learned art in France taught me to draw at the orphanage. She was our art teacher.

Eve likes bats. She loves to look at the bats in caves. She wants to get a license to handle bats when she grows up, because you're not supposed to touch the ones that are protected. Sometimes she says she *is* a bat, and she makes up stories about the bats we see in the cave. She also likes scorpions, and so do I. Both of us have the zodiac sign of Scorpio. A friend of Peter's who rides motorcycles and has lots of tattoos came to visit. Eve says she wants tattoos of scorpions and bats all over her.

I ask her why.

She says, "They'll make me strong."

I bet she thinks they'd make Cimarron stop teasing her and telling her scary stuff. Fat chance.

Eve
Fifth Thursday of Lent, 1980

Tommy, Eve decided, *was* her brother. Or like a brother, anyhow. He was *familia*. He looked after her at school and played goalie when she wanted to practice soccer, trying to score past him between two twisting dead juniper trees on the road by the stables. He didn't like Cimarron any better than she did and sometimes stood up to her, which wasn't a good idea.

The spring she was twelve and Tommy fourteen, her father took them on a caving trip near Taos. It was the week before Holy Week, because Felix and Rosa wouldn't let Tommy leave during such a sacred time. Everyone went to Mass then, even Eve's father, who went, she thought, because he wanted to make Daisy stop drinking. At least, that was what Cimarron said.

So the week before Holy Week, they went to Dos Piedros Cave. If she and Tommy could correctly survey a mile of passage, her father would give them each a reward. Tommy wanted a really good microscope. Eve wanted to get her ears pierced, which Daisy said was tacky for a twelve-year-old. But Cimarron—older, true—had *her* ears pierced, so Eve's father had gotten Daisy's permission for this reward.

The trip was also a reward, and they stayed up till after midnight the first day, surveying the cave. While Eve and Tommy worked inside with a tape measure, laying line, calculating angles, sketching and taking notes, following the survey process by a flow chart. Eve's father photographed cave minerals, making new slides for his classes.

Eve liked his being there, with his wild gray hair, a little

long and a little curly, and his lean face that people said hers resembled. He wasn't big. He was perfect, her father, and though she no longer feared being crucified by renegade Penitentes—entirely fictionalized by Cimarron—she also clung to her father because he made her life sane. Daisy made it insane. Their job, the job for all of them, was to keep Daisy from doing drunk things in public and from dying because of drinking too much, which Cimarron said could happen and which Eve believed.

"Twenty-three feet, five inches," Tommy said at the other end of the tape measure. As he released his end and the tape sprang back, Eve shifted her notebook and pen to write down what he'd said.

Her father straightened up from folia he'd been photographing. Folia were speleothems that curved in upside down rims. They were beautiful, and Eve thought the folia he'd photographed where the prettiest she'd ever seen, pink and white with rough sand-colored edges.

He bent forward, holding his head.

Eve knew something was wrong.

He seemed to be losing his balance, but he hadn't stumbled.

It was second nature to follow the paths they'd laid out, so this was how she ran to him.

His face was sweaty, strange under his hard hat. He gazed at her and tried to sit down, and she helped him.

"Are you all right?"

"Yes." He clutched his head and rubbed his leg. "I think we should pack it in, though."

Eve and Tommy agreed at once, and when Eve gathered

up her father's camera bag, he didn't object. It was a quarter mile back to the cave entrance and their tents outside.

Something was wrong with her father.

"My head," he said as they prepared to push their gear through the low opening. He wasn't a complainer.

When he was sick, he went to work anyhow.

"Do you want to wait here?" Eve asked.

"No."

"You go first, Dad."

Tommy caught her eye and they watched her father ease under the low ceiling. Eve thought she heard him moan.

Then he stopped moving.

"Dad? Dad, are you all right?"

But he'd stopped moving.

And although his body was there, Eve immediately knew that his spirit no longer was.

Tommy
Friday before Holy Week, 1980

Eve's father lies in his casket in the living room, which is full of flowers. Daisy is drunk.

I watch Eve look at Peter Swango's body. She's crying. I will never forget her in that cave. Hysterical. We pulled him back out of the crawl toward us. He was dead. We both knew it. We couldn't leave him.

They'll have to get cave rescue, Eve said. *It'll take forever. We have to get him out.*

We did. I went ahead, to the end of the crawl, which was only nineteen feet, three inches according to our previous measurement. I turned around, came back and

pulled him. Eve came after him, screaming, her face covered with tears. Her father was her favorite person in the world.

Cerebral embolism. He had a blood clot somewhere in his body and it traveled to his brain. Stroke. Death.

Daisy sits on the edge of a cushion on the couch. She has a cigarette to go with her martini. "I only came to Rancho Ventoso because of him. I didn't want to, but that's how marriage is. The man chooses where you live."

Really? I think. Rosa has never said such a thing, but Rosa and Felix are both where they want to be. Daisy isn't, I guess.

"I would've chosen Santa Fe," she tells Eve, me and the judge she's trying to impress. The judge knew Eve's dad and loved him. Cimarron is out in her car, a Volkswagen Rabbit which, incredibly, she bought new.

Daisy whines on. "In Santa Fe, there are restaurants. There's culture. There's nothing here but poor people who mostly speak Spanish and are different from me. I've always been lonely here," she tells the judge, who wants to be a United States senator and also loves New Mexico.

"Can I freshen your drink?" she asks him.

He says he's had enough. He casts another look at the face of the dead man and speaks to Eve, who's hugging herself, which she's been doing for two days, on the ride back from the cave with the state troopers and ever since. "I'm very sorry," the judge says.

"Thank you."

Eve wears a black cotton skirt that comes just above her knee and shows off her athlete's legs. She's only twelve, but she's strong, the best player on her soccer team, and the school's best prospect for running cross-country. She hates to have to choose between those two sports. So far, she

keeps picking soccer and she trains when she can with the cross-country team. Her top is a red T-shirt with a scoop neck.

As the judge walks away, Daisy whispers, "Couldn't you have worn a dress this evening? Just this once?"

I look at Peter's face, pretty much the same as when we saw him at the cave, although he was more real before the guy from the funeral home got to him. The casket's been moved around a bit. It was at the church for the rosary, and all of us went, everyone, including Cimarron, who didn't want to go and nearly always gets to do what she wants. Now there's this viewing at home.

"I only have one dress, and I'm wearing it tomorrow," Eve says to Daisy. "In any case, Dad would want me to wear what I like."

"He would want you to be respectful to your mother. I'm all alone now, Eve. Do you realize how that feels?"

Eve lifts her head and stares at Daisy, stares like an animal offering a challenge. "Yes."

"You couldn't possibly. Would you like a drink, darling?"

"No."

"Tommy?"

I could definitely go for that, but watching me drink with her mom is not going to make Eve happy. I want to make things better for her, not worse.

"I gave up everything for this marriage, and he's left me," Daisy continues, as though Eve's father has left her for another woman—or abandoned her in Antarctica.

Eve has that look on her face that says she can't stand her mother. But if she walks away now, Daisy will accuse *her* of abandonment.

I say, "Want to go outside?"

"Yes."

"You young people," Daisy tells us, "just want to be together. You only think of each other, no one else. And Eve, you're going to get into trouble soon. You don't know what's what."

I understand what Daisy means, but I'm not sure Eve does. Eve has braces and acne, and it's a bit hard to imagine that Daisy is right.

Eve says, "Come on, Tommy," and marches toward the kitchen, toward escape.

Outside, we walk to the cave, the Rancho Ventoso's own cave that's just one room with a sandy floor.

I offer Eve a cigarette, and she takes it. I smoke Marlboros. She prefers Virginia Slims, which Cimarron buys her during her lifetime's three seconds of being nice. I light our cigarettes and we smoke as we walk to the cave.

"I can't stand it," she says. "I can't stand it that he's gone, Tommy."

And she cries.

Eve's crying is worse than anyone else's. I'd never seen her cry until her dad dropped dead in the cave.

I don't know what to do. She loved her father. I loved him, too. Felix and Rosa are good. But besides Eve, Peter was the only sane Swango. Now, Eve's on her own. Except for me…

"I can't stand it," she repeats, sobbing.

I put my arm around her because she's like my little sister. I turn her toward me and hug her, both of us holding our cigarettes clear. It feels a little strange, a little like hugging other girls.

Not sisters.

I let go, and she wipes her eyes and her face with her shirt, before she's ready to walk on.

"She didn't even appreciate him," she says. "My mom. She complains all the time about how he brought her to New Mexico, as though…as though he imprisoned her by marrying her. Cimarron's father never married Daisy. You know what *that* means."

I think about what this might mean. "What?"

"Well, he didn't love her. Obviously."

I connect those thoughts. To love a woman is to marry her. Is this true? Someday I will marry someone and have lots of kids. If that happens, it'll feel as if I know my lineage back to the fifteenth century. I'll be a patriarch, living on land that's been in my family's hands since before New Mexico was New Mexico. But that's not true. I don't know where I came from and never will. I was left at the orphanage as a newborn, probably hours after I was born. No note. No way to know where I came from. Baca was Father Frank's last name. He gave it to me so I'd have one.

We reach the cave, and the wind is blasting the way it always does there. We stand in it, finishing our cigarettes. Eve tells me, "She's drunk *all* the time. He took care of her. Now *I'm* going to have to. Someone has to."

This is true. "Maybe she'll marry some other guy. She's beautiful." I wish I didn't say that because it's weird. But everyone knows Eve's mom is beautiful and Cimarron is even more beautiful—strictly on the outside, of course.

Eve is not good-looking that way.

Eve is watching me strangely, and I *feel* strange. Daisy is always saying what a handsome young man I am, which I

wish she wouldn't. Rosa says it, too, but the way she says it is different. Rosa speaks the way a mother or a *tia* should, and she always says if only I'd learn to *act* decently…

With Daisy, it's different. Daisy expects people to think she's beautiful and guys to want her. Everybody, from me to the oldest man in Viento Constante. This is kind of bizarre, if you ask me.

"No one's going to marry her," Eve says. "She's a drunk. Everyone in New Mexico knows it."

Never get on Eve's bad side. She can dish it out.

We stub out our cigarettes and go down into the cave with no lights. We know this tiny room. It's just a little cave, but I like how you have to go *down* into it, and when you're down you can hear the wind sing.

There's another cave, about a mile west of the school, that Eve calls the Bottomless Cave. Peter was mad when we went there alone, especially since we didn't tell anyone where we were going. That cave goes straight down, and it's *not* bottomless. It goes to the river. But Eve and I can chimney up and down it. Peter said it's a dangerous cave, and he was mad, too, because we didn't take three light sources each, etc., etc. Now we're going down in the cave on his land with no light at all.

But we both know this cave doesn't really count.

When we're standing in the room, we play the hand game. The point of the hand game is to tap the other person's hands, sometimes one at a time, sometimes both, and to challenge the other person to touch yours and to know where all the hands are even though we can't see them. It's hard to explain, but I'm great at the hand game, and Eve's pretty good, too.

Finally, we sit down. I can't see her, but I'm sure she sat down in her skirt to annoy Daisy. Eve is a tomboy to keep herself from being like Daisy and Cimarron.

"I am never getting married," she tells me, which I could well imagine to be true. She's not that cute. "I'm never going to be like *her*. She's not even a grown-up. Do you know what I mean? She needs someone to take care of her, and she's always going to be that way."

"Men take care of women."

I hear her breath. Now she's mad.

"No one's going to take care of *me*. Because if people take care of you, they also want to tell you what to do."

Why do I feel sorry for her? She doesn't trust anyone to take care of her—well, she trusted her dad. But she acts like she's going to have to do everything herself from now on. *Don't make things so hard on yourself, Eve.*

I say, "You'd let me tell you what to do."

"Oh, try it."

That makes me laugh. But I can't think of a dare she won't take—although accepting a dare is not the same as letting yourself be told what to do.

"I'll always be here, Eve. I promise."

Her voice comes back in the dark. "Thanks." She sounds sulky but also comforted, and I think for a second that I'm going to know Eve for the rest of my life.

CHAPTER 3

Tommy
July 9, 1980

"Tommy, love, come sit here with Aunt Daisy. I'll teach you this song. It's from *Bye Bye Birdie*. Do you know what that musical was about? Well, it was about Elvis, really. Did you know I met Elvis? I was very young then, but I'd already been chosen Junior Miss Palm Springs."

I smell the alcohol in the glass beside her, and I want some. I want to know more about this stuff that makes Daisy drunk.

"This? It's whiskey. Jack Daniel's, which is the best and only as far as I'm concerned. Want a taste?"

Alcohol is the demon in this house. I already know this. Will Rosa and Felix keep me if I drink? I'm sure they won't. Sometimes I do things because I believe they'll take

me back to the orphanage if I do something bad enough. I want them *not* to take me back, but I never want to be someone else just so they won't. If they loved me, they'd keep me no matter what. But I'm just something they took on for God. And so sometimes I do whatever I can to see what will happen.

Daisy is holding her glass near me, offering it.

"Sure." The taste isn't what I expected. I make a face and have a second drink.

"Would you like your own little glass?" she asks.

"Sure."

She's forgotten all about *Bye Bye Birdie,* and instead she starts singing "As Long as He Needs Me," which I know is from *Oliver.* That was yesterday's lesson, and the day before's. Cimarron told me that her mother got to play a big role in some off-Broadway production of *Oliver* and never forgot it. Cimarron: *Can you say Has-Been?*

"You're a lovely boy, Tommy. You know that, don't you?"

I take the glass she poured me and try to stand up, but she clutches my arm.

"Oh, don't worry, I wouldn't do anything like *that.*" She puts back her head and laughs. "No, I like grown men."

Thank God. I'm blushing.

I taste the whiskey again and drink some more. It goes down easy. There's always alcohol in this house, and I like how I feel. I can help myself every day, and no one will notice, Daisy drinks so much herself. The Swangos go through phases where all the bottles disappear, but Daisy is a lush *and likes being one,* Cimarron says.

With my second glass, Daisy teaches me to sing "Who Will Buy?" with her, doing harmonies. She says I can do

the part perfectly because my voice hasn't changed. But she's wrong because it cracks and disappears. Then she wants to watch *Wuthering Heights* on eight millimeter, but she can't work the projector. That's okay. I can.

Eve comes in and sits with us. She knows all the lines.

"Who but Olivier," Daisy declares, "could say 'Oh, my heart's darling!' and not sound ridiculous."

But we're not at that part, yet. Heathcliff and Cathy are running over the moors being kids together. Eve's face is rapt, unusual for her when watching movies. Maybe that's what she wants, to live in England and have an orphan to run around with....

I'm an orphan.

We *are* like that, Eve and I. We're brother and sister the way Heathcliff and Cathy are. Except that I'm never going to be like *that* with her.

"You're drinking."

Eve, twelve years old, with braces and acne. She's accusing and disgusted. She gets up and gazes at the glasses on the piano, but she's not accusing her mother.

"Eve, would *you* like a glass?" Daisy asks. "We're having a special day."

"No. I. Would. Not."

She's wearing her soccer uniform, probably wore it in a scrimmage at practice, and she gets up and heads for the kitchen.

"I'll have another," I say.

"She's going to tell," Daisy says.

Tell Felix about me, she must mean.

Eve sounded about forty years old, I think, and Daisy sounds about ten.

That evening

Felix smacks my face with the flat of his hand. "You think we're going to send you back now, don't you? You should be so lucky. But you're not going to become a drunk under my roof!"

Felix has never hit me before.

But he's not going to send me back to the orphanage. He and Rosa are keeping me.

I decide that I'm going to continue drinking.

I have no idea why, because I don't want to go back. I'm not trying to drive Felix and Rosa over the edge. I just can't help it. I need to be out of control. Maybe the whole Rancho Ventoso is just too crazy with Peter Swango gone.

It gets crazier.

July 11, 1980

"You're old enough, Tommy, and I have no husband. If you'd like to have your first time, I'm willing. Just know that. Aunt Daisy is here."

July 31, 1980

"Tommy, love, want to sit on the bed and watch a movie with Aunt Daisy?"

I don't.

"How about a little nip? Rosa and Felix are in Santa Fe. No one here to tell."

Eve's at soccer practice, Cimarron in France.

I know, suddenly, what Daisy wants to offer. No, not what she wants to offer. What she wants herself.

If I do it, I'll know what it's like. Also, I will have done it.

She has already poured me a shot of tequila. I down it and shrug.

We go in the bedroom. She says her bit, again, about my being old enough and her not being married.

I let her touch me, and I get hard. I don't want to kiss her, but I have to. It's part of the price.

We get in bed, and she's wearing pretty underwear. While Eve cleans house, her mother shaves body hair, paints toenails, colors her hair, puts on makeup. She is built like Cimarron, and her breasts hang a bit, but they're still amazing. Her skin is smooth and white. No acne like Eve has.

I'm fourteen, and it's summer. I'll be fifteen this fall.

I put it in her, and she's impressed that I don't come right away. She calls me a good lover, which makes me feel a bit strange, but I'm liking sex. I do it with her twice, and then every day when no one's around, which isn't that often. Sometimes I come up to the house at night when Rosa and Felix are at home. I never do it with Daisy when Cimarron or Eve are there.

Eve
Rancho Ventoso
The cave
November 8, 1980

Eve's father hadn't even been dead a year. Everything around her seemed bizarre, like the tornado scene from *The Wizard of Oz,* but she didn't exactly *feel* any of it. She just

knew it was happening. This was what life without her dad was like.

Daisy had a new boyfriend who wore gold chains and smoked pot. Cimarron said he was also a cocaine dealer, which might be true. He'd entered their lives at the end of August. Now all Eve had was Tommy, but even he seemed different than he used to be. Only lately, in the past couple of months, since school started, had he started to act somewhat normal again. He and Eve came to the cave a lot to smoke cigarettes and talk about people at school. They never talked about other caves, real caves, like the cave where her father had died.

But they came to this one, the Rancho Ventoso cave.

Today Eve went down first, easing through the familiar opening in the sandstone. The gritty rock swelled like earth's muscles on each side of her, but she'd long since learned that running shoes, almost any kind of shoes, clung easily to sandstone. Wind swirled around her, spraying grit in her hair, coating the smooth chestnut locks she wore in two short pigtails, the back part messy and uneven. Her T-shirt, faded black with a Sacred Heart on the chest, already bore the dirt of her explorations. She was thirteen, a tomboy, and loved the outdoors and the dark closeness of this cave's one small room.

She also loved her physical strength, her vitality and sharpness. They were representative of who she was—and a rejection of what she would never be.

Tommy dropped down into the darkness behind her.

They'd brought no light. They never did.

Eve was unafraid of snakes or tarantulas or scorpions or heights or horses—or the dark. She and Tommy talked

both Spanish and English together. She'd begun learning Spanish from Rosa and Felix at the age of eight, at first hiding the fact, now rebelliously flaunting it. All right, yes, she still had Felix and Rosa.

But no one made up for her father.

The wind blew its eerie notes, swirling around the cave opening.

Daisy, who now owned the Rancho Ventoso, probably didn't even know this little cave existed. No way had she ever been inside it.

As soon as Tommy landed beside Eve, they began the hand game. It was a ritual for coming to this cave. Each trying to guess where the other's hands were in fast and complicated patterns of up and down, side to side, from the elbows, a dance that went faster and faster. The object for each was to touch the other's hands, a light slap on familiar fingertips, always trying to complicate the pattern by choosing an unexpected next move. In the yard of Viento Constante's K-12 school, Eve had watched Tommy attempt to play this with others. Then, she'd play with him, and no one was as fast. The game, in that context, helped her forget that other girls' breasts were larger, that they wore makeup, which she sometimes tried at home and then washed off. She dressed in jeans and canvas pants, faded and tattered from many washings, and ambiguous T-shirts. She was small—five foot two and ninety-five pounds—and suspected she'd always be small, but at least was an athlete. And although she wasn't pretty, Daisy had made her an appointment with a dermatologist. Now she took an antibiotic and had just faint purplish scars where the acne used to be. So she no longer felt like throwing up when she saw herself in the mirror.

They played the hand game in the cave, and Eve tried their newest variation, a pivot in place. He did the same, and she felt the whirl of wind that was his body spinning nearby. It blended with the sounds from above, the unceasing maelstrom above the mouth of the cave.

Their hands touched perfectly. One hand up, the other down, matching, spin, crossed arms, hand touch, spin, spin...

She stumbled, artfully spinning again as she caught her balance but hitting a curved, cool wall. Her palms pressed to the wall, and wind blew gustily on the back of her head, against the bare neck exposed by messy soccer-practice pigtails.

She stilled.

Had she imagined that?

Cold breath on the back of her neck.

Wind. But not from the cave opening above. From a crack.

"Tommy," she said. *"Viento."*

He walked toward her, although she couldn't see him.

Eve turned carefully away from the wall and felt for the crack. It wasn't there. No, it was. In one place. Like a small hole.

Tommy bumped into her.

She grabbed his hand and put it on the gap. He would know what this meant as well as she did. The cave went on. You'd have to excavate an opening, but beyond this crack, the cave continued.

It wasn't just one room.

The cave goes. What cavers said when they discovered that a passage was *not* a dead end.

Eve could see nothing but black and the circle of light from the cave mouth above and the spotlight it made into shimmering nothing, where dust gave form to the ceaseless wind.

Tommy's voice came to her in the darkness. Tommy's voice, sober and reliable. But now urgent. Excited. As when he had a wild plan for the two of them. "Swear. Promise me. We tell *no one*. This is my cave."

Eve shrugged. It certainly wasn't her mother's cave. None of this land was truly Daisy's except by law of the courts, not by any higher law. "I don't care. It can be yours."

"Good. Let's go get lights."

"Tommy." She remembered her father in Dos Piedros Cave and wasn't sure she wanted lights—or to know any more. But then it seemed that if they *did* get lights, if they did all the things they should, it would be almost as if her father was there, watching them. "We need to survey." She didn't know why she was whispering.

"Of course," he said.

Of course, her mind echoed. That simple. Her father had taught them caving ethics. And the correct ethic for an unexplored wild cave was to survey as you explored. This time, however, Peter Swango wouldn't be there to pay fifty dollars for the survey, minus a dollar for every error. He wouldn't be there to take Eve to have her ears pierced, which had never happened because she didn't want anyone else to take her. And because he'd died before he could.

This time was the first she and Tommy would visit a place where no one had gone before them. Ever.

This is my cave, Tommy had said.

It can be yours, she'd answered.

But it was hers, too. She couldn't avoid being entwined in its past and its future. Maybe. But there would be no pierced ears, no gifts from her father, no protection of his company.

Tommy cared about this cave even more than she did. It could be his.

They couldn't wait to see what lay beyond the hole in the cave wall. They returned to the house for her father's caving equipment and their own smaller supply, unquestioned by adults, and went back to the cave. They spent the evening excavating the hole, which opened onto a sandy crawl. Because she was the smallest, perfectly constructed for a caver, Eve edged first through a short crawl that didn't remind her of her father's death but of his life.

At the end of the crawl, she cast the light from her headlamp at her surroundings and found a large room, with the gypsum formations called *soda straws,* because that was what they looked like, and a flowstone formation unseen by human eyes before hers. The room was at least thirty feet across, and she had to leave the crawl carefully and climb down to the floor.

"Tommy."

"Yeah?" She heard him following.

But she couldn't answer. All she could do was gaze at the wonder that seemed a posthumous gift from her father, a way to remember everything he'd been, everything great in him that remained in her and in Tommy because he had taught them caving.

Tommy
November 8, 1980

This cave is bigger than me, bigger than Eve. We're kids, and we have found wonderland, and it's *ours*. We've been given a huge secret, and I feel as if this place glittering around us is a covenant. Something sacred. I dedicate myself to it.

I've done bad things. What I did with Daisy. Getting drunk.

But somehow, for some reason, this cave has come to me. Slowly and lovingly, we will measure, sketch and record. We will find out what's here.

This cave is my life now.

Eve
July 15, 1981

Tommy wanted to spend all his time surveying the cave. Eve did not. She didn't like being treated as his personal cave slave. She went to soccer practice. She rode horses.

Sometimes he came with her.

The summer before she turned fourteen, Eve could ride Felix's stallion, Bravo, faster and farther than Tommy Baca or anyone else she knew except *possibly* Felix. Magic, her own horse, was not up to this; neither was Tommy's six-year-old gelding, Sagrado.

Eve insisted on a day of riding after she and Tommy had surveyed one mile of the cave.

Tommy kept saying, "It goes. It goes."

The cave was huge, too big, Eve thought, for the two of them. But when they said they were going caving, no one even asked where. None of the adults were curious

about the cave on the Rancho Ventoso. Rosa always said, "Be careful." That was all.

But Eve couldn't spend every afternoon, after school, underground.

Tommy agreed to ride with her that day.

Their goal was the *morada*, the windowless Penitente church, a long adobe building whose interior Eve had never seen. Her one attempt to beg Felix for a look had been met with such stern, offended shock that she immediately gave up that idea.

Bravo's hooves pounded up the narrow trail, avoiding cactus and rock, sure-footed.

Later, Eve wondered why he hadn't jumped over the rattlesnake. He was smart, smart like his wild ancestors. But rather than jump over the snake, he stopped, and she soared through the searing air, right over the rattler, which wound away and coiled beneath a rock, shaking its tail.

Tommy brought Sagrado to a halt, and Bravo reared, neighing, while Eve rolled, crawled, stood and darted far from where the snake had been.

Her toe caught on the bone.

It was a human pelvis.

She knew that even without unearthing the two-thirds of it that lay beneath the earth. Maybe because her father had known bones, fossils and rocks, she determined immediately that the bone was human.

Tommy wanted to kill the snake—or catch it—and was very slow to look toward her at all. When he'd led both horses a safe distance from the rattlesnake, he joined her. "Are you all right?"

"Look at this! It's a skeleton."

Tommy crossed himself and said, "Let's get out of here. We should've worked in the cave today."

"Don't be ridiculous. It's just a skeleton. It might be hundreds of years old."

The heat shimmered up from the ground. Eve could smell the horses. The earth around the bones was hard, like concrete, after the last rains.

Yet she pulled on the bony pelvis.

"Don't!" exclaimed Tommy.

Eve lifted her head, ponytail bouncing, and stared at him.

He'd backed from the bones, but he seemed to grow calm, indifferent on the surface. "Bad stuff happens to people who mess with things like that."

"Like what?" This would be some of his Native American superstition, Eve decided. Tommy tended to go on about witchcraft. He really seemed to believe in ghosts, skin-walkers, shape-shifters, whatever. He always said, *Science doesn't know everything.* He hadn't been raised with any Native American influence, yet he seemed naturally to gravitate toward a mixture of beliefs that was part Hispanic, part Native American, thoroughly New Mexican. It came from other kids—at the orphanage and now at school.

When he didn't answer, Eve said, "It's interesting. My dad would think it was interesting. And Cimarron told me that *Los Hermanos* used to crucify people at Lent."

"Consider the source," he muttered. "Whoever that is, leave their bones in peace. It's not good to mess with stuff like that," he repeated.

Eve gazed across the wavering heat toward the *morada,* empty and unused in summer. "Felix once stayed in bed for three days after Lent. What do they do in there?"

"I don't know. I'm not one of them. I'm not a good Catholic. I'm not even a decent bad one."

Eve peered at him, considering this. "Tell me what you think will happen to me if I check out this skeleton. Besides, we have to tell someone it's here. I know that much."

"There!" Tommy exclaimed with finality. "Maybe the person was murdered. If this is a crime scene, you should leave the skeleton exactly as you found it."

Eve knew that from reading mysteries. She stood. "Okay." She walked to Bravo and took his reins. "What happened to the snake?"

"I don't know. I don't hear it anymore."

They mounted the horses, and this time they didn't race. They walked them back to the house, looking all around the trail for the big rattlesnake.

Eve
July 16, 1981

Two days later, Tommy insisted on hitchhiking to Santa Fe, where he said they could meet with a medicine man, someone who'd purify them after their contact with the bones they'd found near the *morada*. The medicine man was the uncle of one of Tommy's friends.

Tommy wasn't interested in exploring the cave further until after this purification.

"That person," Eve pointed out as they stood in the waves of heat on the edge of the two-lane highway, "died a long time ago, a hundred years or more, most likely of natural causes. That's what the forensic anthropologist thinks." Felix had called the police after Eve and Tommy

had told him about the bones. The medical examiner had turned the job over to the University of Sante Fe. "The archaeologists say the skeleton came to the surface because of the floods last summer."

"Bones are bones," Tommy said.

A cement truck passed them, then slowed.

Day packs banging against their backs, Eve and Tommy ran to catch up and accept the ride.

The medicine man was Apache and very old. He chanted—sang—Eve wasn't sure which she would have called it. He burned sage and filled the air inside his house—one of those small boxy houses that seemed to provide little more than separation from the natural world—with smoke, which he waved toward them with an eagle feather. It wasn't the medicine man's house. It belonged to his son, a jeweler.

Eve considered calling her mother to say where they were and rejected the idea. Daisy was probably drunk rather than worried. Eve and Tommy had hitchhiked together before. This time, Eve had left a note saying she and Tommy were going to Santa Fe. Daisy wouldn't care. She never asked pertinent, practical questions. *How?* for instance.

Daisy asked, *Are you sexually active, Eve?*

Well, that would be practical if there were any chance of it. Guys were starting to look at her, but Eve didn't like the things they were saying, which had to do with her body. She knew intuitively that when guys paid attention to her, it was about her body.

Tommy, of course, was like family and didn't count as a guy.

In any case, Daisy hadn't really waited for a response to

her question about Eve's nonexistent sex life. She seldom listened to answers. Her question had been a prelude to a monologue describing the sadness of the casting couch and a litany of the abuses she'd suffered. Eve now knew what the casting couch was. Cimarron had explained it. Cimarron had said, *Honestly, Mother was an idiot. She should've had a decent agent.*

Cimarron had exploits to describe, too, horrors *other* models had faced in places like Milan, where they were prey to pornographers and unscrupulous flesh-peddlers, as Cimarron called them.

Eve didn't ask the Apache medicine man why they needed to be purified after being in the presence of human bones. Her strong impression was that the medicine man was humoring Tommy. Wasn't the trouble with graves and bones a Navajo thing? She felt no need for such cleansing, but Tommy did, so she thought he should have it. Besides, she liked to go places with him. She still wanted tattoos of scorpions and bats. Maybe they could go to a tattoo parlor while they were in Santa Fe.

The Apache seemed to notice something about Tommy—perhaps the chip on his shoulder. After Tommy had paid him, in tobacco, which was all he'd accept, he put away the elements of the ritual he'd performed and said to Tommy, "If you cling to the unhappiness of your past, it will drag at your spirit."

Eve was surprised. Tommy wasn't one for moaning about the past. But sometimes he did make excuses—he couldn't do such-and-such because he was Hispanic or the coach didn't like him because he was part Native American, and so on.

"This is what you do to keep the bad parts of the past from clouding your spirit." And the old man turned to Eve, too, so that suddenly she hung on his words, certain she'd hear something that would change her life. "Go back in your mind and remember your earliest happy memory. Then remember everything good that's happened to you between then and now—every little thing. Say, you see a wild animal you like. Or someone says you look nice. Everything."

When the door of the little house shut behind them, they found themselves on the Santa Fe backstreet where the house stood—far, Eve thought, from the nearest Apache reservation, which was probably in another state. She looked up at Tommy. "That was worth the trip," she said. "That was worth doing. That was really worth it. Just for that last thing he said."

Tommy eyed her and didn't answer.

She hissed, "You have to listen to him, Tommy. Just like I do. Bitterness never works."

"I'm not bitter." He cracked a smile and said, "I know a guy who keeps rattlesnakes. At the university. He has an albino one. Want to go see them?"

"Yes."

They headed for the main drag, past a corner that held a Mexican restaurant and a used-guitar store, to walk back up to the university. Eve remembered it was a snake that had begun their journey to the medicine man, by spooking Bravo and landing her on a human skeleton.

They started to pass a jewelry shop, and Tommy took her elbow and turned her toward the glass door. He pulled it open.

"What are we doing?"

He pointed to a huge white sign with red block letters. EAR PIERCING.

"You have to be sixteen," Eve whispered. "Or have a parent or guardian sign a form."

"You look sixteen."

Eve had never thought this was the case. She felt flattered that Tommy, fifteen, said she looked sixteen.

It was easy. She signed the form herself, subtracting three years from her date of birth, claiming she was born in 1964 instead of 1967.

"Which ones should I get?" Eve asked, as she and Tommy examined the possibilities for studs that would have to remain in for more than a month. "Silver looks better on me than gold, so I guess I should go with the surgical steel."

Tommy glanced at Eve, then considered the selection of studs in the case while a girl of maybe eighteen stood ready with a ballpoint pen, to mark where the hole would go, and a piercing gun. Some of the studs were shaped like stars, others hearts, some were plain circles and others had birthstones in them.

Eve's eyes went to the turquoise. It wasn't her birthstone, but she liked turquoise. Her father used to bring her turquoise jewelry.

Tommy pointed at the turquoise studs with one of his brown, strong hands.

Eve grinned.

As the sales clerk drew a dot on each of Eve's earlobes and Eve inspected the dots, she wondered what it would've been like if her father had taken her to get her ears pierced. But that hurt to think about.

The dots were in the right place, and Eve nodded. "Good."

Alcohol swab, a virtually painless punch, and she gazed at the result. It looked...pretty.

Tommy, leaning over the glass counter, said, "Cool."

When both holes were done, Eve smiled at her reflection. *I love it. I love it. I have pierced ears.*

She said to Tommy, "You could get one."

He narrowed his eyes slightly, thinking about it. "Yeah, okay. I'll get turquoise, too. Left ear."

Although Eve had plenty of money, which Daisy gave freely, Tommy insisted on paying for both of them with money he'd earned working for Felix.

As they left the jewelry store, Tommy gave a quick, frowning glance at his reflection in the window.

"It looks good," Eve said.

"You know what it means," Tommy answered, giving her a significant look.

Eve felt her heart pound strangely.

He's really not like my brother, is he? He's the best-looking guy in our whole school. That's what he is.

"It's a bond. Our secret."

Eve turned this over in her mind, confused because she'd suddenly realized she wanted Tommy to like her as a girl.

He mouthed, "The cave, Eve. The cave."

Oh.

That.

CHAPTER 4

Eve
November 10, 1981

Throughout Eve's childhood and adolescence, Daisy always threatened to move. She used to badger Eve's father about it, and Eve had wondered why her mother was so unhappy. At age fourteen, Eve still wondered.

Sometimes it was impossible not to become a captive audience to Daisy's drunken monologues. Sometimes, Eve simply couldn't leave her mother, so drunk, lying on the bed, because Daisy had been known to take pills, as well, and Eve understood that the combination could kill her. She occasionally tried to keep her mother from taking another drink, but the request always led Daisy to prove flamboyantly that she could hold her liquor—by further imbibing.

Daisy liked Eve to lie on the king-size bed in the master bedroom and watch her old movies with her. After Peter Swango died, Daisy's lover with the gold chains had found someone to put the movies on VHS, the ones that weren't already available as videos. Of course, that guy was two lovers ago. Daisy invited Tommy to watch movies with them, but Tommy always gave a tight little smile and immediately left the house. Eve had noticed that Tommy didn't seem to appreciate *her* watching movies with Daisy, either, as though he hated the movies, hated the thought of mother and daughter lying on the bed staring at a television screen in the middle of the afternoon.

Sometimes Eve and Daisy watched movies that Daisy *hadn't* been in but with actors and actresses Daisy had known, so that she could tell Eve about these people. Drinking, Daisy would look down at her hands, say how rough and dry they were. "New Mexico's taking everything I have left, everything but my girls. I gave it all up for you two, and especially for your father, Eve. He rescued me in a sense. I won't deny it. Hollywood isn't a gentle place, and directors and producers aren't gentle people. Agents, casting directors, they're all corrupt. But I shouldn't have walked away from my career. I lost all my chances when I came to the middle of nowhere with your father."

Cimarron's father had been an actor, and Daisy hadn't actually been married to him. He was dead, although Eve knew he'd died sometime after Daisy had been rescued by Eve's father.

"Robin—" when Daisy said this, Eve had to think for a moment to remember a man Daisy had dated but who hadn't, fortunately, moved in "—would've wanted to build

a life with me if it could've been somewhere else. He would've left his wife for me."

Eve didn't share Daisy's feelings about New Mexico, but she did pick up small details about men from this monologue. Marriage was not forever: Men left their wives for new wives, which made being married no different from being boyfriend and girlfriend. She also noted that Robin had *not* left the wife in question for Daisy, so she figured out that men talked about doing things they wouldn't necessarily do.

Eduardo, who wore gold chains and had possibly sold cocaine, had stayed for a month, then gone somewhere else and married, according to Daisy, a girl not yet twenty. Several times, he'd hit Daisy. Eve hadn't seen it happen, but she'd seen Daisy's black eye. Though Daisy claimed to have fallen—and falls were certainly a possibility—Eve learned from Eduardo that men hit women and hit hard enough to leave bruises.

Eve's life had become divided. In the time before her father's death, there'd been peace. In the time since, there'd been constant disruption, chaos. Like living in a fun house full of mirrors and tilted floors, with unpleasant surprises presenting themselves like ghouls jumping from closets and under furniture—the Rancho Not-Fun. Cimarron was seldom home, constantly traveling, her education completed through tutors. She was a model, with a *career*. In fact, she hadn't even met two of Daisy's most recent lovers.

"Now, Lawrence," Daisy continued in her rant about New Mexico while *The Naked Kiss* played on the television, "might've made his home in Santa Fe. We talked about getting a house there. I could've sold this place and bought somewhere smaller, but it takes time to unload something

this big. And it's a bit of a white elephant in this nowhere-nothing county."

Lawrence, Eve remembered, drank as much as Daisy, something else men could do. She couldn't stop herself from saying, "Thank you for not doing that."

"And Paul didn't like New Mexico, either. Or not this northern part."

Paul hadn't liked how much Daisy drank. Eve had appreciated that. What she hadn't appreciated was Paul's evangelism. He'd been a fundamentalist Christian who liked to bring fossils in from outside and tell Eve they were from the Flood. As in Noah's Ark.

My father was a geologist. Hello?

Fortunately, Eve had Rosa to give her a different idea of men. This was conveyed in Rosa's picture of Felix and the example of her relationship with him. Granted, Rosa complained about her husband, about how he'd kill himself gentling colts, how she couldn't tell him anything, how he wouldn't take care of himself during Holy Week. But she said often, "He is a good man."

Therefore, Eve knew that her father had not been the only good man on earth.

To her, Felix embodied New Mexico. He cleaned the *morada,* which he said she could not enter, and he taught her about horses. He taught her that horses like to be part of a herd, that they like to run in groups, and how it influenced them.

Once he showed her how to eat the fruit of a prickly pear cactus. When she joined him in the garden, he showed her how to tell weeds from seedling plants and flowers.

He always had time for her and for Tommy. He was more

strict with Tommy than with Eve. He told Eve what he thought about *El Señor*, his Jesus, and how it was important to always do what Jesus asked. This never irked her in quite the way Paul the evangelist had. Still, she couldn't resist demanding certain things of Felix, the resolution of unanswerable questions. Picking up a rock— "Did God make this?"

"*Sí.*"

"In six days?"

A smile and a shake of the head.

"How then?"

"If we were supposed to know, we would know."

Then Eve would lecture him on the formation of features of the landscape, as told to her by her father.

"Your father was a smart man," Felix would say. "He made good use of his mind."

Felix did not hit Rosa, and Eve couldn't imagine him leaving her for another wife. He did not get drunk, although he liked wine on special occasions. He had no sense of humor about Holy Week, and he didn't like to be questioned about what went on among *Los Hermanos*. Eve tried to get the facts out of Tommy, but he said he didn't know. This surprised Eve, because in most ways Felix treated him like a son.

"I don't believe what he believes," Tommy told Eve when she mentioned her bewilderment.

Eve found this shocking. Felix did have a temper, which he sometimes gave voice in some truly impressive cursing and shouting. "Does he shout at you about it?" Felix certainly shouted at *her* if she said anything he considered irreverent.

"Yes," Tommy replied. "He does. But shouting doesn't make me believe, and I've told him that, too."

Eve
November 13, 1982

It was an accident that she and Tommy ever kissed the first time.

She had recently turned fifteen—Tommy, seventeen—and she'd been invited to the Homecoming Dance by another Anglo. She'd said no because she didn't like him. He was from Connecticut, and he kept trying to talk to her about things in which she had no interest.

Viento Constante wasn't far from Santa Fe or from Taos, and suddenly the little community was experiencing growth and becoming a coveted address. Artists and patrons of the arts from other parts of the United States were buying up land and building first and second homes. In four years, Eve's class had become a third larger.

Tommy was going to the Homecoming Dance with a new student, a girl named Megan. She had asked him.

While other kids their age were at the Homecoming Game in town, Eve and Tommy stood outside the cave, smoking cigarettes, the butts of which they placed in a dip in the nearby sandstone and covered with another rock. Occasionally, they collected the butts and took them away. The cave they kept pristine, as they'd been taught by Eve's father. The only things they added were survey markers and yellow tape. They stretched it along the floor, showing where to walk over the twenty-one miles of cave they'd

surveyed so far, to a depth of 360 feet. Of course, there were branches, and they'd surveyed some of these, too.

Outside the cave, Eve said, "We're not going to be able to do this whole cave alone, Tommy."

"I know."

"What if it's as big as Lech?" Lechuguilla, far to the south, so vast, long and deep. The surveying she and Tommy had completed was Herculean for a team of two. And Tommy's insistence on keeping the immensity of the cave a secret puzzled and intrigued her.

Tommy ignored her question. Instead he took a drag of his cigarette and asked, "Why didn't you go with Jason?"

The boy who'd asked her to the Homecoming Dance.

Eve thought the possibility that she and Tommy had dis-covered another Lechuguilla was a much more riveting topic. Why didn't Tommy think so? *He* was the one obsessed with this cave.

But she submitted to the change of topic. "He talks about how he misses sailing and how there's no place to play racquetball here. And no *culture*." She snorted. "It's not his culture is what he means."

"You've never been on a date."

"So?" Suddenly, she felt shaky. She liked Tommy—she was crazy about him. But she wasn't sure she should be. They were friends. Probably best friends. He *wasn't* a relative. But it was too weird to think of kissing him. Yet she didn't want to kiss anyone else. Well, maybe Diego Gonzalez… He was a senior and very smart and artistic. He planned to go to the University of Southern California, to film school.

But he'd never looked twice at her.

Tommy drew on his cigarette, holding it between thumb

and forefinger like the tough guy most people thought he was. But Eve knew him, had known him from the day he'd offered his own birthday piñata to ease her shame at her mother's drunkenness. There was no one like Tommy, and between them there seemed to be some foregone conclusion that they'd always be friends, always be *familia,* family.

But not relatives. Not brother and sister or even cousins.

And something was different just now. Tommy eyed her with a shrewd, calculating look. "And never been kissed."

"That's not true."

He lifted his eyebrows. "Who?"

"A basketball player from Santa Fe. In junior high."

"A wealth of experience."

"If I had more, you'd just call me a slut."

"Everyone thinks we've done it."

Eve gaped. "You tell them we haven't, don't you?"

He shrugged.

"You're—like my brother," she said, only to see if *he* thought he was.

"You think?"

Oh, shit. Heat rose to her face.

He *knew.* She liked him—liked him as more than a friend—and he knew she felt that way. He was seventeen and almost six feet tall, an athlete, handsome and also the person with whom she spent the most time. Because the cave was his great work—and she was the other person involved in the cave—and, well, they were friends. Not just because she was always first through the smallest openings. They knew each other.

The cave was becoming damp, and that worried both of them. What if they came to sumps, sections of cave that

could only be passed underwater? Cavers had to navigate these underwater passages to continue through the cave. Sumps meant cave-diving, and neither had done that before, although Tommy kept trying to find the nearest place to offer scuba classes. But Eve's father had always told her that cave-diving was dangerous, much more technical than either spelunking or diving.

Eve stubbed out her cigarette and glanced toward the cave. "Let's get on with it." They'd brought fresh supplies— batteries for their headlamps and flashlights. Most of their gear they kept inside the cave's first room, the room that had, for so long, seemed to be all there was.

Tommy's toss of his head invited Eve to start down.

She did, trembling, thinking about the things they'd just said and about the way Tommy had looked at her. Should she have flirted with him? She didn't know how to flirt. Now, he probably thought she didn't want to kiss him.

But isn't that better than laughing at you because you do *want to?*

Would Tommy laugh?

She suspected he *knew* how she felt.

In the dark, surrounded by the distinctive earthy smell of the cavern and the scent of bats who came there seasonally, Eve felt the packs on the floor and grabbed a headlamp from where they always clipped them to the outside. She switched it on as Tommy's lanky body dropped down beside her.

"Let me see that." He took it from her and switched it off. She heard it thud onto the pack.

She put up two hands, palms flat, and his met hers, his calloused from helping Felix mend fences and care for the

horses and goats. It was how they always began the hand came. Yet this time it was different. As though his mind were touching hers in the dark, connected by some electricity. The hands knew what came next. And this time *was* different.

Unmoving yet trembling inside, full of a hot, melting sensation, Eve felt his fingers slide between hers, felt herself drawn flat against his body. She refused to raise her head, pretended not to understand what this meant.

It's happening. It's happening.

He nuzzled her hair, and she lifted her face, and his lips touched her, and it was not remotely like kissing a fourteen-year-old basketball player. It was kissing someone whose upper lip was slightly whiskered, someone she really cared about. He was not like a brother.

Their lips moved against each other's, his gently nibbling her bottom lip, then the top, her returning, echoing these motions. Kissing him back.

She felt his heart pounding, and he released her hands and hugged her, and she was introduced to something new about boys, about men, about whatever he was. For one thing, the fact that he liked her.

His hands held her hair. "You don't think you're pretty, do you?"

She shrugged. "I'm okay."

"You're *fine*. I love the way you dance. I watched you at that party last weekend."

She trembled. It was wonderful that he was saying such a thing to her, that he had kissed her, that it could and would go further. "Maybe," she said, "we should get to work." On the cave.

"We shouldn't do this now," he said, not referring to the cave. "You're too young. But sometime we should."

She wanted to say something ridiculous. *Tiamo*.

I love you.

He already thought she was too young.

"Don't do it with anyone else," he said softly. "Okay?"

Her legs felt like water, rippling silver, alive. "Okay." Then added, "Why not?"

He bent to scoop up the headlamp and hand it back to her. "Because you're mine. And I'm yours."

The words terrified her.

They reminded Eve of Daisy's new boyfriend, Russ, who slept at the Rancho Ventoso every night. Russ said that Daisy was his woman.

"I'm my own," Eve said.

"If you weren't," he told her after a moment, "I wouldn't be yours. You're the only girl I know who isn't obsessed with having a boyfriend. I think you'll always be…like Chaco." Felix's favorite mustang stallion, more favorite than Bravo. Felix had gentled Chaco, but the horse always looked toward the wild, always seeking his harem. He might live in corral and barn, but he'd always be wild.

"That's what I want to be," she said. "That's exactly how I want to be." As different from Daisy Lee Swango— and from Cimarron—as possible. Tommy seemed to be saying that he knew and understood and liked her because of it.

A few minutes later, when they were making their way through the next opening, then climbing down to the first soda-straw room, Eve leading, she said, "That was good."

"It sure was."

Tommy
June 4, 1985

The subterranean lake stretches out before us, its waters a brilliant turquoise-green.

I had something else on my mind earlier today, something besides the cave. *Eve.* But this new wonder, a new tiara for our collection of jewels, demands my attention, demands to be loved and desired more than any girl.

"We should get a raft," Eve says. "We could take everything off and swim, but the cleanest way would be to use a raft."

She doesn't want to contaminate any part of the cave environment. I'm with her. Though my mind lingers on *take everything off.*

We sit on an insulated camping pad, knowing that it's time to return to the surface. It'll take us until midnight to get back. Daisy couldn't care less what Eve does, but Rosa and Felix want to know where I am.

This year I've been taking geology and science courses at the community college. When he died, Eve's father left a fund for me for college, just as he did for Eve and Cimarron. Cimarron is too busy modeling—and could easily pay for school herself. We never see her.

Felix says I need to find a direction in life.

I have one but I can't explain it to Felix; he wouldn't understand that I want to spend my life getting to know this cave, that I believe it's bigger—and possibly deeper—than Lechuguilla. I'm still working out what would allow me to continue caving. Some cavers are inventors. Others are academics, and I'm leaning that way, although it'll mean a lot of school, a lot of time *out* of the cave.

I glance at Eve. Her ponytail trails a few inches beneath the brim of her caving helmet. Her skin, like her coveralls, is coated in cave grime. I'm attracted to her. I've known it for a while.

But it's a little strange. For instance, if it's up to me, no one's ever going to find out what I did with Daisy all those years ago, that Eve's mother was my first, that she was middle-aged and I was a kid. All the girls and women I've known since haven't erased Daisy. Unfortunately.

I want Eve, and it's different from other wantings. She's a virgin. Three years ago, I kissed her. I told her to wait for me, that I would be the one.

I say, "You like me?"

She stares at the lake we just discovered together. "How do you mean?"

"Well, if I'm asking, you can probably figure that out."

"Do *you* like *me?*" she asks.

"No." Teasing. I unfasten her caving helmet. I took mine off ten minutes ago.

I kiss her and I like knowing that everything's so new for her. I shut away the part of my mind that could think about Daisy.

We make love beside the lake, and she seems a bit stunned by it. But eager, too. Wanting to be closer all the time. I'm still inside her when she says, "Who have you done this with?"

"I'm not saying." As though it's just girls she knows from school—from high school—or girlfriends of mine from college.

"What are we going to name the lake?" she asks.

"La Primera."

The first.

She makes a face.

I say, "Lake Eve."

She squints, still not separating from me. "You're not going to tell anyone about this, are you?"

"No."

She seems satisfied with my response and doesn't ask if she's my girlfriend or say *I love you*. This makes me happy. She is comfortable in herself, comfortable being with me.

"I'm going to learn to dive," she says. "And to cave-dive."

Cave-diving is seriously dangerous, but it's obvious we may need to do it here—in case we encounter sumps, water-filled passages that can be navigated no other way. "We'll take scuba classes at the college. We might be able to get into a summer class."

When our bodies release each other, it is to touch again. To make love some more. I like her because being my lover is not the most important thing she has ever done or will do.

We can do things together. Like explore this cave.

CHAPTER 5

Eve
November 3, 1985

Cimarron was home. Daisy was in her bedroom, watching a movie and drinking. Eve, in her own bedroom, clutched her abdomen, doubled over. She had bled over a towel, which she now held between her legs.

She knew she was pregnant. She had known for two weeks and was waiting for Tommy's next visit home from New Mexico Tech to tell him. He was studying geology and considering environmental law. She hadn't known what he'd say about her pregnancy, what he'd do. And now she'd learned that his next visit was still almost three weeks off; he was coming home to take her to Viento Constante's Homecoming Dance.

It couldn't matter now, but what did matter was how much blood there was and that she was in too much pain to go to the hospital alone.

She grabbed the old powder-blue terrycloth robe she'd worn for years, that had been a Christmas gift from her father before his death. She pulled it on and, doubled over, tried to walk to her door. Yes, that was better.

God, no, the pain…

It came in spasms. Was this what contractions were like?

She opened her door, walked barefoot down the hall. Laughter from Cimarron's room. Cimarron was on the phone, no doubt to her boyfriend, a diamond broker, who was now in the Middle East on business. Eve knocked.

"Come in."

Eve opened the door.

"It's my sister," Cimarron said into the phone.

Eve whispered, "I need help."

"I've—Andrew, I've got to go."

Eve marveled that her sister, who was often so vicious, could sometimes be so kind.

"Yes, bye." Cimarron hung up her princess phone, tossed back her dark hair and gazed at Eve. "What's wrong, honey?"

Eve stopped, seized by pain once again, feeling the flow of blood. "I think I'm having a miscarriage."

Eve
The next hours

Cimarron got her dressed—throwing a dress of her own over Eve's much-too-small body—and tucked her into the

front seat of her newest car, a pale-yellow Mercedes convertible, with a towel between her legs.

On the way to the hospital, Cimarron said, "I'm not surprised you've been shagging Tommy. He's a dish. But why no birth control, dear?"

"I was…switching…kinds," Eve managed to say between spasms. She wanted to scream. She'd never felt anything to compare to this pain, pain so blind that she barely noticed Cimarron's language, littered with British expressions—*shagging, dish*.

I'm dying. This is going to kill me.

"Grandma Swango died in childbirth with Dad," Cimarron said. "And he was early. They put him in a drawer by the stove to keep him warm."

It sounded surreal, like one of Cimarron's nightmare stories from Eve's childhood.

"How do you know that?" Eve demanded, half gasping.

"He told me. On his birthday one year. Mom was in her usual state, and he was depressed, and he said his mother had died the day he was born. I think they did a cesarean after she died?" Cimarron made it a question, expressing her own uncertainty, which made Eve believe her.

Eve had been aware that her father had never known his mother but she hadn't heard why.

"You're tiny," Cimarron said.

"We have to go to Santa Fe," Eve told her, shouting because of the wind blowing her hair, because of the pain.

"That's forty-five minutes!"

"Everyone in Viento…" Everyone would know she'd gotten pregnant. Everyone would know it was Tommy's.

She felt Cimarron glance at her.

Cimarron said, "If you die on me, you will seriously go to hell."

"Santa Fe."

"Yes, but don't *die*."

Eve
The hospital

The physician was female. Eve was woozy, and her legs weren't working right. They'd done something to remove the rest of the miscarriage. She wasn't following everything.

Cimarron, in saint mode, sat beside her, sometimes holding her hand.

The doctor grabbed a high stool on wheels, pulled it over, sat down and said, "When you're older, if you want children, you should go to a specialist. But your pelvis is very small."

She had a model of the female pelvis and explained that Eve's was so small it was doubtful she could carry a baby to term. Vaginal birth looked to be out of the question. "You want to get a second opinion at some point. Also, childbirth technology is advancing all the time."

"Is that why I miscarried?"

The physician shook her head. "No. I don't think so. Fifteen to twenty percent of pregnancies terminate in spontaneous abortion—miscarriage."

"Cimarron says my grandmother died in childbirth."

The physician nodded, as though she weren't surprised. "Anyhow, you want to make sure this doesn't happen again. Let's talk about your birth control."

Eve
November 3, 1985, 8:00 p.m.

They released her that evening, with instructions to rest.

"You won't tell anyone," Eve said to her sister as she held Cimarron's arm on the way to the car.

"No," Cimarron said.

"Promise. Nobody. Not even Andrew."

"I promise," Cimarron said. "But you're going to tell Tommy, aren't you?"

"I don't know." Telling Tommy would also mean dealing with what she didn't want to tell him. About her pelvis being small.

Cimarron helped her into the car.

"And not Mom," Eve said.

"I'll tell her you have your period. You always have wicked cramps."

"Yes." Eve paused. "Thank you."

Tommy
Homecoming
November 1985

Eve's hair is in cornrows with silver beads at the ends. It must've been Cimarron's idea, and Cimarron must've done her makeup, too. She looks beautiful and different. Untouchable.

"Rosa thinks you can see my nipples," she said with a grimace. "She didn't want to let me out of the house."

"I can understand that." Her dress is silver and sheer, long but a halter style. She is the sexiest woman I've ever seen,

though Cimarron was giving her a run for her money when I came to the door. Cimarron was wearing a ripped-up sweatshirt that showed her belly and a whole lot more, and a pair of shorts that were beyond short.

But Eve looks like a goddess. Her hair seems to have these red lights in it.

She's been my lover for half a year, since that day at Lake Eve. Tonight, besides being icy and remote, she also seems pale and thin.

"You feeling okay?"

"I'm fine."

The answer is almost snotty.

I don't think she's fine, but she has to be there tonight. She's the Homecoming Queen. She snapped about that, too. *It's just because I'm an athlete.*

There's something to that. She's a soccer star with college scholarships in the offing, a basketball player who isn't tall enough, she says, for college basketball.

She says, "I don't think I'm going to last till the end."

Of the dance, she means.

"Are you not feeling well?"

"I'm fine. I'm just tired. I've been studying a lot."

"An early night works for me. It'll give us a better day in the cave tomorrow."

She throws me a look. I'm not sure what it means.

I tuck her dress around her and fasten her seat belt. She doesn't meet my eyes, just mutters, "Thanks."

I close the passenger door. She's probably getting her period, but I know better than to ask. Once she threw the survey book at me and walked out of the cave—three miles without a word—when I said that.

I slide behind the wheel of my old Capri, which barely makes it from school to the Rancho Ventoso on the weekends I come back to the cave. And to Eve, of course. "Are you feeling up to going tonight?"

"I have to." Her eyes are closed.

"Do you think you have a fever?"

"I don't."

She sounds as though she knows what's wrong. My guess, I'm sure, is right. That time of the month, for Eve, is always hell.

"Need anything for pain?"

Her dark eyes open, and her gaze slants toward me. "I'm fine."

She looks almost resentful. What did *I* do? I was even ready on time. As a matter of fact, I sat for fifteen minutes listening to Daisy's drunken reminiscences of every dance *she* ever attended as a girl.

"Eve, if you're mad at me for some reason, you'd better tell me why. I'm not psychic." Although sometimes, with her, I nearly am. Not this time, though.

"I'm not mad. Let's go."

Eve
May 21, 1987

Eve finished her packing with a sigh. Tommy was still at the computer lab. She'd finished one year at New Mexico Tech, and that year had served to reveal her real interests. First, on a trip to Oaxaca, she had dived a *cenote,* an ancient well that connected to the ocean. She'd fallen in love with cave-diving and was determined to live where

she could dive. Florida was the obvious choice. Also, though she liked science—in particular biology, especially speleobiology, the biology of cave life—she'd decided she wanted to teach children. So she was going to Gainesville.

The front door of the studio apartment she and Tommy had shared for the last year opened.

"Hola," said Tommy, setting his heavy backpack on a chair inside the door.

Eve knew he'd soon embark on the discussion, apply all the pressure at his command.

"How's the programming?" she asked.

Tommy had abandoned thoughts of becoming an environmental lawyer when he learned he had a talent for software design. He was now developing software to map caves, with accurate graphic images for various minerals and cave life-forms. He was also working on educational software illustrating the formation of caves. He knew, and Eve agreed, that he'd found the way to support himself while exploring the Rancho Ventoso cave. But he wanted a degree and possibly a graduate degree, as well.

"A little glitch." He shook his head, as though to rid himself of an irritation. "I'll deal with it tomorrow. Eve, you can work for me."

Here we go.

"Why do you want me to work for you?" she asked, knowing what the answer would be and wishing for a different response.

"Because you're my partner in the cave."

She was also his lover. They were best friends. But for Tommy it was all about the cave. The pregnancy and miscarriage she'd never told him about had shown her how dif-

ferent her values were from Tommy's. Not that she wanted to be a wife and mother. He cared about the cave first; other things would never matter as much. She'd never told him they'd conceived a child, yet resented that he didn't know and that she'd ever had any reason to feel she couldn't tell him. But that was how she felt. Marrying someone would…well, it would take her down the path to being Daisy. She'd seen her mother weak over so many men. *Not* husbands, which made Eve's feelings all the more irrational. She just knew that depending on a man—any man—could lead to rejection, humiliation and ultimately *weakness*. It could lead to being Daisy, a childish and ridiculous human being.

Granted, she was nothing like Daisy. But anything she associated with Daisy seemed repulsive to her.

And she needed to get away from the Rancho Ventoso, from Daisy and her new husband, George. George was mean, and he considered the ranch his castle, which deeply offended Eve.

"Well, it's time you let more people in on the cave," Eve said.

He didn't argue. She knew he wouldn't.

"It's not right, Eve," he said. "What you're doing."

"What, because I'm nineteen years old and want to have a life that doesn't center entirely on one cave?"

"You know it's not just any cave. You know it's a big cave."

Yes, she knew.

She sank down on a secondhand love seat. They'd covered the plaid upholstery with a batik bedspread.

Tommy, tossing hair that needed to be cut, crouched

beside her on one knee and took her hand. He gazed earnestly into her eyes. His were so familiar, that dark brown, almost black. She loved his lean face. He was wonderful to look at, so much so that they were mismatched, for she considered herself a very conventional-looking woman.

"I want to marry you."

Eve blinked, not sure she'd heard right. Her heart pounded, and her mind screamed caution. Red flags, stop signs, narrow bridge, it was all there. "I'm not ready to be married. I don't ever want to be married," she amended quickly. "I need to be independent. And I'm going to school to get my teaching credentials. And——" She didn't tell him the rest. She'd meant to share the bat stories with him. But rejection—rejection by publishers—would be difficult enough without Tommy knowing she'd failed. So she'd sent the manuscript to one of the best known publishers of children's books. She wanted to write a series of stories about a colony of bats in a New Mexico cave. She didn't need to be in New Mexico to do this. "Look, Tommy, I'm not... *grown up.*"

"You've been grown-up since you were twelve."

Since she'd watched her father die.

"Also," she said, "you want to marry me so we'll always explore the cave together, and that's not realistic. That cave is too big. It needs to be turned over to the government, and you know it. It's a national treasure."

"There's no law to that effect. It's on private land."

"Look, we disagree about something huge, here." *And you want to marry me for the wrong reasons.*

What if he'd said he was madly in love with her? He did say he loved her, especially while they were making love. They *were* lovers in the deepest sense. But the thought

of marrying Tommy—*and the cave,* she couldn't help adding to herself—was suffocating.

"I'm going to Gainesville," she said. "And I'm excited about it."

"So we're breaking up."

Eve closed her eyes. "Just...let it be, Tommy."

"What does that mean? You're going to go with other guys?"

"That's not the plan, but I'm not saying it won't happen."

He rose to his feet, slammed his fist into the wall, then opened the door and went out.

Eve gazed at the gaping hole in the drywall and saw a speck of red.

This is a mistake. Leaving him.

But she didn't know what else to do.

Tommy
July 4, 1987

I stand in the hot wind outside the cave coiling a climbing rope. Zeb, a fellow computer geek, went into the cave with me. We were down for two and a half days, but now he's gone to Santa Fe for the Fourth of July celebration, to "get drunk and pick up women."

Zeb is the first, the first besides Eve, to see the cave, the real cave. Zeb and I have caved together before—just not here. Zeb agrees, as any sane person would, that it's better not to try to persuade Daisy Swango to turn the cave over to the government. *You'll have more control this way. You'll have no trouble getting teams together.*

With teams, expeditions, the surveying will go faster. But

the cave's big enough to keep me—and scores of other people—busy for a lifetime.

"Hi."

I swing around. It's Cimarron, in cut-offs and a crocheted halter top that just shows her nipples. She knows it, I'm sure. In the wind, I didn't hear her come up. I say, "Hi," but I'm not keen to see her, which is smart.

Eve is terminally free, impossible to hold. Cimarron is vicious, like a psychotic dog. Sweet one minute, then snarling and taking a piece out of you the next. Though it's been a while since she's tried to take anything out of me.

"So, I want to see this great cave."

I keep coiling the rope. Not staring, which is what I want to do. "What makes you think it's a great cave?"

"Zeb. We met on his way out. He's kind of cute."

Zeb has a big mouth, but I realize he mentioned the cave to Cimarron only because he assumed she already knew about it. "You'd trade the diamond broker for Zeb?"

She snorts—almost. "Actually, the diamond broker dumped me. His family doesn't care for me, and so…" She shakes her head. "Well, he's not the only man in the world." She's not spiteful but rueful. She felt the rejection, I guess. She changes the subject. "So, can I go down in this cave?"

I left my caving clothes in the cave. I'm wearing canvas climbing shorts. I glance at her clothes. "You'd get filthy like that."

"Do I have to be tiny like Eve?" she asks.

This time, I do stare. She means more than tiny for caving. Her cheeks turn pink.

Hell.

Cimarron is older than me.

Cimarron is Eve's sister.

Cimarron is a famous model who's had her face on the cover of *Vogue* and other magazines.

Cimarron likes me.

I understand this, am sure of it, suddenly and completely. *Shit.*

Because Cimarron is as determined in her own style as Eve is in hers. One way or another, she usually gets what she wants.

Don't want me, is all I can think. Cimarron I don't need.

And she's right. She's not tiny like Eve—caving tiny. Eve is the ultimate caving partner. Cimarron is trouble.

CHAPTER 6

Eve
May 1994

Daisy was dead. Accidental overdose, mixing alcohol with Valium.

Eve, learning of her mother's death, entered a nightmar- ish unreality. Yet she knew it should seem completely real— expected. She'd always worried her mother would someday die like this. When she'd lived at the Rancho Ventoso, she'd looked out for her. But Eve had been in Florida for seven years. Now twenty-six and a second-grade teacher in Gainesville with three Bat Colony books to her name, Eve returned to New Mexico for her mother's funeral, which was small and quiet.

Daisy's attorney asked for an appointment with Eve and Cimarron to begin settling the estate. He agreed to come to the house the day after the funeral. As soon as he was gone, Eve promised herself, she'd leave.

She would leave because of a drama she saw unfolding before her. Cimarron, home from France where she'd been modeling, was…well, it looked as though she'd been seeing Tommy. At the funeral, she held onto his arm.

Nobody told me.

She and Tommy frequently talked on the phone. Occasionally, she and Cimarron had spoken, too. Cimarron had called her with the news about Daisy. And now Cimarron, seeming newly mature, above petty sniping, above vindictiveness, had something going on with Tommy.

Her sister, Eve thought, was prettier than ever. She wore her black hair midway down her back. It was straight and glossy. It was as though he'd been made for her, his exotic looks, his height, his body always fit from running, from climbing and rappelling in his cave.

He and Eve had barely spoken since her return.

Because there's something going on between Cimarron and him.

The morning after the funeral, while Eve drank coffee and Cimarron had tea in the kitchen, waiting for their mother's executor to arrive, Eve said, "What's up with you and Tommy?"

Cimarron gave a small smile, which turned to a half giggle. Eve saw two things in the smile: First, Cimarron didn't believe that her involvement with Tommy would wound Eve. Second, Cimarron was seriously smitten with Tommy. "I'm not sure. I mean, we did get together at one point after you moved to Florida, but—"

Got together at one point? Eve couldn't bear to ask for clarification.

"—I had to leave for a big photo shoot, and I met Tim, and—" Cimarron shrugged ambiguously.

Tim, Eve remembered, had been a photojournalist. He and Cimarron had met in Tahiti and had maintained a home together in Bali, where they'd retreated when they were both free from work. But that had been over for a couple of years.

"Anyhow, I came back here to rest before the Moab shoot—"

Which was coming up in two or three weeks, Eve recalled.

"He was in Albuquerque—"

Finishing a Ph.D. in geology.

"—when Mom died. After I found her—"

Eve had heard that story.

"—Felix and I called him. We've been…hanging out together ever since."

Eve's chest contracted in a spiritual agony, while some physical sensation gripped her heart. Disbelief. Betrayal— by Tommy, not Cimarron, whose loyalty she'd never expected. Jealousy. And appalling sadness. The feeling that all these years had been an exercise in going nowhere. Teaching, writing bat stories and, best of all, cave-diving. Setting new depth records, living on the edge.

Cave-diving was addictive but not safe. Eve knew it.

Cimarron and Tommy are…what?

Cimarron glanced at her, saw nothing forbidding, and hugged herself. "I'm really happy, Eve. I've never felt this way about anyone."

Her sister's attitude astonished Eve. Eve had carried and miscarried Tommy's child. She'd lived with him for a year. She still counted him her best friend, albeit a faraway friend. Yet Cimarron seemed to believe that Eve wouldn't care if she, Cimarron, became Tommy's lover.

Eve had no idea what to say and was relieved to hear the sound of tires on dirt and gravel outside. Saved by the lawyer.

She couldn't stand it here, couldn't stand the feeling of things amiss. She'd bypassed the chance to be with Tommy, to marry him. She'd had a lover since him, but the experience had disappointed her. The man himself, another cave diver, had been a skillful lover and good to her. Yet something was missing. It hadn't mattered, though, because she wasn't looking for a lifetime partner.

But she'd never spent much time wondering how she'd feel when Tommy fell in love with someone else. Because, in her mind, that wasn't going to happen. And it defied belief that he would love Cimarron with anything approaching the love he felt for Eve.

But there was no point in saying that to Cimarron.

No advantage at all to saying that Tommy had always said he loved her, Eve, and that he'd always love her best.

The funeral was the first time she'd seen him in three years. The last time was her brief visit home. Tommy hadn't invited her down into the cave, and she hadn't asked to go. He'd seemed too absorbed in the cave project to have much interest in her or any woman.

The attorney came to the door. After introductions, he and Eve followed Cimarron into the room that had once been their father's study. Rosa kept it neat.

Eve glanced at her sister from time to time during the lawyer's explanation of the documents he handed them, copies of her mother's will. Cimarron was more beautiful than ever. She wore her long hair, shades darker than Eve's, at one length, just below her shoulders. She had their mother's tall, voluptuous figure and high cheekbones, but Cimarron had the addition of full pouting lips that could melt into a glorious, white-toothed smile. Instead of being dark-eyed, like Eve, Cimarron had pale blue eyes, which stood out like aquamarine stones against her golden skin.

She wore an elegant black silk suit for this meeting. Eve had dispensed with formal clothes, even to meet the attorney. She wore jeans, a black tank top and a thrift-store cardigan. Her own hair fell just a few inches below her shoulders and seemed especially dull beside Cimarron's silk-smooth locks.

The will was straightforward.

"So she divided everything equally between the two of us," Cimarron said.

"And it's up to you if you want to sell," he clarified, "as neither of you lives here."

Cimarron showed no reaction.

Eve said nothing. Sell? Although she'd made a home elsewhere, this was her real home.

And...

Her next realization made her uneasy for reasons she couldn't pinpoint.

We own the cave now.

That wasn't completely true, though. In the time since she'd left Viento Constante, the cave's exploration had

wandered onto land owned by the Bureau of Land Management. The government could prevent people—including the owners of the Rancho Ventoso—from entering the section of the cave that lay on their land. However, the only entrance so far discovered was on the Rancho Ventoso and significant sections of cave were on Swango land as well. Cooperation was in everyone's interest.

Tommy, at twenty-eight, had become a name in caving, in speleology, in cave resource management. Everything was going his way.

Except that he didn't own the Rancho Ventoso.

Cimarron and I own it.

Tommy was in the kitchen talking with Rosa when Cimarron escorted the attorney outside and saw him to his car. Eve half expected Tommy to follow her sister.

But he turned his eyes to Eve. As she leaned against the kitchen cabinets, he cocked his eyebrows. "Want to take a walk?"

She blinked. Did he intend to discuss Cimarron with her? "Sure."

They went to the cave. Neither needed to say that it was where they'd go.

As they passed signs warning people away, Eve spotted the familiar opening, now secured by a locked and chained iron gate.

Tommy had the key.

Eve couldn't stop herself. "Cimarron and I should have keys to that."

"That's how it is? I wasn't going to ask."

The will. *Sure, you weren't going to ask,* Eve thought. *Like I believe that.*

Clang of metal against metal, and they dropped down inside, Eve first, then Tommy.

Fingers reached toward hers in the dark. She felt them, knowing precisely where they were, and their fingers locked, danced, touched tips.

What was going on between him and Cimarron?

His fingers between hers held her hands close.

The will.

Cimarron.

It was too much to sort out.

Tommy's body against hers, not embracing, just using their clasped hands to make front touch front. That was *more* than too much to sort out. It terrified her because she wanted it. It horrified her because she knew what had to lie behind it.

She withdrew her hands, untangled them from his, and it felt like cutting off part of herself.

His interrupted breath communicated to her.

But she wasn't sure what it meant.

Unwillingly, Eve saw her mother's face, made up like a stranger's by someone from the funeral home, someone who'd never seen Daisy in life. Her mother was gone.

And Cimarron had said...

"What's going on between you and Cimarron?" Eve asked, wondering if he'd tell her the truth.

Wondering if here, in utter darkness, she'd recognize a lie.

"Not sure."

She *could* recognize an evasion.

She waited.

"We've—" a sigh "—been together."

"When?"

"After you went to Florida."

She continued waiting—for him to explain why he and Cimarron had been joined at the hip during the funeral.

"I came back here when she called after your mom— Anyhow, nothing's really happened. I'm not—" He cut off the words.

"What?" She could wait no longer.

"Eve."

The word was half-choked, part whisper, part agony.

She believed it. And yet she refused to believe it because she couldn't afford to believe and then be wrong. That would be unbearable.

His hands were on her arms. His voice was so quiet she could barely hear it. "I'm still in love with you."

"Oh, give me a break!" she exclaimed, stepping back, right against the hole, the hole they'd excavated to the crawl, to the rest of the cave. "I've been gone for seven years, and the last time I was here you couldn't even be bothered to look at me."

"Why do you think *that* was?"

Because, he seemed to be implying, he couldn't bear to look at the woman he loved, the woman who'd left him.

"Don't go any further with this," she said. "What matters to you is the cave. Cimarron and I own the entrance to this cave. There's nothing you can say now that won't be colored by that."

"There's nothing you will *hear*," he corrected, "that won't be colored by that. In your mind."

"Fine."

"So you want me to—" He stopped.

In the silence, she felt his dawning horror—at even speaking aloud what he'd planned to say.

But he said it. "—walk away from this cave, and then you'll believe I actually love you."

"I'm not into ultimatums, and I'm not into marriage."

"I didn't mention marriage."

Now she was glad of the dark. He hadn't mentioned it—not for the seven years he'd professed that he still loved her.

She took refuge in power. Reassuring him. "You have a home here, Tommy. Always. I'm not going to interfere with what you're doing with the cave. And Rosa and Felix—this is *their* home. Always." Rosa and Felix would continue to take care of the place. *I'll come back here to live. I'll buy Cimarron out.*

And how could she do that? Cimarron had the money to buy *her* out, but the Rancho Ventoso had become extremely valuable. No way could Eve beg, borrow or steal half the purchase price.

Well, she could keep from relinquishing her half.

How will you pay your portion of the property tax, Eve?

She'd work that out.

He said, "So—there's nothing there for you."

He meant *nothing between us.*

"That's completely untrue," she said. "But I don't want to talk about it now, and I don't want to hear you talk about it. It's—" She searched for words that would say what she felt. "This isn't the time."

But as she spoke, she also saw that it would never be the time.

Not while she had what he so badly wanted.

Ownership of the entrance to the Viento Constante Cave System.

Tommy
September 6, 1994

I'm happy. I'm happy because my happiness is not only about the cave. The cave is just confirmation that this other decision is meant to be. Or maybe the reverse.

For four years the cave has been everything. And there's Cimarron. Unexpected. Her love for me—or something else, maybe being hurt by her last boyfriend—has made her vulnerable and sweet, all the more so because I've seen her mean.

But what she's just told me is a gift. My whole life, I've wanted family. Maybe an orphan's dream. But it's been something I want and need.

And there's more. Cimarron needs me. She's changing. I've seen it ever since her mother's death. She smiles more, laughs more, helps Rosa more.

"I want to call Eve and tell her," she says, "but she's probably asleep. It must be…almost midnight in Florida."

"Tell her what?" I smile, and the smile is the first thing that feels unnatural. I can't think about Eve. Not now.

"That we're getting married, of course."

"Ah." Not the other part. Not *why* we're getting married.

"I can call Ivan, though." One of her favorite designers. "He's a night owl. I want him to do the dress."

"That's the important part."

She laughs, more beautiful than she's ever been, made beautiful by love and by the life she's carrying, and hugs me. "Oh, Tommy, I'm so happy. You really want me?"

Doubt. Doubt on the face of one of the world's most beautiful women, doubt and incredulity that I could love her, could want to marry her.

"Really," I say.

And blot Eve's face from my mind.

Eve
September 7, 1994

Eve was hosing off her dive gear when the phone rang inside the studio cottage she rented on the coast not far from Gainesville. Her landlord, an elderly woman who lived in the adjacent home, had expressed a willingness to sell Eve the tiny cottage. But Eve wavered, and it had to do with what had happened after her mother's death, the things Tommy had said. Maybe…just maybe…she should move back to New Mexico. Next summer, when her teaching contract ended.

Barefoot, in cut-offs and a tank top she'd pulled on as soon as she'd returned home from diving, she grabbed the receiver of her pale-blue wall phone with its twenty-five-foot cord that was always tangled. "Hello?"

"Eve, it's Cimarron."

Her sister's voice had a softness Eve had heard in it the last time they'd talked, three weeks before, when Cimarron had called to ask what her sister thought of Felix's plan to solve a problem with the stables. Warmth rushed through Eve. Cimarron was spending a lot of time in New Mexico, and her relationship with Eve seemed to be changing for the better. She was interested in Eve's life, told her to be careful cave-diving, was finally, in some way, becoming the sister Eve wanted.

"Hi!" Eve exclaimed. "Sorry, I was outside. Just got back from diving. Cimarron, I set a new PR today!" Personal

record for underwater cave penetration—5,764 feet. Big Dismal Sink Cave.

It was very nearly the women's world record, too.

"Me, too," Cimarron laughed.

Eve grinned at her sister's answer. "Oh? Tell me."

"Tommy and I are getting married."

Eve was standing beside her captain's bed, a single bed with drawers beneath, and she sagged against the mattress, everything inside her paralyzed. She didn't notice time passing.

What the hell? she thought. What was Tommy doing? She lay down on the bed. Cimarron had announced her engagement with no expression of concern for Eve's feelings. But why should she be concerned? Eve had said almost nothing after Daisy's death, when Cimarron had talked about "hanging out" with Tommy.

Now, if Eve showed distress, it would be a different story. Cimarron would not want to see Eve sad or distraught. She would try to make things better. Eve would never forget how Cimarron, who'd spent years prognosticating a variety of hideous deaths for Eve's beloved horse, Magic, had behaved when Magic finally had died, four weeks after Eve's father. Cimarron had taken Eve to three BLM auctions in different parts of the country until Eve had decided on a buckskin colt that Cimarron had named Banjo. For some reason, Cimarron's cruelty always made her acts of sisterly love more precious.

And this is my chance to be generous to her.

Yet was that the right thing to do?

"Cimarron," she finally began.

"Look, I hope it's okay with you. I mean, you and Tommy—" Cimarron broke off.

"It's not that," Eve answered—quickly, so her sister

wouldn't know *all* of Eve's feelings. "Cimarron, after Mom's death…"

"Oh, he told me."

Eve's heart gave a thud that was like an explosion—a sound of disaster.

"He said you're not going to be keen on this because he told you he was in love with you. Right after Mom died, I mean. But you're not in love with him, are you?"

Of course not. A hesitation, a moment putting her mouth and tongue in gear, instructing them to speak. "Of course I'm not." That sounded natural. "It's just—Cimarron, you know how he feels about the cave."

Silence.

"You think he's marrying me for the cave?"

Wounded. *You think he wouldn't marry me for myself?*

"No. No." *No, no, I don't want to hurt you, Cimarron, by telling the truth.* "I mean, I thought— Well, when he said what he did to me back then, I thought it was because of the cave." A partial truth.

Yes, I think he's marrying you for the cave! Of course, I think that!

Eve asked, "You really like him?"

"I love him. God, I'm so in love, Eve. I'm so happy."

Eve's instinct was to get hold of Tommy. And strangle him. How dare he do this to Cimarron! He didn't love Cimarron. No way. He loved Eve. She knew that.

But she'd said enough to Cimarron. She would say no more. The only thing left for her in this situation was to allow Cimarron her happiness. She said—and it surprised her how easy it was, how true, "Oh, Cim. I'm happy for you. I love you."

"I knew you'd be this way."

"Is Tommy there?"

"Not right now. He's down in the cave."

Where else?

A notion occurred to Eve. Naturally, he loved the cave, and he was marrying Cimarron to give him more control over the cave's future.

But what if she was wrong? What if Tommy really loved her sister?

Eve couldn't stop herself from saying, "You're sure about getting married to Tommy?"

"Oh, yes! Besides the fact that I'm madly in love with him. Even if this was only for practical reasons, that would be enough for me. He's intelligent and exotic, and we look good together. I want a baby, and we'll make beautiful children. Oh, Eve…"

Her sister had fallen in love with Tommy Baca. And Tommy had asked Cimarron to marry him.

Eve
Xontjoa Nte Sicha, Sistema de las Tierras Perdidas
Cerro Rabón
Oaxaca, Mexico
December 29, 1994

The Sistema de las Tierras Perdidas was a notoriously dangerous cave system. A river cave with plenty of work for experienced cave divers, plenty of unexplored sumps. Eve had agreed to join the expedition because she could go during winter break, missing only two weeks of school before returning, and because the project promised to

demand her concentration. Underwater in Tierras Perdidas, her mind would be on the dive and nothing else.

The memory of the wedding, for instance, of Cimarron in her gorgeous dress at Yosemite. They'd all gone there to elude the tabloid press who'd been led to expect a home wedding near the Viento Constante Cave System, which was the raison d'étre of supermodel Cimarron Swango's husband-to-be.

Diving at Tierras Perdidas, Eve needn't picture Tommy and Cimarron—on their honeymoon.

At downtimes, in the discomfort, boredom and smells of waiting that were part of a deep caving expedition, Eve tried to ignore her other reasons for accepting the invitation to Oaxaca. She refused to consciously acknowledge these reasons, but they still teased at her with all the satisfaction of bitter solitude. Tommy was undoubtedly furious that she was in Oaxaca in this dangerous river cave, diving miles of sumps—those passages that could only be navigated underwater—instead of exploring the Viento Constante cave with him and his team. Maybe Cimarron, knowing where Eve was, would feel helpless because she wasn't a caver herself and therefore couldn't really compete in Tommy's affections with her tiny half sister. *How low can you go, Eve? Talk about petty! And Cimarron has Tommy. Like she's going to care that you're one of the world's foremost cave divers.*

In any case, none of these were her *real* reasons for joining a dangerous expedition led by a couple considered by many in the caving community to be maniacal. It was just something she'd wanted to do.

The Flower-Brandts were both fifty years old. Their twenty-nine-year-old son, Giles, was Eve's dive partner on

this quest. The Flower-Brandts, Eve kept reflecting, had married for reasons similar to Tommy's for marrying Cimarron. Caving. Both were small, and their son was five foot four. Giles, however, seemed to have a sense of humor, something that had bypassed his parents; he even possessed the sterling ability to laugh at himself. Giles, who had caved with Eve and Tommy while they'd all been at New Mexico Tech, said that the trouble with cave-diving in Oaxaca was the near impossibility of finding a good doughnut shop. His trouble in tight places was one of girth, and his caving helmet bore a picture of Winnie the Pooh stuck in Rabbit's door. He was unabashedly gay, a fact his parents chose to simply ignore. Rather than going to the ceremony uniting Giles to his longtime partner, Bob, a chef and caver with a pathological fear of underwater breathing apparatus, they'd gone caving in Belize.

As Giles and Eve perched on a narrow ledge over a newly discovered obstacle—a roaring chute of water pressing down, down, into one of the deepest caves in the world—Giles shouted, "What's Tommy up to?"

Their rebreathers, adapted to deep cave dives, lay twenty yards above them at Camp Four. They were waiting for his parents, who had lined their way across the torrent, before analyzing how to navigate the obstacle. Both Giles and Eve had learned that the way to stay sane and alive was to wait until the older Flower-Brandts made their choice, then analyze it themselves and make personal decisions.

The subject of Tommy had come up before now. Eve had always put off any questions with vague responses. But she and Giles had been communicating by leg-tugs and arm-tugs in water with no visibility, sleeping bag-to-bag

on wet ledges beside this deafening river, for many nights now. Evasion had become absurd.

"He married my sister!" Eve shouted back.

Giles's thick eyebrows contracted above his unusually delicate nose. "Does she cave?"

Eve stared at him. Was he kidding? Cimarron had been down in "Tommy's cave," as she called it, a few times, but she hated the initial crawl and had admitted to Eve that she didn't think she was cut out for caving. "She's Cimarron Swango!"

Giles frowned, recognizing a name as familiar as, say, Christy Turlington, but not as well-known as Cindy Crawford. "You don't look anything like her."

"Thanks a lot! Anyhow, we're half-sisters."

"Well, you're better," he answered in a stating-the-obvious voice that only a caver would use. He gazed over the river and said, "Huh." Then added, "I hope they don't get us killed this time, and I think they intend to."

"We should line down this side," Eve suggested.

"Right." Giles squinted toward the next ledge. "It's much better than what's on the other side."

"I'll lead."

"I won't talk you out of it."

After the Flower-Brandts came back across the river, they all studied the possible route down-cave. Eve tied her harness over her wetsuit and then began inching her way along the wet ledge toward dryer wall ahead and below. Focus entirely on climbing. Hold. Stretch to that boulder—the Skyscraper, Giles had called it. Hold. Chimney down, getting wet. Onto a surprisingly wide ledge. She spidered up the half-dry boulder and used her headlamp to signal that all was well.

Giles would be next, following her line.

She needed to move off the boulder to allow him an easy place to go. Eve retreated down to the ledge and shone her headlamp on the holds he'd need to use.

She saw his familiar purple wetsuit and blue helmet adorned with Winnie the Pooh. He was not the climber Eve was, but this was not a particularly difficult climb once he reached the Skyscraper.

It was in climbing down the Skyscraper that he fell.

The line, one of his parents undoubtedly at the other end, caught the fall, but only when he was already in the rapids, in a hole that churned him over and around while Eve gaped for a second that felt like an hour.

She scrambled up to the Skyscraper and grabbed the line. He popped up, jerked back, yelling and getting a mouthful of water, then seized the rope.

"Come on, Giles!"

He jammed a foot into a sort of indentation on one slick wall and braced himself, his face twisted in anguish. His arm looked strange, wrong at the shoulder.

Eve watched him make the ledge, then vomit. She hurried over to him. "It's dislocated, isn't it?"

"Yes, and we've got to make it right, because there's no way I can get back with it like this."

He didn't mean back to the slender ledge above. He meant back through the sumps that separated them from the surface.

"Shall we wait for your folks? Will they know what to do?"

"We need the doc."

Who was back at Camp Three.

Eve recalled a remedy from her soccer days, though it

was a football player who'd been injured. Eve had been on the adjacent field, but they'd all rushed over to see Coach Chavez instruct an injured player to lie down on the concrete wall surrounding the field, with his arm hanging over the side. The coach had tied a heavy gear bag to the arm. Gravity had done the rest.

"I think I know what to do!" Eve quickly explained. The river ledge would work perfectly.

When Giles's parents arrived, Eve tied some heavy gear, also secured with another rope, so there was no risk of losing it, to Giles's wrist and helped him arrange himself on the ledge.

Eve sat beside him as gravity relocated his shoulder.

Giles said, "Tommy's a fool, Eve."

"Thanks," she answered.

Eve
Rancho Ventoso
March 21, 1995

"Can I feel?" Eve asked, looking hesitantly at Cimarron.

Cimarron nodded, and Eve placed her hand on her sister's smooth, unmarked abdomen, rounded with pregnancy. The child was due on the summer solstice.

"I'm not sure you'll be able to feel him move, though," Cimarron told her. Him—an ultrasound had confirmed a baby boy.

"I keep trying to imagine what that's like." In the midst of other conflicted things. One, Cimarron had been pregnant when Tommy had asked her to marry him; Cimarron hadn't mentioned this to Eve, but Eve had done

the math. Two, Eve did not expect to ever experience what Cimarron was experiencing—a pregnancy this far along. Three, she *didn't* feel grief over this; instead, she remembered the excruciating pain of her miscarriage. She never wanted to feel pain like that again. There were good pains in life—sore muscles, perhaps childbirth in someone whose body was well-built for childbearing. But the pain of her miscarriage had not been a good pain.

"Do you want kids?" Cimarron asked now. They lay side by side on the huge oak-framed bed in the master bedroom. The bed frame was ancient. Eve had lain here with Daisy when her mother had been alive. On this visit home, part of a trip to sign Bat Colony books at a caving conference, Eve found herself lying in the same spot beside her sister.

"I don't want to get pregnant," Eve said with certainty. "Not after…"

"That was scary," Cimarron agreed.

"Actually, I might like to adopt sometime. I mean, I love kids, and I hate the idea of kids who have no one. Sometimes I've thought about—well, maybe a little Chinese girl or an older child, someone who'd have a hard time getting a home." As Tommy had been when Rosa and Felix adopted him.

"I've never told Tommy, Eve."

"I know," Eve said. Cimarron *wouldn't* betray her. Even Cimarron at her worst would not have broken that promise.

"So what if…?" Cimarron eyed her thoughtfully.

"What?"

"I have an idea."

"Yes?"

"I'll share this baby with you, Eve. I can tell you everything about what it feels like. And when he's born, you'll be his godmother."

It was one of those moments—a time when she knew Cimarron was *giving* her something, trying to bring smiles to her little sister.

She succeeded. After all, Eve loved Cimarron and loved Tommy. Cimarron and Tommy were married, and that was that. Now, they were having a baby, and Tommy, an orphan, wanted family. Eve had heard him say so.

So her smile was genuine. "Really?"

"You can be at the birth. You can coach me. God knows, Tommy'll probably be in the cave when this child's born."

"Oh, no, he won't," said Eve, appointing herself the guardian of her sister's positive childbirth experience. Could she be at the birth after what she'd gone through? *I'll be frightened for her.*

But it was the closest she'd come to bearing children herself.

"I'd like that," she said and hugged her sister. Easing back, she studied Cimarron's beautiful head on its pillow, dark hair fanned around her. She spoke seriously. "Cimarron, you have to *make* him do this with you. Participate. Go to classes and stuff. It'll matter to your child's life. And it'll matter to Tommy, too. Don't let him get away with not being there for this baby. The cave's not going anywhere."

Cimarron's hand closed on hers. It struck Eve, not for the first time, how strange it was that in walking away from

Tommy she'd become more closely bonded to her sister, who was his wife. And walking away had become very complete. She had just sold Cimarron and Tommy her half of the Rancho Ventoso, for enough money to do, in Cimarron's words, "Whatever the hell you want for the rest of your life."

Because of all this, she felt a new closeness and love for Cimarron, the last of her family.

It was a trade Eve could live with.

"I'll bully him, too," Eve promised. "I don't mind telling him he's a jerk."

Cimarron didn't laugh and barely smiled. "Maybe that's why he loves you so much."

Eve shook her head. "He *likes* me," she said, "because I'm the best—and most useful—caver he knows. Would you want to be liked for that?"

Cimarron seemed to consider, then shrugged. "I think I just want him to notice that I'm pregnant with his child."

"He's in awe of you as a pregnant mother-goddess." Eve pushed away her own envy, which showed up then. She didn't want to carry a pregnancy to term and die in childbirth, but there were elements she wished she could experience. "I've seen the way he looks at you. Also, he's probably a bit frightened."

"Of what? Having to babysit instead of caving?"

Eve laughed.

"At least, I have you," said Cimarron. "I'm going to talk you into moving back here. Then *you* can babysit."

Move back to New Mexico? She did want to be part of this baby's life, to know her nephew. Eve grinned. "That's a definite possibility."

Eve
Midsummer's Eve, 1995

"Do you want me to braid your hair?" Eve asked her sister. She lay beside Cimarron on the new bed. Tommy, Cimarron explained, had given Daisy's old bed, the bed that had come with the property, to Rosa and Felix. *He hated it. One day, he lost his temper and said he didn't care how old and valuable it was, he didn't want to look at it anymore.*

The new bed was a gorgeous queen-size four-poster.

Sweat poured down Cimarron's beautiful face, shining on the smooth skin covering her exquisite bones. She wore only a thin, sleeveless cotton shift, a baby-doll night dress. Tommy, shirtless, wandered in and out of the room. Once or twice, he stepped outside to smoke, something he'd given up years before. That was where he'd gone now.

Cimarron shook her head. "I don't want to sit still long enough for you to braid it."

"Would you rather walk?"

Cimarron didn't answer. Instead, she tensed, and Eve watched the movement of the full abdomen beneath her sister's gown.

Eve took Cimarron's hand, and Cimarron held on.

"Funny," her sister said, "sometimes I've been there for you. I think this is the first time I've needed you to be here for me."

"I *am* here," Eve assured her.

"It's awful," Cimarron said after a pause, "to be having a man's baby and know he doesn't love me."

"He loves you," Eve said sincerely.

"In some ways, yes," Cimarron agreed. "But he's never

been *in love* with me. And he's *in love* with you. I can't do anything about it. That's the first thing in my life I've really wanted that I haven't been able to get."

Eve considered that statement through Cimarron's next contraction. The midwife, a woman named Diane, peered into the bedroom, watched the sisters, and said, "Cimarron, you're doing beautifully."

When she'd left again, Eve said, "You're wrong. He's not in love with me. We've always been friends. Like play-mates."

"You were bedmates, too," Cimarron said. "I knew what I was getting into, but I thought I could make him love me. And *this* should've made him love me. But he's not even here. He's separate from me."

Eve thought about that. When the midwife came in to check Cimarron, she walked outside. A summer evening, still light out, still hot and dry. She smelled the cigarette smoke and found him leaning against the pasture fence, watching a five-year-old mustang mare.

He turned, stretching bare arms across the top lodgepole railing. He nodded to Rosa, who hurried past, headed for the birth room, the bedroom that had once belonged to Eve's parents. Then it had been her mother's, shared with assorted lovers. Eve caught the disapproving expression on Rosa's face. Its censure seemed to include both Tommy and her.

"Cimarron needs you," Eve told him. "Don't you want to see your child born?"

"The midwife said it'll be hours yet."

"All the more reason for you to be with Cimarron, don't you think?"

Tommy drew on his cigarette and turned back toward the horse.

"You've always said you wanted a family," Eve murmured. "You've said it's the most important thing to you. So go and support your wife."

Slowly, he stubbed out his cigarette on the railing and continued holding it, to carry it back to the house. His eyes fell on Eve's. "You still think I married her for the cave."

I think she was pregnant. "You can't know what I think, Tommy."

He straightened and walked toward the house, his gait loose, loping, animal-like.

Eve watched him go and deliberately stayed outside, deciding to walk to the cave and back, to force him and Cimarron to be alone together.

On the way, she tried to imagine how Cimarron must feel, pregnant with Tommy's child.

Eve couldn't predict the kind of father Tommy would be, but when it came down to it, one fact couldn't be ignored.

For Tommy, the cave came first. She hoped his son would change that, but she didn't believe it would happen.

Tommy
June 22, 1995

My son is beautiful. He has a head of dark hair, and his mouth looks like a bird's when he tries to find Cimarron's nipple.

He's the only person I know who is related to me by blood. How can anyone abandon a newborn, leave him on the

steps of an orphanage with no explanation, to wander through life without knowing his history?

Ben, as we've named him, will never need to ask that question. That's the first of my promises to him.

CHAPTER 7

Eve
Rancho Ventoso
February 8, 1998

"What do you think?" Cimarron demanded. "Could there be a more appropriate Valentine surprise from me to Tommy Baca, my dear husband who loves caving more than anything in the world?"

Eve bit down a smile, but even the smile would have been rueful. "Why are you doing this?" she asked, keeping her voice gentle. "You don't even like to get dirty." She had moved back to Viento Constante, temporarily, for Ben's birth—then permanently, because she couldn't stand leaving her nephew. She'd secured a post teaching first grade at the Viento Constante school, where she'd once

been a student, and she was living in a two-bedroom adobe
house on a small parcel of land she'd bought on the river.

"He's my husband," Cimarron answered, and Eve
wondered if she heard an emphasis on *my*. My husband—
not yours.

"I'm a reasonable athlete," Cimarron continued. "I've
been climbing before. I've even been in the cave. I've been
through that miserable crawl—although not for some time
now." She tried the switches on her new headlamp, then
put on her caving helmet. She'd chosen a Barbie-pink one,
a self-deprecatory selection Eve appreciated. Cimarron
would descend into the cave, but she wasn't going to
pretend she *liked* being grimy or carrying all refuse out of
the cave or any of the other discomforts an expedition
entailed.

It made Eve like her more than ever. Ever since Ben's
birth, she'd felt unusually close to Cimarron. At first
she'd thought the difference was pity—a realization that
Cimarron would never have the love she wanted from
Tommy. Later, she'd believed it had to do with seeing her
sister as a mother; Cimarron adored Ben and devoted more
attention to him than Eve had ever seen her lavish on
another human. Now, she wasn't sure of the reason for the
change between them. But somehow, it had become
Cimarron and her on one side and Tommy on the other.

"If I'm going to beat the cave," Cimarron said, "I have
to become a caver."

"Cimarron!"

"What?"

"I have a great idea. Why don't you and I go caving first.
We have some time before Valentine's Day. I can show you

lots of stuff. He'll be impressed what a natural you are. You'll already know—well, bad pun—*the ropes.*"

Her sister's blue eyes widened. "Excellent." Cimarron admired her reflection in the master-bedroom mirror, a heavy, oak-framed piece as old as the house. "Granted, he's seen me in his cave and knows I'm not a natural. Maybe he'd believe I'm a born-again caver."

Eve laughed.

Cimarron's smile faltered, and her eyes strayed to her two-and-a-half-year-old son, sleeping on his stomach on the bed. "It's not actually dangerous, is it? Caving? Do people die?"

"Not often. The important thing is to follow the rules. But cave-diving?" Eve loved cave-diving more than caving. And, yes, people died. All the time. "I don't think you want to do that."

"Ben needs me," Cimarron said. She gave a wry shrug that didn't quite pull off indifference. "Even if Tommy doesn't."

"Ben needs you," Eve agreed. "And Tommy does, too." The problem was, she thought, that Tommy didn't realize it.

Tommy
May 9, 1998

It's raining again. I don't like this. The cave is wetter than I've ever seen it, water seeping in from invisible surface openings.

"Please, Eve. You know you're the one who should do it with me." The Viento Constante Cave System is foiling me—us, the expedition teams—with its first sump. It's a long one, and only experienced cave divers should attempt it.

Eve is experienced. And I've done enough cave-diving. The two of us can do it.

We're in the living room of the house where Eve grew up, which Cimarron and I now own. Cimarron has gone to collect Ben from Rosa and Felix, who've been looking after him.

So Eve and I are alone, which is the way I want it for this conversation. Only with no one else present can I get the answer I need.

"I'm not the one who should do it," she says. "I'm not going through that sump with you while your wife and the mother of your child, who also happens to be my sister, waits behind. She wants to go with you, even though she doesn't have the experience. But I'm not giving her any reason for more heartache."

"Heartache?" I'm mystified. What in hell is she talking about?

"You don't love her, and she knows it."

"Of course, I love her. I've known her more than half my life, and I love her."

"You don't love her the way she wants to be loved." Eve's small face is all dark eyes and arched eyebrows. "She wants you to love her the way she thinks you love me."

The way she thinks you love... I should back away from this now. I should say nothing. I should shrug, accept her decision not to be my dive partner as we push the cave forward.

"I'll watch Ben," she volunteers. "I'll take care of Ben. And I'll wait with Cimarron if she wants to stay up here. But I'm not going with you."

"There's nothing for her to be jealous of."

Her eyes, exotic, long-lashed, become disgusted slits. "Whatever you say."

"You're small, Eve. Is that what makes her jealous?" I can't stop. I don't think in terms of regret. Cimarron is my wife. Why would she be jealous of Eve? "After all," I add, unsure why I need to be cruel and knowing fully that what I'm going to say is cruel, "she's the supermodel."

She flinches, then straightens, stronger and meaner than me. "And," she says, her voice sharp, "your wife."

That's the last word—but it isn't.

She goes on. "Incidentally, it's been raining for three weeks. Unusual weather creates unusual caving conditions. If I were you, I'd stay out of there until you've had a dry spell."

Why say what we both know? I say it anyhow. "Well—you're not me."

Tommy
May 15, 1998

Six days later, Zeb and I dive the sump, and we make it through the passage—four hundred meters, plenty of underwater distance in which to die. We emerge in a lake that might have been green in different weather, without all the rain, all the silt we're finding.

I'm uneasy, because the lake almost seems to be rising.

When we climb onto a ledge and free ourselves of our rebreathers, Zeb peers around, our headlamps sweeping a high-ceiling vault. A waterfall flows from an upper passage. "I'm not sure I like this," he says.

"Let's head for higher ground," I say, and I think of

Cimarron, who waits alone on the other side of the sump, closer to the surface. *If the cave floods...*

There are other people in the cave, too, closer to the surface. They wouldn't be in danger to the extent Cimarron would be if the cave were to flood. Which it won't. Who ever heard of a New Mexico cave flooding?

The desert is the world of flash floods, Tommy.

"We should go back," Zeb mutters.

"Let's survey while we're here. We'll go up high."

Zeb looks at me. It's unlike him to be reproachful.

"It's not going to flood," I tell him.

We climb higher and begin surveying. We told Cimarron we'd return in three hours, and I'm determined to use that time. We're lugging our gear back down to the water when we hear rockfall and a roar that seems bigger than God. The cave is not flooding, I think. It's collapsing.

But I'm wrong.

The cave is flooding.

And Cimarron is trapped on the other side of the sump. No one could swim against the water now crashing through that passage. But I want to try. Yet I would die before I even reached it. I am impotent in my own horror.

Zeb and I are both keeping track of the time on our watches, our time and the rising water in the lake.

For forty-five minutes, we crouch on the ledge, watching water pouring into the lake but also draining somewhere.

Zeb says, "There must be another sump."

"Yes."

The cave goes.

I shouldn't feel elation, should feel only terror for my wife. Incredibly I feel both.

This is a subterranean river flood.

What's happening in the room before the sump, the room where Cimarron waits?

Or waited. Because now...

It'll be a miracle if she survived this long, but she's resourceful. She loves Ben fiercely, so she'll fight for her life. I know every inch of the cave. I know that the room is surrounded by flowstone. She can climb it. But the ceiling isn't high, not vaulted like this one. The entire room may have flooded.

In which case, she's dead. And I'm to blame.

Eve warned me.

Zeb did, too. *We should go back.*

"It will have flooded," he says now. "Look at the level down there!"

The lake's risen fifteen feet at least. But the water's begun to recede.

"We might be trapped," I say. By rockfall or other debris.

"Yeah. I've thought of that."

In that moment, I think of something. If Cimarron didn't make it—and if I die down here—

Ben will be...

I'd vowed that wouldn't be his fate. I'd vowed he wouldn't be abandoned.

I vow it again, absolutely certain I will somehow make it to the surface.

Let Cimarron be alive.

The flood has spent itself, and we wait for the water to go down. The only way out, to my knowledge, is back through the sump. To Cimarron.

She won't have left, won't have climbed and crawled the

miles back to the surface. She wouldn't do that even if she was able to.

"Tommy."

I make a sound.

"Let's get out of here."

"We have to wait till that water stops pushing through the sump. We won't be able to swim against it."

"That room has to have flooded."

I know it and wonder—numbly, a silent nightmare of imagination—if Cimarron's body has already gone through the sump or if we'll run into it in the silt as we follow our safety line back out. If the safety line's still there.

Cimarron is dead. I've killed her. I killed her by not loving her enough. She came down here to make me love her.

I shouldn't have let her.

I wanted the cave to achieve a new depth record.

Well, we did go deeper today. I wish we hadn't.

Death will change and tarnish this cave, the cave discovered to be vast during a magic time when Eve and I were teenagers.

Zeb doesn't suggest for a moment that maybe Cimarron isn't dead, that maybe she's all right.

I see Ben's small hands on her breast. I see Eve and Cimarron out walking on the dirt trails with Cimarron's jogging stroller. Sometimes they run, taking turns pushing Ben, bound together and united against me in some unspoken way.

Eve will never forgive me.

How did I come to this point? If Eve had said yes so long ago and let everything follow from what's natural between us…

But Eve is wild. Eve will not be caught or owned or tamed. She's mine and I'm hers. And yet…she belongs to herself.

Eve
May 16, 1998

The cave was flooded. The cave, whose distances were now measured in days of travel as well as miles, was flooded.

Almost sixteen hours before, people had come from the upper levels of the cave when they noticed the intensity of the rain, of the water coming in. Now the cave had flooded. Cimarron, Tommy and Zeb were unaccounted for.

"We'll go back in as soon as we can," one caver after another told her.

She stayed with Ben almost the entire time. He'd asked for his mother, in his toddler's language.

"You'll have to make do with Eve," was all she could to say to the baby.

Tommy dead. Cimarron dead. Tommy dead. Cimarron dead. It couldn't be.

With Rosa watching over Ben, asleep on his parents' bed, Eve again traveled the main path to the cave mouth. The path had dried, although it was only a few hours after dawn. Eve had not slept.

The sky was clear, the sun out, and she found that cavers had gone down into the first room to see if the waters had receded. They'd emerged covered with mud, declaring it impassable.

"Just wait a bit, Eve."

Every face wore death.

She did not go down. Above, sitting on a rock where she used to sit with Tommy when they were children and best friends and everything was simple, she asked herself why she wasn't wading and crawling and lurching and falling through the mud, why she wasn't venturing everything now.

She didn't—couldn't—believe they were gone.

There was still hope, and she would *feel* it if they were dead. But if they were, then she was all Ben had.

Eve
May 19, 1998

Footsteps thudded on the gravel, and Eve walked outside with Ben in her arms. It was 6:00 p.m. on the fourth day after the flood, and still light, the days growing longer, but the sky had turned threatening again.

No more rain, Eve thought. *Please, no more rain.*

The person running toward her was a grad student, one of Tommy's admiring entourage from the Santa Fe Grotto, the caving group. She couldn't remember his name and didn't feel like taking the time to ask.

"They're coming," he said. "The last group heard them. People are in there now, trying to move some mud, make it easier for them to get out."

Eve was tempted now, tempted to take Ben inside to Rosa and go down to meet Cimarron, to help her sister back from death. She'd need to go put on her coveralls.

The grad student read her mind. "The rescue plan is for the strongest people to be down there, moving debris."

"Oh." That made sense, especially in light of the stormy sky.

The whole northern part of the state and much of Colorado were awash, flooding, sliding, collapsing under the burden of too much moisture.

The cave could flood again.

She waited in the strangely muggy air, so foreign to the high desert. She imagined Tommy, Cimarron and Zeb crawling out through the mud, elated at their escape, the triumphant conclusion of their brush with death.

After a while she took Ben back to the house and walked down to sit at the cave mouth. There, she waited.

Tommy's face came to her, familiar, a boyish grin remembered from another time. She blanked that away, concentrating on how Cimarron would feel, Cimarron who'd worked so bravely toward the goal of being part of this expedition, part of what was most important to her husband.

Sibling rivalry was over. Eve celebrated Cimarron's bravery. She'd never had Cimarron's extraordinary beauty, knew herself to be conventionally attractive, but she'd learned, by association with her sister, that extreme beauty was a curse, a sort of divine error. Perhaps when she was fifty or sixty, Cimarron would experience what other people did—comfortable anonymity, the desperate sadness and infinite peace of being ignored. Age came to everyone. Daisy had emphasized this again and again to her daughters.

A caving helmet emerged.

Tommy.

His wetsuit was slimed with silt, mud and a disgusting black goo unique to the Viento Constante cave.

The smell of the cave came with him, even more strongly than it had with the cavers who'd preceded him.

Beneath layers of grime, Eve also glimpsed the neon-

orange of a helmet plastered with a sticker reading
CAVERS LIKE TO GO DOWN. Zeb.

And...

Eve moved toward the cave mouth, ready to help
Cimarron, to reach for her, to hug her.

She did not look at Tommy's face.

"Eve."

Still avoiding his face, she peered down into the black
entry chamber.

"Eve."

"Where's Cimarron?" She didn't glance at his eyes,
didn't see him, saw only the cave below.

A raindrop hit her. Then another.

"We couldn't find her," he said hoarsely. "It was dangerous in there, completely flooded. We used the rebreathers
to get back through."

"The chamber before the sump was flooded?" Now it
was necessary to look at him so she could understand.

More rain, heavier rain.

Tommy simply nodded.

CHAPTER 8

Eve
Small Alligator Springs, Florida
July 10, 2003

Eve's hair, bobbed in a ragged A-line, steamed in the sauna-like air as she hiked to the new green VW parked on the street above the cliff steps. She was lugging her gear bag, containing fins, mask, lamp and other light sources, batteries, knife, guideline, directional markers and more. She'd slung her wetsuit over her shoulder, across the tanks she wore. A fly landed on her bicep, and she pressed arm to breast to brush it off.

Three weeks had passed since the death of the diver who'd held the United States women's cave-diving record. Now Eve held it. Eve had known the woman, had dived

with her, but hadn't been with her when she'd died, for that woman had been attempting a new depth record alone. Eve was not a record-seeker.

It still surprised her how little she felt about this death. But she'd become an expert at not feeling, hadn't she?

A digital version of Mozart's Fortieth Symphony jangled softly, muffled. She'd turned on her cell phone before she'd started climbing the steps to the dirt road where she'd parked, then dropped it back into the bag. It was the third phone she'd gone through with this provider. Tommy would be happy to tell her why she kept destroying phones. He would speak in a sweet, patient, almost amused voice, suggesting she just slow down a bit.

Well, once he would've said that. Things had become a little tense between them since the last time they'd parted in person. Since Cimarron's death, five years ago, they'd followed a rhythm unique to the two of them—friendship, physical love, Eve's own unwillingness to commit, then emotional and physical distance. Recent phone calls—not that they'd been *that* recent—had been punctuated by Tommy's hints that cave-diving was equivalent to Russian roulette and by those disturbing moments of absolute down-to-earth honesty that characterized Tommy Baca. *Look. Of course you can see other people. But not if you're seeing me.* Then she always said, *I don't mind not seeing other people. I mind your thinking you own me.*

Privately, Eve had applauded his reasonableness and self-esteem while also admitting—privately, too—that she had excellent reasons for not accepting his repeated proposals of marriage.

One reason was her. Marriage terrified her. If she married Tommy, part of her believed, he would no longer

be her friend. He would no longer love or respect her. She would become an alcoholic has-been. She would become Daisy. Eve recognized all these feelings as one-hundred percent irrational.

The more compelling reason for not marrying Tommy Baca was Tommy himself. Tommy was an orphan, and Tommy wanted family more than anything in the world. He wanted, she suspected, more children, more blood relatives. How many times had she heard him say about Ben, *He's the only person in my life who shares my blood?* Eve had never discussed with him her inability to bear children. And continued visits to various gynecologists had reconfirmed that only if she herself desperately wanted her own biological children should she attempt a course of action that would be so dangerous to her own physical and mental health.

Probably in pursuit of the elusive sense of family that had been partially lost to him with Cimarron's death, Tommy took every interruption from his relationship with Eve as a chance to try to find someone, anyone with whom to build a new family. In the five years since Cimarron's death, he had shared his home with two live-in girlfriends besides Eve. In contrast, Eve's few affairs had been characterized by brevity and utter lack of commitment on her part. Generally, she preferred solitude and peace undisturbed by lovers.

And she definitely wasn't going to marry a man who just wanted to be with someone, anyone.

She stopped and unzipped her gear bag, fumbled for the phone, found it.

Tommy.

"Hi," she answered. He was her oldest friend, the only sometime-lover she'd known most of her life. There'd

been times when she'd dreaded his phone calls. This wasn't one of them.

"Hi," he said. "It's me."

"I haven't heard from you in ages. Do you have a new girlfriend?" She asked the question mostly in jest, but intuition jabbed her, too. A week and a half ago she'd called him just to talk and left a message to that effect. Now, after ten, eleven days, he was calling back.

"I do."

A warning chimed through her—a dread. Every time he'd found someone, she'd stayed disinterestedly away, certain that in the end, he'd love *her* best. Their friendship transcended any other relationship either of them had.

But this time, because of what had been said in their last conversation, it wasn't that simple.

"Who is she?" Eve kept her voice light, but her eyes burned. A fly bit her. She slapped at it, humped her gear awkwardly and continued climbing the stairs.

"Her name's Cathie. Spelled with a *C*. And an *i-e* on the end. She has a four-year-old son. Ely."

"Oh." Tommy's son, Ben, had turned eight in June. Eve wanted to say, *I can't wait to meet her.* But, abruptly, she realized she didn't want to meet this woman at all. In fact, Eve wanted her to go away. To get away from Tommy and, even more importantly, from Ben. The Women of the Revolving Door, as Eve thought of them, were not good for Ben. "Where did you meet her?" What, on the other end of the phone, was he feeling? He had loved *her,* Eve. She was the passion in his life. She was Catherine to his Heathcliff. And although she sometimes treated his feelings lightly, even callously, the chance that one day he might no

longer love her had never actually occurred to her. Not to dwell on, anyhow.

Because it was unthinkable.

Granted, when he'd married Eve's own sister, that hadn't been easy. But even then she'd been able to comfort herself with the belief that he'd had an ulterior motive. She'd believed he wanted to marry one of the women who owned the cave's mouth.

"Actually," he said, "Cathie's interested in the cave."

The Cave.

Yes, marrying Cimarron had gained him his desire, and more than he'd probably imagined. He couldn't have guessed that Eve would sell them her half of the Rancho Ventoso.

"She's a caver, then," Eve said, to clarify. Cathie. The new woman.

"Yes. Actually, a geologist by education, but she's also done some biospeleology."

Eve managed to say, "She sounds perfect for you."

"I think she might be."

Even her cells filled with silence.

"So," he said, "when are you coming home?"

To Viento Constante, where her contract as first-grade teacher at the tiny Dos Piedros Elementary School would resume. To Viento Constante, where she'd lived most of her life and where the land and its people were in her blood, yet where she'd always be something of an alien. Spending summers cave-diving, in Florida or Mexico, had become her pattern.

"August tenth," she answered. "Why?"

But she knew why. Instinctively, she understood what was coming. Yes, she knew what it must mean.

"We're going down again, Eve. I'm going to bring up Cimarron's body. I'd like your help."

Her voice sounded faint. "I don't think I'm ready for that."

What surprised her was that it wasn't retrieving the body of her sister, his wife, for which she was unready. Nor was it the simple fact of Tommy's returning to the cave for the first time in five years. No, she wasn't ready for caving with Tommy and his new girlfriend in the cave Tommy had shared, first and always, with *her*. She wasn't ready to share it with Tommy's new lover, and suddenly she didn't think she ever would be. She knew she wasn't going to like the woman—which might interfere with her assumed future of being best friends with Tommy Baca for the rest of her life.

"Well," he said, "*we're* going, and I hope you'll decide to come."

Tommy
July 10, 2003

I don't think I'm ready for that.

I know she's not talking about going down to bring up Cimarron. I haven't forgotten our last conversation.

I told her I wouldn't jump in and out of relationships with her. I said she'd better be prepared for when she doesn't get me back.

Is she worried now?

I weigh how this feels to me, Eve's being worried.

It doesn't matter. I've been on the receiving end of her particular brand of rejection plenty of times. What's more important is that I've met a woman who actually wants what I want. Cathie wants us to have a family together. She

wants us to be caving partners, partners in every sense. Sure, I find her less attractive than I do Eve. But the way I've always felt about Eve is just one of those things.

And Eve's spell has faded.

It's faded in the face of this new friend who's wandered into my life, ready to make a life with me. This feels like destiny—and more. It feels right.

Eve
July 12, 2003

Forty-eight hours after Tommy's phone call and his request for her to continue exploring the cave with him and his new girlfriend, Eve was home in New Mexico, in her little adobe house on the river. She'd canceled the dives she'd planned and checked out of the hotel where she'd been staying at a special monthly rate.

She just unloaded the car and carried her summer belongings inside. But she didn't unpack.

Instead she sank down at the kitchen table, a heavy, scarred oak table she'd been given by the family of one of her former students when they'd moved to Farmington. Usually her laptop sat on the table. It was a work tool, not just for planning assignments for first-graders but for the Bat Books. Eve had struck gold with her stories about a colony of bats living in a cave in northern New Mexico. The series now had seven chapter books for fifth- and sixth-graders.

She remembered Tommy's marrying Cimarron. *You could have married him, Eve.*

Strange, but every time she said *no* to Tommy he ended

up doing something to confirm that she'd made the right choice.

Marrying Cimarron had been one of those things.

Marrying Cimarron only *months* after Cimarron had inherited half the Rancho Ventoso.

Last time she'd left Tommy—well, afterward, during their last phone conversation before he'd called about returning to the cave—he'd suggested she might not always be first for him.

When he'd said it, Eve had experienced a chill of fear.

She didn't want to lose the most-favored-human status she enjoyed with Tommy.

But she wouldn't marry. Couldn't. For so many reasons.

In any case, Tommy was already spoken for—not by a woman, but by The Cave. Yes, he hadn't entered the cave in five years. Physically. But he'd continued developing software to help record everything about it. Well, any cave. But he'd talked about the Viento Constante Cave System, and he hadn't referred to it as someone does who plans never to continue its exploration.

When she'd reached the New Mexico border that morning, she'd called him from her cell phone and told him she wouldn't go down in the cave but wanted to meet his girlfriend. This was for Ben's sake, of course. She, Eve, had spent months driving Ben to school, watching soccer practices and games, helping him with his homework, playing video games with him. Often when Eve looked at her own life, Ben was the factor that made it truly joyful. She loved taking care of him, listening to him, telling him stories about Cimarron—from fights and problems growing up to how much she'd liked sharing Cimarron's pregnancy and

Ben's birth, how she and her sister had eventually become best friends. And how much Cimarron had loved Ben. Eve loved doing crafts with Ben, helping him make gifts for Tommy, Rosa, Felix and his friends at school. She loved playing soccer with him.

For Ben's sake, in Ben's interest, she must meet Tommy's new girlfriend.

Tommy had said he and Cathie would be assembling expedition gear at his house that evening and he'd love to see Eve. So she showered and made every effort with her appearance, going so far as to try on three different outfits. She settled on size-zero black stretch capri cords, a black tank top and a silver necklace Tommy had once given her, an artistic one-of-a-kind Scorpion, symbol of their shared birth sign. She also wore the old stainless-steel-and-turquoise posts with which her ears had been pierced all those years before.

At dusk, feeling weak for wanting to be more beautiful and interesting than Cathie, she chose her impractical lavender Karmann Ghia—as opposed to the sensible car she'd leased to go to Florida. She drove up the dirt road through the sagebrush to the low adobe house with three-foot thick-walls that had been her own childhood home.

Tommy was going back into the cave whether or not she joined him. Eve knew why. The Viento Constante Cave System was now listed as the United States' fourth-deepest cave. Tommy wanted to see it listed as first, and Cimarron's death had been a blow to that dream, along with his dream of family. With Cimarron's body unrecovered, probably buried by debris associated with the flood that had swept her away and lost her, the drift of his luck had become well-

known, and money and help consequently less available. But Eve wondered if he also wanted to end the chapters of his life that had been Cimarron—to make room for someone else. Someone important to him.

Cathie.

Easing the car over familiar stones in the road, Eve tried to ready herself. Of course, she'd be a bit upset to meet Tommy's new girlfriend, just as she'd been sad over the other ones. Jealous, sad, all of it. Here was a supplanter not just in his bed but in her childhood home, a place that was, despite its very mixed memories, sacred to her.

She parked and made her way to the house, already peering toward the window for a sight of Ben's dark head. But she didn't see him, not sitting on the couch playing Xbox at any rate.

Instead, she slid open the glass door on the patio and spotted expedition gear for the new expedition into the cave, the cave that Tommy often forgot was *not* the most important thing in his life. The cave where Cimarron's body, now five years separated from her soul, still rested, probably irretrievable. But he had said he wanted to retrieve it.

"Where's Ben?" Eve asked, even as she saw the new girlfriend, scrutinized her for the first time. Cathie was taller than Eve—everyone was—with larger breasts, skinny, boyish hips and legs like sticks. Angular face, long, fine blond hair plaited in a neat narrow braid that reached to her waist.

Eve had asked, *Is she beautiful?*

Tommy had said, *She's pretty cute.*

Understatement. Cathie's skin seemed golden, almost

olive-toned, and her eyes were a striking pale-green, like the sea in a Club Med ad. Her beauty was natural, striking. Eve wanted to be happy for the two of them. She loved Tommy, had never been able to stop loving him, but she knew perfectly well that *she* couldn't live with the man. She doubted Cathie would be able to, either, but what business was that of hers?

If she's good for Ben.

That was the caveat.

"Ben's with his grandparents," Tommy told her. With Rosa and Felix, who had adopted Tommy soon after taking him in but whom he never called his parents. Rosa and Felix had stayed all these years, leaving when Daisy had fired them, returning the next day when she'd regretted and apologized. They had stayed, Eve knew, for Cimarron and for her. They could've taken Tommy and gotten other work. But it would have meant leaving Viento Constante if they hoped to secure the same wages they'd always earned from her family.

Eve watched Tommy set extra batteries in a pile. Lights. Always lights. Lights were the most important thing.

Though it wasn't absence of light that had killed Cimarron. It had been a matter of being at the wrong place at the wrong time, an ironic end for someone with a history of being in the right place at the right time.

Cathie, Tommy had told Eve on the phone, had a son of her own. Ely.

Eve smiled at Cathie and stuck out her hand, feeling surprisingly powerful and confident.

Tommy loved her best, would never love another woman as much as he loved her. Cathie, gorgeous though

she might be, was fighting a losing battle and didn't know it. Eve didn't want Tommy herself, but it was satisfying to know that he was still hers, that he would always be hers because no other woman was as fascinating, as endearing to him. No other person could touch the transcendent love they shared.

Also, Tommy was maddening, and Cathie, Eve felt sure, would leave him. She gave them three years, which annoyed her because she was used to unrestricted access to Tommy and to Ben, used to being loved best by the two of them. She hoped this diversion of Tommy's would last for a much shorter time.

But you wouldn't marry him, Eve.

She didn't want to think about it. She still couldn't marry him. She couldn't marry anyone. When she pictured herself married, she felt as though she were suffocating. She literally had difficulty breathing. And it wasn't just picturing herself married. It was picturing herself drunk—which she'd never been in her life. In screaming arguments, sobbing when her lover turned to another woman. Being *unloved,* most of all by herself. Being Daisy.

And it was because of Tommy's obsession with biological family, and her inability to bear children.

Ben would've been more than enough for her, and that was not a matter of blood, of his being her nephew. She simply loved him and would have loved him the same had he been no relation. He was no better-behaved than most children. In fact, he could be a pain in the butt when he wanted to zone out with Xbox or PlayStation—he had both—instead of doing homework. He had inherited his father's distinctive cheekbones and dark eyes. But there was

something about him, a mischievous impishness. Eve couldn't pretend he was the smartest child she'd ever met, although he was quite bright, or the most sensitive—she'd seen him be cruel to his friends. Nor could she call him unspoiled; the reverse was true. But she loved him fiercely and always had.

This year, he wouldn't even be one of her students.

She smiled at Cathie. "Hi, I'm Eve. It's nice to meet you. Where's your son?"

"Asleep in there."

In Ben's room.

Ben was *not* here. A different child, the child of Tommy's new girlfriend, was.

Eve decided two things. She decided that she did not like Cathie and—again—that Cathie was temporary. It offended her that Ely was asleep in Ben's room and Ben was with Rosa and Felix, instead of with his father. Ben already had to play second fiddle to Tommy's love affair with the cave. When his father wasn't actually *in* the cave, which he hadn't been since Cimarron's death, or writing cave software, he was finding better speleological equipment, searching out new angles on cave research to give his quest greater validation in the public eye.

Tommy offered her coffee, which she accepted. He put the coffeemaker to work and then said he was going out to the garage. Eve and Cathie took chairs at the kitchen table as though by prearrangement.

"So, where are you from?" Eve asked, trying to be friendly and not feeling friendly at all.

"Kentucky."

A good caving state.

"I was a ranger at Mammoth," Cathie continued.

Yes, definitely a caver. *How can I go down in the cave to try and find Cimarron if this woman's there, too?*

Eve changed the subject. "So, you've met Ben."

"Yes."

"Isn't he a great kid?"

"I've mostly just seen him play video games," Cathie replied.

"He'd rather do art or play a board game," Eve told her, imparting information that should've been obvious—especially to the mother of a young child. "Just invite him to do either, and he'll say yes. I love him like he was my own son. Not because he's Cimarron's. I just love him because he's Ben."

"That's nice for you."

Alarm bells rang in Eve's brain.

"I haven't really gotten to know him," Cathie admitted. "But I'm sure we'll get along great. I have a gift with boys that age. I was a tomboy."

Eve decided she detested Cathie. She wondered how best to get this woman out of Tommy's life—and, more importantly, Ben's—as quickly as possible. *I have a gift with boys that age.*

It might be true, but the statement was profoundly self-satisfied. Eve didn't think she could like anyone who could make that kind of remark.

Tommy reentered the house.

He was a spectacularly handsome man, as he had been a beautiful boy. Too tall for a caver at six feet, broad-shouldered but lean and loose-limbed, straight-backed and confident. His hair wasn't black but a deep rich brown,

although now there was no way to tell; for the past few years he'd gone for a military-short buzz cut. It accentuated his olive skin, smooth as highly polished, finely finished wood, and long-lashed brown eyes. His lips...

Eve could not look at them now.

He and Cimarron had been a very obvious match. *GQ* and *W.* Tommy and Cathie seemed to be more of the same.

Another reason I can't marry him, Eve thought. *He likes beautiful women, stunners.*

And, Cathie certainly seemed intelligent and sincere.

A few of Ben's Harry Potter LEGO sets, a Hogwarts castle, the Knight Bus and Hagrid's house, sat on the table. Eve reached for the castle absently as Cathie stood up to say, "Tommy, Zeb says we might want to try one of these new lights."

Eve tuned out the conversation. She took the LEGO figure of Stan Shunpike, the conductor of the Knight Bus, removed his hat and stuck him by the peg in his head onto the castle clock. She arranged Ron, Hermione and Professor Snape peering over nearby ledges in concern. She decapitated Harry and stuck his head on a parapet. *A gift with boys that age. She's revolting.*

Leaving the LEGO set and wishing Ben was around to play with, she got up and checked out the gear.

"Coming with us?" said Tommy.

The door of his bedroom was open. She could see the bed. *I make love with Tommy in that bed.*

She hadn't for months, but that didn't mean they were through.

Cathie, however, might mean they were.

He had warned her that this time it might truly be over.

"I don't think so."

He walked to her, stood beside her, peered down at her. "I need you."

Because she was tiny. She could get into places others could not. Zeb, who developed caving software alongside Tommy and who'd become his regular climbing partner after Eve had first moved to Florida, had called her a caver's wet dream.

Cathie could not be as good a caver as Eve because she wasn't as small. But Cathie was willing to help Tommy retrieve Cimarron's body. Her skeleton.

Eve glanced at Tommy and repeated, "I don't think so."

His eyes met hers for a moment and then darted away.

The fire—the bond—that existed between them could not be measured in words. Yet if she wouldn't commit to him…and she never would…he'd find someone else. He had, and this time it seemed serious. Maybe that was because Cathie had a child, too, and would be as motivated as Tommy to mate for life.

Eve saw now that she really couldn't be around him and Cathie, knowing they were lovers. At least she couldn't yet. Maybe never.

Just this evening. For courtesy's sake.

She gazed around Cathie's arm, toned no doubt from lifting her four-year-old, to examine the headlamp Cathie held with two halogen bulbs. "Take extra bulbs," she said. Needlessly. Any caver would know that.

"Yes," Cathie said.

"You might not be able to get to her," Eve said. "You don't know where she is—do you?" She lifted her eyes to Tommy's.

His were not watery. She had known his eyes to grow

moist over *Forever Young, Ever After* and *Willy Wonka and the Chocolate Factory.* But he was dispassionate now. Strong.

She wondered if he'd cry when he found Cimarron.

If she was there herself, would she?

Not after all this time, surely.

Her father and sister had both died caving. Giles, with whom she still dived *cenotes* in Mexico, had suggested that Eve was addicted to cave-diving because she harbored a subconscious wish to join them. Eve didn't believe that was true. More true was her ever-present fear that Tommy and Ben would both die caving. She had a superstitious belief that if she married Tommy he would *definitely* die caving, because her family members died that way.

She did not like the idea of *both* of Ben's parent figures being cavers.

Because he might decide he wanted to try caving, too.

And he might like it.

But what could she do about any of it?

Marry Tommy myself.

Even the thought made her vaguely nauseated. It was the nausea of fear.

Then Ben would be your stepson, Eve.

And might die in a cave.

He's already my nephew. We couldn't be any closer.

But she and Tommy would be.

On the other hand, if Tommy made a life with Cathie—and if she was his girlfriend, that must be his intention—Cathie would be Ben's stepmother. Cathie, not Eve.

But, how could Tommy marry someone *else?* For him to even have this girlfriend meant that he was resigned to no longer being lovers with Eve, to no longer being her best

friend. And he was willing to settle for someone he loved less.

"I don't know where her body is," Tommy finally answered. "But I'm going to look."

"And bring it up?"

"If I can."

Eve didn't say aloud what she thought: If he didn't find Cimarron's body or couldn't retrieve it, he would undoubtedly continue to survey the cave just as though her remains weren't there. He would probably spend more time underground in the next few weeks than with his son. Who would look after Ben? And what about Ely? Or would Rosa and Felix care for both children?

Cathie went into Ben's room, shutting the door behind her, perhaps planning to use the bathroom there, perhaps just checking on her son.

Eve said, "So…you're over me, I guess."

"I'll never be over you."

This was vintage Tommy Baca.

She pressed. "You're not in love with me anymore."

"I'll always be in love with you. No one can change what we share."

"But you're more in love with her." She met his eyes, demanding honesty. Tommy had the heart of a gentleman—he'd rather lose a limb than knowingly hurt someone—but he had never, to Eve's knowledge, lied to her.

There was a silence. "I'm more in love with her," he finally said.

Heat rose behind her eyes, as it had when he'd told her over the phone that he had a new girlfriend.

But this heat led to tears, tears she couldn't have explained to anyone, and no one seemed more dumbfounded than Tommy, whose face betrayed frustration and surprise. Eve, after all, had left him. Again and again.

She said, "I've got to go," and her voice shook.

He reached for her, attempting to embrace her, and she felt and remembered the feel of his strong back, his lean, muscular body, a body that at thirty-eight was as sinewy as it had ever been. She pushed away. "I can't." And she left the way she'd come, through the sliding door, realizing she hadn't said goodbye to Cathie, wondering how Tommy would explain her departure.

But most of all, as she eased her Karmann Ghia along the dirt drive, her eyes streaming like a rain-drenched windshield without wipers, she wondered what in hell was wrong with her and why she suddenly felt as though she couldn't live without Tommy Baca.

CHAPTER 9

Tommy
June 12, 2003

Cathie hasn't noticed anything, and I'm not about to tell her Eve cried.

I haven't seen Eve cry like that since her father died. Grief. She's grieving, and I remember that when Peter died, she'd wake up every morning and be weeping within a few seconds. That's what she told me, anyhow.

She wore the earrings tonight. She wore the scorpion necklace.

"When I go back to Kentucky," Cathie says, "I've got to pick up my other headlamp. It's an older model, but I want you to see the way I've modified the strap...."

"Right." I barely hear her. Then, I do. I smile. "You're going to bring a U-Haul back here aren't you?"

She laughs, and I'm crazy about her. God, she's beautiful. And she wants us to be a family, a real family, as much as I do. She wants more kids. *Maybe not right away,* she says.

She's thirty-two. She's got time.

Ely wails, "Mama!" from Ben's room.

He's four, I think. Why doesn't he get up and come out here?

Cathie rushes to him. She's overprotective and a bit of a personal slave to Ely. Rosa has already said to me, *If she treats him like that his whole life, he'll never leave home and get married. No one'll want to marry him either.*

I told her, *You wait on Felix plenty.*

And he does his part for me.

Ely's just a little boy, I said.

I remind myself of this now. I know he's not having a bad dream. This is what Ely does. He yells for his mother from the other room. I am ready to love him as I love Ben, but it's not automatic. Also, Cathie and I have different ideas about how to deal with tantrums, whining, etc. I believe a kid should have some time out until he's prepared to act like someone other people want to have in the room. Cathie believes that if she always gives Ely what he wants, he'll become more confident.

Strange though, even this conflict reinforces to me that we're meant to be together. Families have to work things out, and I'm ready to do that. So is she.

Eve
July 13, 2003

After she returned home from Tommy's, Eve could not sleep.

I'm more in love with her.

At first, all she'd been able to think was that a vaguely detestable woman would be in the position of caring for Ben—or not caring for him. Cathie, as far as Eve was concerned, was seeking a father for her own child rather than hoping to be a mother to Ben. Eve also admitted that her prejudice against Cathie might well be born in jealousy. The other woman was prettier. What was more, she seemed prepared to give Tommy what he thought he wanted. Caving and *family*.

But when Tommy had looked into Eve's eyes and said, *I'm more in love with her,* something inside her had shattered. It made no sense. She had broken up with Tommy not once but many times. When he'd asked her to marry him, not once but many times, she'd said no. And she didn't want to marry him now.

Could she marry him? If she was willing to marry him, would he again be more in love with her than with Cathie?

Eve wasn't sure. Cathie was a caver, too, after all. The cave was what he cared about. The cave first, Ben second, she thought in her less charitable moments. But where would Ben fall in Tommy's personal hierarchy if he married Cathie, mother of Ely?

At three in the morning, she got out of bed, thinking she should work on her next book about the bats of Always Windy Cave. She went to the table, opened her laptop, and turned it on. She scrolled to the second chapter of her work in progress, and reread the first three lines without comprehension. Seeing. Unable to read. Unable to think of anything but Tommy and Cathie and Ben and—inevitably—Cimarron.

She'd learned to feel acceptance of his marriage to

Cimarron. Her sister's happiness and the fact that Cimarron had so loved Tommy—and Ben, always Ben—had made their marriage bearable to Eve. More than bearable—a situation of love, increasing her own sense of family, her own closeness to all concerned.

Would Cathie ever become like a family member to Eve?

I have to try to think of her that way. I have to be generous.

But damn it, she didn't want to be. She almost believed she could marry Tommy to save him from the dreadful fate of marriage to a woman Eve decided again she really didn't like.

I can marry him. I can do it for Ben. I can make myself do it. Marrying Tommy—the man I love—will not make my life worse and won't turn me into my mother.

But he'd just said he loved Cathie more.

And she couldn't marry a person who was willing to settle for someone else just because his first choice wasn't willing to marry him.

But he prefers Cathie.

Cathie wasn't living there yet, but Eve scented that change in the wind. Yes, Cathie was going to be part of Tommy's life, part of Ben's.

Which meant she would be part of Eve's.

I have to learn to like her.

Somehow.

Ben would come through it fine. He would be a good stepbrother to Ely. He was adaptable, unselfish.

And, whatever happened, Ben would always love her, Eve. Nothing would change that. In many ways, Eve was the closest thing to a mom Ben really knew.

Can I marry Tommy for that?

She fought the feeling of suffocation settling on her chest.

I can do it. I can.

Now the only problem was that Tommy was in love with another woman....

She glanced at the clock. Almost 3:30 a.m. She could, of course, phone Tommy now and tell him she was going into the cave. He wouldn't mind such a late call; he'd be glad.

But the hint of fear, the slight possibility of rejection— for what else was *I'm more in love with her?*—held her back.

There were other people in her life who didn't mind three-thirty a.m. phone calls. Or an any-hour arrival at the front door.

Giles and Bob were living in Santa Fe now, Bob enhancing the already excellent reputation of one of the town's five-star restaurants.

I won't call.

But she knew what she needed if she intended to return to the cave to find Cimarron's body. She needed unconditional love, friendship and support; and she couldn't count on Tommy for that right now.

But she could count on Giles. She could always count on Giles. And if she was going to be diving a sump, there was no one she'd rather have with her.

Not even Tommy, she told herself—and tried to believe it.

Tommy
Morning
July 13, 2003

The phone rings.

Cathie answers it. She answers all the phones if my hand isn't already on them. "Hello? Baca-Robinson residence."

I smile. She is sure of our future, and so am I. Her furniture and other possessions aren't here, but this is her home. I've said it. Now, she's just said it.

"Oh," she says. "Well, not technically. I mean, my stuff isn't here yet. Ely and I have to go back to Kentucky and get it. Tommy said he'd drive us, which is great. I hate pulling trailers.... Oh, sure." She looks at me. "Honey? It's Eve."

She is innocent in all of this.

And I feel knives in my gut and my heart as though I'm Eve, hearing Cathie call me *honey,* hearing again what I told her last night.

That I'm more in love with Cathie.

I answer the phone, and it comes out. Not as a message to Cathie. Not as a message to Eve. But because I love Eve, and it's what I call her. "Hi, baby. How are you?"

And everyone now knows that I'm worried about Eve, worried because I hurt her. Cathie, who hasn't got a mean or jealous bone in her body, looks concerned on Eve's behalf.

"Fine. Hey, Tommy—" It's her hurried, alto, tomboy voice, the voice of action and movement. No emotion there. Just getting things done. Just being Eve. I'm relieved. "I'll go down with you guys if Giles can come as my dive partner."

I raise my eyebrows. "Yeah, he can come. Bob, too. He'd be a help. And we can use more divers." Though I'd planned to dive with Eve. Cathie isn't certified in cave-diving.

"Bob doesn't dive, but he might be willing to come."

"Don't know what we're going to find," I say. "There was a lot of rain after the flood. It may have flooded again."

"I know."

There's a pause. "Thank you," I say. "Thanks for coming."

A minute later, when I hang up, Cathie is watching me. Now she's uneasy. Maybe I was wrong about her never being jealous.

She asks, "Is she okay about us?"

I shake my head, then walk to her, put my arms around her. "But I am."

Eve
Viento Constante Cave System Entrance
July 15, 2003

"Kristy Smiles, Bureau of Land Management," said one of the unfamiliar cavers grouped in the dawn light above the cave entrance. She offered her hand to Eve.

"Eve Swango."

"It shure is," drawled a voice that was all Florida.

BeauBeau Richelieu had just come around the rock outcropping.

"BeauBeau!" exclaimed Eve, trying to summon her usual enthusiasm. She couldn't. They were going down to find Cimarron. But she hugged her fellow cave diver, who was six and a half feet tall. BeauBeau was a BLM ranger based in Gainesville. "Are you here in a professional capacity?"

"Sure am. Sorry, Eve. I know this isn't fun."

The sump, Eve remembered, was on a section of the cave owned by the Bureau of Land Management. Government people had been down there before, to make sure the resource was being protected. So far, Tommy had made nothing but friends with his contacts at the public land agency. But the BLM's presence reminded Eve that Cimarron's had been an unnatural death.

"What are you going to do?" she asked BeauBeau. The almost-cool early morning wind whipped over her eyes as she looked up at his face with its prominent, almost skeletal bones.

"Help in the search. Photograph her remains at the scene. Then we call the medical examiner because it's an unnatural death. Depending on what we find, we'll either bring her up, or the ME's office will have to send someone down. Probably the former."

Giles had joined them, and Eve introduced him as another BLM bureaucrat. Judging from his girth, this one spent plenty of time behind a desk. More introductions. More cavers, some from the Santa Fe Grotto, the local caving group.

Eve retreated to a boulder, where she sat with Giles and Bob. Giles's longtime boyfriend was five foot ten, blond, blue-eyed and muscular. Eve was crazy about him because of his unabashed love for Giles. Giles was no sex symbol, and it always touched her to see Bob's love for the caver who wore Winnie the Pooh on his helmet.

Eve watched Cathie, yards away, tuck her long braid into her caving coveralls. Eve wasn't the only one watching. Zeb couldn't take his eyes off her and kept finding excuses to offer unneeded help.

Eve quoted from *Harry Potter and the Goblet of Fire*. "'She's a veela.'"

Giles and Bob, who read the books aloud at bedtime, understood. Cathie was almost supernaturally beautiful, blond, seductive, entrancing, all of it.

But Bob said, "She's too tall."

"And too blond," Giles put in.

"What's wrong with blond?" Bob demanded, giving Giles an accusatory look.

Eve knew this routine. She had her own role. "Giles, what do you call it when a blonde dyes his hair brown?"

Giles eyed her quizzically.

"Artificial intelligence."

"I'm not listening," Bob said, sniffing slightly, dramatically.

Giles asked, "How can you tell if a blonde's been using your computer?"

"You've got me," Eve said. Was Cathie a computer geek, too, like Tommy? Would they have one more thing in common? Numb, she watched Tommy join Cathie, put a hand on her shoulder.

"There's white-out on the screen."

Eve laughed.

"This is cruel," Bob complained.

"He's right, Giles. We shouldn't make fun of the handicapped."

Zeb joined them. "Are we telling blonde jokes?"

Eve gave him a tight smile. She no longer felt much like joking, and if Zeb was here, the quality—and cleanliness—of jokes was about to seriously deteriorate.

She watched Tommy unlock the gate guarding the entrance to the cave.

"Actually," she told Zeb, "I think we're going in."

Eve
Thirty minutes later

It was hardly recognizable as the one-room cave of Eve's childhood. Every passage had been marked with blue

survey tape, to prevent people from wandering into un-touched areas. But now this survey tape was mud-coated, with only occasional areas of blue showing through. Spe-leothems revealed the force of the flood five years before.

Yet it was still beautiful.

With Giles and Bob, Eve had spent the previous night studying Tommy's most recent printed maps, seeing eighty-three miles of passage surveyed. She had declined to return to the house to look at Tommy's computer images—de-clining, actually, to spend more time with him and Cathie than she had to.

Her thought that she could make him love her more than Cathie had been optimistic, she'd decided within hours of agreeing to join them in the cave. Now, she was just surviving.

The map had included the long list of cavers who'd worked day after day on the survey of the Viento Constante Cave System. This impressed upon her the magnitude of what they faced in continuing exploration of the cave—let alone in looking for Cimarron.

They *had* looked then. It had been twenty rainy days before they'd deemed it safe to return below, but it had still been impossible to reach the depths of the cave where they believed Cimarron to be buried. Everything was too unstable.

Next, more rain had come. It seemed to rain all that summer, every day.

Once Cimarron's body was found, Tommy would again invite cavers to help survey the cave's long passages. Eve sensed his apprehension about finding Cimarron's remains—and about the BLM presence, too. If the BLM

thought their section of the cave too dangerous, they could prohibit exploration there.

Eve did not speak to Tommy, nor he to her. He seemed to be taking pains to pay special attention to Cathie. Despite her own jealousy, Eve had to admit that Cathie seemed as committed to Tommy as he was to her.

Eve's pack was one of the heavier, which, in a way, reflected her worth to the expedition. That worth was high. She was a decent climber, capable of leading a 5.11 pitch *and* she was a sketcher, invaluable in the mapping of any cave.

As the group paused after the first crawl, Eve saw Tommy hand the route book to Cathie. Eve couldn't remain silent. While more than one person could sketch a given part of the cave, the route book was *the* record. "You sketch, too?"

Cathie nodded at Tommy, giving him a smile that heaped naive adoration upon him. "He's going to give me some experience."

With the route book? Obviously. Oh, well. Eve supposed this showed Tommy's devotion to Cathie. *I should try to be happy that there'll be more people in Ben's life.*

Eve still hadn't met Ely. That morning, she'd learned that he and Ben had spent the night with Rosa and Felix. The two boys would remain with them while the others were down in the cave.

Though the state of the blue survey tape told the story of how long it was since the cave had been explored, the place had become, very much, a zone of science and research. Any mapping that occurred on this trip would be entered into Tommy's computer when the party returned to the surface.

Pausing to admire the brilliant oranges, reds and yellows of a five-foot calcite thermal spar, BeauBeau turned to Eve in the first room, scrutinizing her in the light of the team's headlamps. "You discovered this cave, didn't you?"

She shook her head. "I felt the wind, and then Tommy and I found out that it goes. My dad knew about the cave and maybe, I don't know, the people who lived here before."

"Eve used to warm her adorable rear end against Tommy's groin," Zeb put in.

It was too early in the trip for this. Eve needed to have a brief conversation with Zeb about his particular version of sexual harassment, but she was reluctant to start in front of BeauBeau.

Giles said, "Zeb, why don't you step out of character and behave repulsively for a change?"

Zeb cocked a grin that melted away half the offensiveness of his last remark and swept as graceful a bow as the tight quarters would permit. "I apologize, Lady Eve. It was coarse and insensitive of me."

"Too tacky for words," Bob chimed in. "I simply didn't hear it."

"Bob," Zeb replied good-naturedly, "you're a queen among men."

"Yes, yes," Bob agreed. "Go have some cake, dear."

Behind Eve, Cathie paused to repack one of several small canvas packs that they'd push ahead of them as they crawled. These contained glass vials for gathering samples of extremophiles, perhaps from one of the hot-spring leaks ahead. Eve's eyes narrowed as she registered the significance of this.

It was an expedition to recover Cimarron's body—but it was, just as much, about something else.

You know Tommy. He wants to take this cave deeper, to prove that it's deeper than Lechuguilla.

The fact depressed her.

This is where loving him took you, Cimarron. To be sacrificed to his dream.

With these thoughts, as she followed Zeb through the crawl, pushing bags of gear and research supplies ahead of her, Eve reviewed her decision months before, her most recent refusal to marry Tommy. She considered the feelings that had brought her back to the cave and was ashamed of them. *I should be here for Cimarron and no other reason. So that someone is.*

And that reality eased her heart, gave her new focus. Through the misery of Tommy's love for Cathie, fighting her own jealousy and depression, Eve was overcome by love for her sister and uplifted by her knowledge that Cimarron's spirit, *her* love, would be with her in this task. Eve was here to find her sister's remains, and she could be the voice speaking up for her sister, for Ben's mother.

And in the meantime, she was in the cave. The cave that had turned out to be so much more than one smallish room.

The next stretch was treacherous. Narrow flowstone ran steeply down to a place Eve herself had dubbed No Tomorrow. It was a deep pit, going nowhere, walls coated with a disgusting black substance also found in Lechuguilla. The best way across to the next crawl high above the floor was by rope. It was time-consuming, tying gear bags and

swinging them to Giles. Cimarron's body lay miles ahead, miles of climbing, crawling, rappelling and walking.

Fingers gripping sandstone, Eve finally pulled herself into the next passage, which opened into a vast corridor. An area below shot sparkles at her from crystalline soda straws, a glittering mineral formation on the cave floor. Tommy had named this area Woolworth's—because of the soda straws. Eve noted a passage that she knew dead-ended. The path where the cavers walked was outlined with bright blue tape, new tape that Tommy was using to replace the old tape as he went ahead. Eve was careful to put her feet in the footprints ahead of her.

The grime on her coveralls felt comfortable and right. *This is where I belong.* Underground. She could be happy with her life when this was it.

A figure had paused in front of the next room, slick with flowstone. Eve recognized Tommy's red caving helmet adorned with a scorpion sticker. Eve's was identical but bore one extra sticker, given to her by Ben, a sticker of the Japanese manga character Inuyasha.

Their eyes met—for what seemed to be the first time that day.

"You know," Eve said, "you should've contacted *Vogue* or *W,* or at least *Vanity Fair,* to let everyone know you're planning to recover Cimarron Swango's body." She didn't mean it. She was hurt, jealous and angry.

Tommy's expression was thoughtful, showing that this hadn't occurred to him. On the other hand, he was capable of pretending that level of shallowness just to anger her.

Feeling a strange satisfaction from the exchange, Eve bit her tongue instead of snapping, *How could you?*

How could he invite *Cathie* on this expedition?

How could he expect Eve to join him in this cave with another of his lovers?

And how could he bring that lover along on a search for the body of his wife and the mother of his child?

I'm going to be in here for days with him and Cathie.

For a moment, she considered again simply folding. Walking out. Telling him she wouldn't do it.

It was the memory of Cimarron that steadied her. She was her sister's advocate in this place.

Where was Cathie? Eve peered back and saw the other woman laughing at something Bob was saying.

Eve said, "I'm jealous."

Tommy peered down at her steadily, his brown eyes warm, familiar, his jaw chiseled and perfect, clean-shaven now, though he'd look scruffier in the days to come. "I've got to have family, Eve."

"You have Ben," she muttered back. "And me," she added lamely.

"I think you and I have covered this ground. Have you changed your mind about anything?"

About marrying him.

The question enraged her. "Are you with that woman just because you want to be with *someone* and it doesn't matter who?"

She heard footsteps behind her and turned to see Giles stuffing the climbing rope into a pack. He was twenty feet away, on the edge of the Woolworth's field of soda straws,

dazzling in the light of headlamps. Like her, Giles had picked up sticky black grime on the preceding crawls.

Tommy still looked fairly clean. He was good at that, at staying clean in the cave environment—compared to everyone else.

Tommy spoke in an undertone. "Nothing's going to change between us, Eve."

How ridiculous. She whispered, "*She's* going to be your best friend now."

He pursed his exquisitely formed lips as though contemplating this. Then he faced her, one hand up, one down, both palms to her.

Her hands responded on their own, reaching, touching something that was both past and present. Each place in this cave was like a mile-marker in her relationship with Tommy, and the hand game linked her to him and to the cave and to her past and future with the man who'd been her first rescuer, her first lover, her first beloved. Her hands moved like water, and his rippled beneath them, on the same wave, palm up, palm down, elbows out to the sides, high, low, right, left, right, low. Without looking, Eve saw headlamps approaching from the passage ahead. Cathie would be with them.

Eve's eyes found Tommy's face. Perhaps it was because he was so handsome that Tommy had fallen for her; because he loved her, Eve knew, for her personality. Maybe being possessed of looks that belonged on a military recruiting poster, he had seen that worth lay deeper.

There was one way to finish the hand game in the cave. That was to lock fingers, to hold each other's hands for a suspended moment.

But they had an audience, and Tommy instead brushed his palms against hers, and Eve knew it was over.

Everything was over.

CHAPTER 10

Eve
July 19, 2003
Evening underground

"We got together at the grotto conference in Texas," Cathie said.

Eve found herself sitting beside Cathie on the edge of Lake Eve. Eve barely heard the other woman. Cathie knew the name of the lake but couldn't know that Eve and Tommy had made love here.

Eve had been so young then. There was no pain in remembering their naked bodies together here. The first time.

She wondered why Cathie was telling her about her romance with Tommy, as though she and Cathie were friends. *I am not your friend,* she thought.

But she should be. A bigger person—bigger *inside*—could be.

"I hadn't been serious with anyone," Cathie said, "since Ely's dad. There was this one guy, and we did some stuff. I mean, we made love once, but Tommy and I... I don't know, it was like instant electricity. I felt like I'd known him forever."

Well, you haven't known him forever. Feeling empty, Eve gazed at the lake with her name and realized there could be no going back from this, from the sadness of his choosing this other woman over her. With Cimarron, it hadn't been the same. Eve had been glad, glad for her sister, for Ben, even for herself.

It occurred to Eve that the things she felt now were more complex than jealousy. She was jealous, yes. But she also felt loss—and a sense of impending disaster.

Cimarron died in this cave. What could be more disastrous than that?

The only thing worse would be Tommy, Ben, everyone Eve loved, also dying in this cave.

A headlamp flashed from the passage that led farther down into the cave. Viento Constante was measured at its deepest, as far as it had been explored, at 1,496 feet. Eve knew Tommy wanted to see it bypass the Columbine Crawl in Wyoming and Lechuguilla. Suspecting he might live to see that, Eve remembered something Cimarron had once said about his quest. *Well, what would be the big deal if you did prove it was the deepest, Tommy? God made the cave, you didn't. And you want it to be the deepest cave in the United States, a completely artificial record. It's superficial and ridiculous.*

Tommy had said it was rich for a *supermodel* to talk

about *superficiality,* but Eve wasn't sure she'd ever heard her sister say anything *less* shallow. Cimarron had been three-hundred-percent right.

"Hi."Tommy joined them, arching his back in a signature Tommy Baca stretch, Zeb behind him. "Ready to soldier on?"

"Yes."The others had gone ahead to fix lines, something Eve would have preferred to do—except that it would've meant working one-on-one with Tommy. She found the prospect of one-on-one with Cathie easier.

I'm wretched. She couldn't remember ever feeling so depressed while caving. The trouble was being in Tommy's presence. The reality was that she didn't want to be around him and his new life companion.

Ever.

She wanted to walk away, salvage her dignity and forget that she'd ever loved a man who could prefer Cathie to her.

Tommy
July 22, 2003

It takes us three days of hard, very fast caving to reach the room above Sump 1. So far, it's the only sump that has been explored—on the day of the flood, the day Cimarron died. Even before we reach that chamber, I'm smelling for death, but I doubt there'll be anything to smell after all this time in such damp conditions. To Eve, who is pale and distant, I point out a hole in the ceiling that was a passage for some of the water that flooded the cave.

"We couldn't search before," I say. "There was too much water, too many flash floods in the cave for weeks."

Eve knows this. She must remember as well as I do Ben's

asking again and again where his mother was and when she'd be home.

I photographed the room after the flood, on my way out. The escape was dangerous, fighting waterfalls that appeared perhaps once every hundred and fifty years.

Now the room is dry, all but the lake, the lake that is really sump, requiring a long dive through a water-filled cave passage—almost a mile—before reaching the next room, the next lake. Two routes to explore from there, I can't help thinking.

It's not that I'm not thinking of Cimarron. She is with me constantly. I am responsible for her death—partly, at least—and that will never change. I hope to find her remains, and I dread it, too.

The room where I felt sure Cimarron died lacks the stunning cave features of the passage behind us—cave pearls, collaroids and frostwork, iron-rich "rusticles" and more, the characteristics found in Lechuguilla as well as here, in Viento Constante. This room, however, has a mazelike feel, with eerie, hollowed-out spectral passages ending in nothing. Water-filled crevasses form lakes.

"Scorpion," says Cathie, behind Eve.

All of us who've reached this room—Zeb, Eve, Giles, Bob, BeauBeau and I—follow Cathie's gaze to an arachnid beside one of the ponds. It is white, and I suspect it's blind.

Three people fix headlamp beams on the scorpion.

Zeb prepares to photograph it. He utters a scientific name I don't catch.

"You recognize it?" I ask. He loves scorpions, has several as pets.

"No," he replies. He has a magnifying glass and will sketch the animal, too.

Eve says, "You should name it for Cathie. She found it." Quickly, she adds to Cathie, "I'm a Scorpio. So's Tommy. Consider it a compliment."

"I'm a Scorpio, too," Cathie says. "I do. Thank you. But it's all up to other people."

I love her, and it's a good, strong love of a kind I haven't known till now. I knew I was passionately in love with Eve, understanding her so well and being so understood by her that it was as if we shared the same blood. With Cathie, I want to have children, build a family and a life.

"How many Scorpios here?" asks Giles, another.

"Not me, thank you!" exclaims Bob. "I'm a nice, safe Cancer, and I like it that way."

There are many Scorpios among cavers.

Eve glances at the side-fitting scuba tanks, the gear bag containing her personal dive equipment and the two cumbersome rebreathers dragged laboriously through the cave. "I think I'll suit up. Giles?"

He nods.

We will dive the lake first, the lake that's Sump 1. Zeb is to be my partner, and BeauBeau from Florida is diving with a member of the Santa Fe Grotto.

I move to Eve's side. "Can we shuffle partners?"

"No." Her eyebrows draw together.

It's an irregular request. But the situation is strange, too.

I raise my voice so all the divers can hear. "I bet she washed through the sump."

"She might've gone further," Zeb says quietly.

More sumps. Yes.

I should never have asked Eve if we could switch partners. I share things with Zeb the way she does with Giles. I suppose I want to make up to her for her pain, for her crying when I said I loved Cathie more. In this moment, she's like my little sister, and I hate seeing her hurt.

Giles says to Eve, "You can dive with Tommy if you want. Zeb and I are fine together." He lifts his eyebrows in Zeb's direction, seeking confirmation of this.

Zeb nods emphatically.

Eve shrugs. "Okay. We'd better review signals, though."

Maybe her heart's not broken.

And maybe she's just the quintessential cave diver, safe, careful and excellent. Also lucky.

Eve
July 22, 2003

The safety line was still in place from the last visit to the cave five years before, and Eve held it as she followed Tommy, both of them kicking softly to avoid stirring up silt. They used the expensive rebreathers, of which Tommy had just two, while Giles and Zeb took scuba gear. The latter would force them to return when a third of their air was gone. It was, perhaps, the most fundamental rule of cave-diving. That way, in the event of a silt-out or other difficulty, they would have adequate air.

But Tommy and Eve, using rebreathers, could remain underwater for hours. They had already decided that if they found nothing in the lake, they would continue through the sump.

Tommy led methodically, starting to their left to check

each hollow, each hidden finger of the lake's underside. The other men began their search on the right.

So much to concentrate on, because cave-diving was a high-focus activity. Now that she was in the midst of the actual search, Eve couldn't quite *believe* they'd find Cimarron's remains. She had no idea how much her sister's body would have decomposed after five years in the cave environment, underwater or not. But that didn't frighten her. Whatever was left would be part of the vessel that had held Cimarron; Cimarron herself was gone.

In the tranquility of the subterranean lake, Eve wondered how she and Tommy had come to this pass. She didn't feel he was behaving in a deliberately cruel manner. In fact, his wanting to be her dive partner seemed the opposite, a reassertion of what they were to each other. And yet the effect on her was *like* that of cruelty.

Nonetheless, when he turned at their first dead end and she saw his eyes behind his mask, they were the eyes of the old Tommy.

The same, except for one thing.

The charge, the invisible current of being in love with each other, had absented itself, had forgotten its place, had wandered off and not come back.

No sign of Cimarron in this passage.

The next one yielded the same result.

And the next.

Where, Eve wondered, would Cimarron's body have gone? Where could it have wedged itself? Would it be in one piece, or would the force of flooding have torn it apart?

At their last meeting with Giles and Zeb, Tommy signaled that he and Eve were continuing through the sump.

Eve shivered slightly as she followed Tommy's fins through submerged speleothems to the passage and found the safety line that still led through the sump, the line that could guide them out in the event of a silt-out. Before the flood that had killed Cimarron, Tommy had swum into this sump, leaving his wife in the chamber behind him.

Was he thinking about that now?

Eve felt certain he was.

They used both handheld underwater flashlights and headlamps to search every nook that could conceal bones.

The passage at last opened out, and Eve thought they must be at the lake that Tommy said lay beyond the first sump.

We're alone.

She felt her solitude with Tommy, that it was just the two of them, that anything could happen, that—if not for Cathie—something *would* happen.

They began to search the lake, keeping together, never out of reach of each other or the safety line. Finally, Tommy pointed toward the surface, and they went up.

As her head broke the water, and she felt air on skin not covered by her mask, Eve tried to see. She pulled the mask and rebreather away from her face. Across the lake, empty eye sockets gazed at her, black against a gray-white made brighter in the light of Eve's headlamp. Tommy surfaced facing her and pulled off his mask. Eve swam toward her sister.

"Eve!" he called. "Let's go to the ledge. We can't touch anything. We've got to go back and give a rebreather to BeauBeau."

"I can touch her." A vision from the past flashed through

Eve's thoughts. The rattlesnake. Bravo rearing. The skeleton on the path to the *morada*.

"And it isn't going to hurt me," she said.

He grabbed her arm. "Don't, Eve."

She saw his eyes, his terror, the old superstition. "What the hell do you think is going to happen if I touch my sister's bones?" Her voice echoed over the water. She caught the rocks at the edge of the lake and flashed her lamp up to the vaulted ceiling, high overhead.

Darkness. Tommy's beautiful face. *I'm so damn in love with you,* she thought and wondered for a moment if she would be overcome with sobs again, sobbing for him.

"Just don't," he said wildly. "Maybe you won't be so lucky anymore."

Lucky not to die while cave-diving.

"Eve, I couldn't stand it if you died."

She breathed slowly, wanting to know what that meant to him, what she meant to him. "Okay," she said. "I won't touch her bones."

Eve
July 22, 2003

Eve regretted the promise as soon as she made it, the promise not to touch Cimarron's bones. It wasn't her job—or place—to retrieve the skeleton. Not yet, not until it had been photographed. As there were only two rebreathers, it seemed likely that Tommy would be the one to go with BeauBeau.

But given how he felt about bones...

If BeauBeau put the bones in a bag, she could help carry the bag without actually touching the bones.

She wouldn't discuss it here or now. She would announce her intention when they were back on the other side of the sump. "I'm not going to touch her," she said, because it was important to see her sister's ghastly remains.

Tommy didn't argue, but neither did he approach the bones. Rather he hung onto the ledge and gazed back in the direction from which they'd come.

Eve swam closer to the skeleton.

It was dreamlike. For these were Cimarron's bones, and the teeth in the skull were her sister's perfectly even model's teeth, though changed by death and browned by the flood. There was some long dark hair somehow still attached to her skull. It was "just" a skeleton—and it was horrifying, excessively *real* rather than unreal—but it was Cimarron's body.

Now you know she's dead. She had known, of course, since the flood, since Cimarron was lost. But now she knew in a different way.

Eve returned to Tommy's side. *I should tell him here, so he won't feel betrayed when I ask BeauBeau if I can help.* "Tommy, I want to go with BeauBeau to carry her out."

"No." His eyes, eyes that—since the advent of Cathie—had seemed to belong to a stranger—suddenly had the look of the old Tommy.

"Tommy. They're just bones. I mean, they're more than that to me—and to you…" she added.

"You don't need to help. Zeb can help."

"Oh, good. Somebody else gets his luck ruined," Eve remarked. "I need to do this for Cimarron."

"Shit." He began donning the mask of his rebreather. "Let's get out of here."

Tommy
July 22, 2003

Eve goes with BeauBeau to retrieve Cimarron's skeleton, which is like a horror from the cursed ship of *Pirates of the Caribbean,* but both more and less than a horror because those bones are Cimarron's.

Cathie waits beside me, rubbing the back of my neck until I shake her hand away. I don't want sympathy, and I'll never say, here in this chamber full of other people, what I feel, the thoughts that pulse through me, my cells screaming them.

Cimarron is dead because of me.
Cimarron is dead because of me.
Cimarron is reduced to a ghoul because of me.
I am a ghoul.
I am a ghoul.
I am a ghoul because I loved this cave too much.
I still love it too much.

I love it so much that while Eve is going to get those bones, which an irrational part of me can't help believing will tarnish her luck, I think of the next sump. Of how soon, in all delicacy, I can return and begin again to survey this cave.

Then, like some sign of birth and death, I sit down to rest near a stalagmite and I see them. The white scorpions. A mother, with many newborns on her back. No, bigger and more developed than newborns. These, I think, are second instar, meaning they have molted once already.

These scorpions venture from their mothers and then ride on her back some more.

Eve isn't here. She's gone into the sump. I'll wait until she returns to tell anyone of this wonder.

A moment later, on the other side of the room, Zeb finds another mother with babies.

We decide we can risk collecting one mother and her young to raise up at the house.

When the scorpions are old enough to leave their mother without becoming dehydrated, I'll give Eve one to raise. If she'll take it.

And hope she sees this as I do, a new life, a new time, an omen of good things to come.

Eve
July 23, 2003

"I don't want to go," Ben said.

He and Eve sat playing Xbox—Tony Hawk—in his father's house. Tommy and Cathie and Ely had gone to Santa Fe, Tommy claiming to need some things for the burial. Eve suspected he was rounding up cavers for a renewed assault on the cave once Cimarron's bones were in the ground. The mother scorpion, whom Cathie had named Magdalena, was in a terrarium in a dark corner of the room, her babies clinging to her back or roaming their new home, feeding on a dead cricket Eve had broken open for them.

"You don't have to go," Eve told Ben. His mother had been dead five years. He'd been taken to the memorial

service after her death; even if he hadn't gone, Eve would have supported him in this choice, not to attend the burial. Cimarron had been dead a long time—for all of them.

"My dad wants me to go."

"I'll talk to him," Eve promised, and Ben scooted closer to her on the couch. What touched Eve wasn't just his obvious love for her and trust in her, but an undefinable something that said he dubbed her his favorite—after Tommy. Ben adored Tommy, routinely climbed into his lap, wanted only to be with him. Eve reminded Tommy of this every chance she got. Ben needed his father.

And she was perfectly content to be second-favorite. Eve loved to play with Ben—Xbox, art, Yu-Gi-Oh, LEGO, building castles from blocks, marble mazes, hiking together outside…. Could Cathie ever love Ben the way she did?

Cathie loves Tommy.

Maybe that alone would be enough to make her love Ben. And Tommy wanted a relationship. Cathie was willing to give him one.

Eve, on the other hand…

The chill came over her, the apprehension that fear was turning her from love, a love she'd never know again. Fear of something both nebulous and impossible—marriage transforming her into Daisy, an Eve-style Daisy.

In the game, Eve's skateboarding figure wrecked big-time, and she said, "Good grief, this guy's a klutz. Look at all that blood."

"Yeah," agreed Ben, as his skater navigated a trick that went from the top of a skyscraper to the street without even skinning a knee.

★ ★ ★

"Okay," Tommy told Ben, not long after returning home from Santa Fe. "You don't have to go. I'll ask one of your friends if you can visit."

Because Rosa and Felix would want to attend the burial.

"Eve can stay with me."

"I need to go to the burial," Eve told him. She looked at Cathie, waiting for a woman who'd never known Cimarron to offer to spend time with her boyfriend's son.

Ely whined, "I want macaroni and cheese!"

"I'll get you some," Tommy offered.

Ely glared at him. "I want my mom to get it."

Eve gave Ben a hug. "See you soon. I love you, Ben."

"Your mom's tired," Tommy told Ely.

As Ely began to wail and ran to the master bedroom, where his mother had gone, it was all Eve could do not to tell Tommy, *Lucky you.*

Tommy followed her out to her car. "I want you to come to Shiprock with me."

"Why?" But she knew. She remembered what had happened when they'd found the bones out near the *morada* so long ago. Tommy was still superstitious, but when was belief ever rational?

"You need a ceremony," he said. "Just like I do."

Cimarron's bones were now with the funeral director in town. After coming home from Santa Fe, Tommy and Cathie had gone out again to choose a casket. Eve had been invited, but she'd made a categorical decision that the less time she spent with Tommy and Cathie or with Tommy while he was in love with Cathie, the happier she'd be. She had offered to stay with Ben and Ely instead. Eve had

enjoyed being with both boys, encouraging Ben to show Ely tricks on the Tony Hawk video game, showing Ely some herself.

The minute she'd walked in the door, Cathie had scooped Ely off the couch, saying, "I don't want him becoming a video-game zombie."

Ben was immune to such indirect criticism. Never taking his eyes from the screen, he'd said, "You do two-player with me, okay, Eve?"

Ely, predictably, had begun to howl. *What four-year-old wouldn't under the circumstances?* Eve had thought. She'd said, "Let's be soccer zombies instead. Then Ely can play with us.

Eyes still on his skater, hands still moving the controls, Ben had said, "Okay."

And she'd told him, "You're one great kid."

"You and I disagree about this," Eve told Tommy now. "If you feel the need for a ceremony, go see your medicine man in Shiprock. But death is not unclean to me. It's not scary. It's certainly not *bad*."

Tommy frowned.

"If you need to go," she said more gently, "you should." All the time she'd known him, he'd worn a medicine pouch on a cord around his neck. He believed it protected his spirit. As he always had, Tommy believed a number of things, some of them Native American in origin, many Catholic and Hispanic. Then she added with a shrug, "Take Cathie."

"You don't like her."

Shrugging, she opened the door of the Karmann Ghia and gazed out on the warm adobes with their shriveled and

tortuously bent junipers, their piñons, their late-afternoon light and shade. She got in the car. "See you tomorrow." At the burial. As she drove down the road of her childhood, away from her first and best home, she could only reflect on how different everything suddenly was.

CHAPTER 11

Eve
September 20, 2003

The year Cimarron's bones were buried in the Catholic cemetery at Viento Constante, Eve resigned her teaching post and went to Mexico to dive cenotes and write bat books full-time. She bought a small property in Oaxaca, in an area thick with the ancient springs she loved to dive. Giles and Bob were frequent visitors, Bob always interested in authentic Mexican cuisine to enrich the Santa Fe fare that was his specialty. Frequently, when Bob returned to Santa Fe, Giles stayed to dive with Eve, which seemed to suit Bob, too—the occasional periods of separation, not the risk of cave-diving. He never stopped cautioning both Giles and Eve about that.

Eve wrote to Ben and to Ely and sent them presents—

Mexican blankets, woven hoodies, toys she found in the market, souvenirs of various fiestas. She wrote the boys e-mails in Spanish and English—the same letter both ways so that each could improve his reading in the languages.

Ben sent her his school photo, in which he was wearing a shirt with Inuyasha on it. He also included a picture of Ely, whom Cathie was home-schooling. Eve put both pictures on the wall beside her bed.

"Who are they?" asked Cecilia, who lived next door.

"My nephew, Ben, and his…well, stepbrother, I suppose."

Cecilia indicated Ben. "He looks like he has spirit."

"He has spirit," she said, nodding. "I love him."

"How can you be so far from your family?"

Eve told her that Cimarron was dead. She said she missed Ben but that she wanted him to have a chance to bond with his father's new girlfriend. This was a lie, and she knew it and didn't care.

"Your parents are both dead," Cecilia said. "I won't be able to stand it when my mother dies." She studied Ben's photo and said, "What a handsome boy! You must have a good-looking family."

"My sister was a model, and, yes, his father's handsome, too."

Cecilia wanted to know what he did, and Eve told her about the cave. And that Cimarron had died there.

"Caves. *Cenotes*. They're all dangerous, but diving in the *cenotes* is the worst, Eve. People die all the time. You should do something else. It's just a way of dying much sooner than you otherwise would."

Eve eyed her Mexican friend. "Do you know people who've died in the *cenotes?*"

"Don't you?" Cecilia demanded.

Yes. *Cenotes.* Springs in Florida. Caves in France. Cave-diving deaths. And Cimarron's drowning in a cave no one had ever expected to flood.

Eve
January 9, 2004

Cecilia, who taught school locally, became Eve's best female friend. Eve taught Cecilia English while Cecilia improved Eve's Spanish. Each afternoon that Eve wasn't diving, they walked to the post office together to get the mail.

Cecilia was with her on the day Eve picked up a heavily embossed envelope from a Mr. and Mrs. Charles Robinson. Eve had never heard of them, but the address was Tommy's post office box. She knew what the envelope must contain.

"What is it?" asked Cecilia.

"A wedding invitation. Tommy's getting married." She opened the envelope as she walked.

A note was written across the back of the invitation itself. First, in Tommy's hand: *Please come.*

Then, in Cathie's: *The baby's due August 8th, and we hope you can be at the birth.*

Eve ripped the invitation in half, RSVP and all, before she thought about it.

"Maybe you should've married him when he asked you," Cecilia said.

Eve shook her head. "I couldn't, and I can't." In her mind, she remembered Daisy, drunk, with her old movies, Daisy flirting with Tommy, who'd been just a kid and repulsed by the whole thing. At the time, Eve hadn't seen

it as flirtation. Only on looking back did she remember her mother plying Tommy with alcohol. *She was so damn inappropriate.* Understatement.

Even more, Eve kept returning to the other question. Tommy wanted family. Tommy wanted more children, children of his blood.

Now, another woman, a woman Eve didn't particularly like, was going to give them to him.

Eve
Spring 2004

Eve did not attend Tommy's and Cathie's May wedding. Instead, she wrote and asked Tommy if Ben could come to Mexico with Rosa and Felix, who planned to visit in June, and spend part of the summer with her. She would send tickets if it was all right.

Tommy agreed, in a brief note, and Eve made arrangements with Rosa and Felix, who secured the documents and permissions they needed from Tommy.

They arrived the second week in June. Eve made up her second bedroom for Rosa and Felix and a couch in the front room for Ben.

In the first few hours, Ben showed Eve all his new Yu-Gi-Oh cards, and they dueled, then went next door to see Cecilia's pet turtle. Two boys were playing soccer in the dirt road, and Ben ran to join them and was quickly accepted.

Watching him, Rosa asked Eve, "Why didn't you come to the wedding?"

The baby's due August eighth.... Eve shrugged. "Come on, Rosa. Tommy and I have our own history."

"You could have married him," Rosa said tartly.

Eve wished people would stop mentioning this. "No, I couldn't."

"And why not?"

"I just couldn't."

Rosa asked no more. "She miscarried the child," she finally remarked sadly.

Eve hadn't known this. "When?"

"In March."

"Poor Tommy." Eve meant it.

"Yes. Tommy wants a family. He never had one of his own, not a traditional family."

"Please," Eve countered. "You and Felix adopted him. And do you think my family was traditional?"

"It was for a while. And at least you lived with both parents, knew both parents."

"Traditionally dysfunctional." After a moment, she said, "They'll have another baby soon, I bet." Trying to sound pleased about it. And, in a way, she *was* content with the idea; Tommy really wanted a family, and she wanted Tommy to be happy. She hated the distance imposed by his being linked to Cathie, yet the bond between Eve and Tommy was eternal.

In some very real way, he could be married fifty times, and he and Eve would still share something unique. Something no one could touch, no one could break.

Rosa said, "I don't know. She likes caving the way Tommy does. I would've brought Ely with us, but he wanted to be with her. He's a smart boy, that Ely."

"What do you mean?"

"Now that Felix and I are gone, his mother has to spend time with him instead of in the cave."

"Oh." Rosa didn't like Cathie. Eve heard it in her voice. As Rosa wasn't, in Eve's experience, a possessive person, she must have a reason for not liking Cathie.

Eve
June 2004

Eve took Ben swimming every day, sometimes in *cenotes,* sometimes in the ocean. They wandered the market together, and he picked out presents for his father and Cathie and Ely, and Eve encouraged him in this.

Eve wanted to be loving, even wanted to be a friend to Cathie as she'd been to Cimarron. But, try as she might, she couldn't like Tommy's wife. Every contact with the woman, be it a note on a card or a brief phone conversation, sickened her. And, as far as Eve was concerned, sending a wedding invitation to the groom's ex-girlfriend with *P.S. I'm having his baby!* must set some kind of record in thoughtlessness—or, worse, meanness.

Should she have married Tommy? Why had he been so determined that it had to be marriage?

He wasn't determined, Eve. He would have settled for long-term living together.

Which she hadn't been able to pull off.

Rosa and Felix would leave the last week in June, but Ben would stay with Eve for another month. No one was sure yet how he'd return to New Mexico. Increasingly, Eve thought she'd take him home herself in August.

During the final week of Rosa and Felix's visit, Giles arrived. He and Eve planned to survey a *cenote* they knew

reached the ocean. What hadn't been determined was whether a diver could navigate its passages that far.

Rosa and Felix loved Giles, too, and greeted him like a son. Rosa asked after Bob, while Felix, uncomfortable with the couple's open homosexuality, managed a pretense that Giles and Bob were simply friends and housemates. Ben quickly recruited Giles as goalie for his neighborhood soccer group, and Eve and Rosa went for the morning walk that had become part of their routine.

As they walked down a leafy path, Rosa asked, "Don't you miss Tommy?"

Eve smiled, watching her bare feet on dry yet spongy earth. "I miss the land. Not just the cave or the other caves. I miss yucca. I miss sage. I miss scorpions—the New Mexico kind—and black widows. I miss how the adobes look in the morning, more like a Georgia O'Keefe painting than something real. Or perhaps they're more real. Well, it's called 'the Land of Enchantment.' I miss being enchanted by the land.

"I miss the house—Tommy's house, I guess it is. I miss the metal bed that used to be mine and is now Ben's—or maybe they've made it Ely's. I miss the *nichos*. I miss the altar you made in the kitchen and how the *morada* looks from the outside and how Felix cares so much during Lent. I miss the way the junipers twist because they're starved for water, then once in a while drenched, frozen then baked. I miss the washes. I miss you and Felix and Ben and the horses. And I miss who Tommy used to be."

"Ah. Used to be when?"

"Well, like what he did on my birthday when we were kids."

"That was the day you met!" Rosa exclaimed,

knowing precisely the event Eve meant. "Oh, I knew he was a good boy, then, Eve. When he gave you that piñata, Felix and I, we knew we'd never send him back no matter what."

"I miss how he was later, too," Eve clarified. "I mean, he was great until college. Then, he got—well, he got obsessed with the cave, I suppose."

"He was obsessed with that hole in the ground before that." Rosa shot Eve a look that said what she thought of the kind of caving Eve and Tommy had done as teenagers, secretly, in a place where Cimarron had finally died. "You know, you've changed, too," Rosa pointed out.

Eve frowned. "Not that much. I was a tomboy. I'm still a tomboy."

Rosa's smile was full of knowing silence.

Eve glared at her. "Say it."

"You were vulnerable. Maybe you are now, but not even I can see it. And if I can't see it, how can Tommy?"

"What am I supposed to be vulnerable to?" Eve demanded.

"To love?"

In Rosa's smile, in the fragile yet distinctive and beautiful cheekbones beneath her delicately aged skin, Eve saw the beautiful young woman she had once been, the beautiful old woman she was now. She could have been an icon of New Mexico, where her ancestors had lived centuries before that land had become a state. Eve suddenly longed for the land, longed for everything she'd just mentioned to Rosa and more. New Mexico was her home in a way Mexico was not. Here, she was a guest. There, she belonged.

"I don't need a man," Eve told her.

"You need a man worse than any woman I've ever met. You just don't know it."

"Look, the only man I've ever even *thought* about spending my life with is Tommy. He's married. And I, unlike Tommy Baca, do not *need* just anyone. And you know as well as I do Rosa, that he loves the institution of marriage more than—" She broke off, having betrayed too much. Having nearly said, having begun to say, that Tommy cared more for Marriage and Family than the woman he'd married and the child he had.

"I know why you say that."

Eve turned a glare toward Rosa, daring her.

But Rosa didn't bother to say aloud that Eve was still in love with Tommy.

I'm not, Eve told herself.

It was an eternity since she'd felt any way about Tommy except annoyed.

Eve
June 26, 2004

First thing in the morning, Eve and Giles suited up on a large boulder above the *cenote.* Eve was not thinking of the conversation with Rosa the day before. Her focus was on the joyful task ahead. She and Giles had dived in this well the month before, yet the early season conditions hadn't been completely safe. In addition to interesting passages, promising a way to the sea, the bottom of the well was a receptacle for relics of the past, including metal urns and a sword.

But what she loved about cave-diving was that there was no room for anything but the experience. Nothing but medi-

tative, pure focus. No attention could be spared for brooding, for wondering if she was doing the right thing or what the right thing was. Cave-diving required total concentration.

Giles said, "Tommy and Cathie are getting a divorce, but Tommy wants to tell Rosa and Felix himself. He entrusted me with delivering the message to you."

Giles cast his eyes down at his feet, then at his fins where they lay on the boulder.

"He could've written me a letter."

"Eve, go easy on him."

"I can't think of one reason I should do that. Has something happened that should make me say, 'Poor Tommy'?" She heard her own words and flushed.

"All kinds of things can have happened—even a long time ago at the orphanage."

"Did he tell you something?" Eve demanded, stung.

"No." Giles met her eyes. "No, he didn't. I'm just saying you haven't been with him every moment of his life. Everybody has shadows."

Eve squinted. "Do you?"

"Sure. I've had therapy, but you don't grow up gay in Texas without wandering into your own shadow from time to time."

"What's my shadow?" she asked, knowing she still sounded demanding, mostly to hide her hurt at the imagined possibility that Tommy might have told Giles about some even in his past that he'd never told her.

"You know that, Eve. I don't. Everyone's scared of something."

"I can't even *name* what I'm scared of," she exclaimed in exasperation.

"Eve, as far as I'm concerned, you're the best female on the planet. Don't get hard. You don't have to prove anything to anyone."

It was unlike Giles to give this kind of advice.

"Are you all right?" she asked. "You and Bob?"

He nodded, still seeming subdued.

"No one's…HIV positive or anything? I hate even to ask, Giles, but you've got to know I care, I'd do anything, I'd—"

"Everyone's fine."

"You want to make this dive?" she asked, not in a challenging way but gently. "There's a lot of silt down there."

"So?" He grinned. "Everyone gets a goose on his grave now and then. Actually, in my case, the goose is usually cooked with Bob's apricot-chili sauce."

"What went wrong?" She sat down on the boulder to pull on her fins. "Between Tommy and Cathie."

"Couldn't say. He didn't share it. Shall we go find the sea?"

She smiled up at him. "I love you, Giles."

"And I you. Which is the only reason I said you should be nice to Tommy."

"When am I not nice?"

Giles cast his eyes toward the sky. "You're right, of course. Never happens."

Eve
Forty-five minutes later

They had found the halocline, that place where fresh and salt water met. In such places, Eve sometimes collected water samples for science labs looking for extremophiles, organisms

living in extreme environments where life should not be possible. A halocline was, by definition, such an environment.

However, their air was nearly a third gone by the time they reached the halocline, which meant that further exploration of the passage that would most likely lead to the sea must wait for another opportunity.

She and Giles, in the familiar dance of longtime dive partners, turned together to swim back along their safety line. The familiar blue, the ancient character of the stalactites and stalagmites, the filmy quality of the water at the halocline, seemed exceptionally beautiful to Eve today. How lucky she was in her friends. When she was younger, in love with Tommy for the first time, he'd been everything to her. But now, she appreciated all her friends more deeply, as though Giles and Bob were part of a special family she had selected herself.

Eve's eyes were on Giles, ahead of her, when a sudden upsurge of silt obscured everything. Her hand grasped the braided nylon guideline more tightly, and she waited. Conditions like this were the reason for the rule about turning back when a third of the air was gone. When the silt settled, leaving the water clear, allowing them to safely negotiate the passage, then they would leave.

When the silt settled, Giles was gone.

He'd been in front of her, and Eve read the gauge on her tank, saw that only half of her air was left. But the extra air was for emergencies. Her dive partner missing was an emergency. She tied into the safety line, double-checking her knots so that she wouldn't get lost herself.

Her light went before her through the blue-green. She

followed it into a short side passage she and Giles had explored earlier.

Nitrogen narcosis was possible. If he'd become enraptured, as she thought of it, he might simply have followed... Followed what? His whim?

The passage descended abruptly, and Eve peered up. There he was, brushing the rocky ceiling, mouthpiece trailing in the water. No bubbles.

She seized him. His buoyancy vest had inflated. She had to work against it as she pulled him toward her, tried to reconnect him with his air.

Don't panic, Eve. Don't panic.

She had to get him to breathe because she couldn't get him up in time.

As she struggled, struggled with his inanimate form, what she felt was not desperation but futility.

CHAPTER 12

Tommy
June 26, 2004

I'm at home alone, with Carlos Nakai playing the flute on the stereo while I work on a new cave imaging program. Cathie and Ely have left, returning to Kentucky to await divorce proceedings.

The phone rings, and I pick it up without leaving my desk.

"Tommy?"

Eve. Giles must've told her that Cathie and I are getting a divorce.

But no. Her voice quavers.

Ben…

My nerves scream, and my heart pounds.

"Giles is dead," she says.

Tommy
One hour later

I drive to Santa Fe. Eve said she'd give me two hours to get there, and maybe what she's really giving herself is two hours to psych herself up to call Bob. She knows my trip will take me only forty-five minutes, but she wants someone to be with Bob when she tells him. After she speaks with him, she'll call Giles's parents. She is terrified about both calls, has already said so.

I said, *It's not your fault.*

But maybe it will always be her fault, the way Cimarron's death will always be mine. This business of assuming responsibility is irrational. I go to Santa Fe prepared to stay, prepared to go with Bob to Mexico if that is what's required.

During the drive, a ghost song plays in my head. *It could have been Eve. It could have been Eve. It could have been Eve.*

"You don't have to tell him, Tommy," she said. "Just show up at the restaurant before I call."

I'm not going to leave it to her. I can't let her hear the first outpouring of grief or rage or whatever it will be.

What I don't predict is that it'll be directed at me.

The restaurant, Coyote Moon, is Bob's domain. I know his best friend there, the wine man, Miguel, and I give Miguel a heads-up. Miguel asks Bob to come into the back office, and when he sees me, Bob slumps against the doorjamb and says, "Oh, shit."

Because he knows.

The same way I would if he showed up at my place while Eve was diving with Giles.

"Damn it, Tommy!"

I put my hand on his back, and he knocks it off, and then his fist slams at me just as I turn my head. He would have broken my nose if he'd hit me head-on. There was no reflexive ducking on my part, just luck, if you can call it that. My head rings.

"Why couldn't you go with her? Why couldn't you go with her?" He's screaming, and Miguel grabs him and pushes him out into the alley, and I follow.

"I'm like you, man. I hate her cave-diving," I say.

"You like it just fine, as long as it happens in the right cave! She loves you, asshole! Don't you know that?" It goes on, unfair and irrational, with only enough truth to hurt like hell.

I should be dead. Me, instead of Giles.

And I won't reason with Bob, because maybe I'd do the same thing to him if the roles were reversed.

Instead, I hear that song again. *It could have been Eve.*

It could have been Eve.

Eve
June 27, 2004

I'm a coward, she thought again as she watched the two figures approach. One was Bob, blond hair almost white in its gold. But it was the other figure who stopped her heart.

In jeans and a faded T-shirt, dark brown, nearly black hair partially grown out, flecked with gray, the strong features of his youth but now etched with age. And maybe with character.

Tommy.

Why was she reacting with so much emotion?

Because I needed him yesterday, and he was there for me. Ready to go to Bob. Ready to come to Mexico. Ready to help.

She hurried outside. Both men wore scuffed and heavy packs that had seen much use. Eve ran first to Bob and scarcely read his face before she threw her arms around his neck. "I'm sorry, Bob. I'm so sorry."

Giles's parents would arrive the following day, and Eve's neighbor and friend Cecilia had generously offered to house some of the mourners. Rosa and Felix were staying only to see Bob's ashes deposited in their final resting place, a spot of which Felix disapproved. "We Catholics," he kept saying, "always have a grave, so there's a place where the ones who are left can visit."

Eve had explained, "It's just like a grave, Felix. And Giles isn't Catholic."

Bob and Tommy had stopped to pick up the ashes from the crematorium on their way into town. Eve had dealt with all the business before then, Mexican and U.S. law, all of it. Bob had said emphatically that he did *not* want to see Giles before he was cremated, that he was afraid he'd remember him dead. So tomorrow, Eve and Tommy would carry the urn containing the ashes to the bottom of Giles's favorite *cenote,* which was on private land owned by friends from the States. Bob had chosen the resting place but wanted no part of cave-diving, even on this mission.

Tommy and Bob joined Eve, Ben, Rosa and Felix out on Eve's rustic, weedy patio. They drank juice or tea or springwater, always Eve's favorite beverage, and Eve told Bob about her conversation with Giles before they dove, leaving out all references to Tommy. She could tell Tommy those things later, privately.

"It sounds as though he had a premonition he was going to die," Tommy remarked. "I mean—not in so many words." He gave Bob an awkward look.

Eve had heard and disbelieved a story that Tommy had fallen down concrete steps in Santa Fe. *Puh-leeze.* The bruising was impressive. Eve had seen people who'd been punched. It must've been Bob. She'd get the real story from Tommy later.

Bob said, "He always told me that if he was going to die, he'd *know.* Maybe he did. Which makes me even madder. But I shouldn't be mad. How can you love someone and not want him to be free? He loved cave-diving. And he loved you, Eve."

I know. Because they'd said those words to each other only an hour before he'd drowned.

"He *knew* how dangerous it was," Bob continued. "How many people do *all* of us know who've died cave-diving?"

Eve noticed how quiet Ben had become, that his task of putting away his favorite Yu-Gi-Oh cards in their binder had slowed almost to a halt.

She wanted to make Bob stop, but she couldn't. If anyone had a right to say these things aloud, to say them now, it was him.

"Ben, think it's time to hit the post office?" Would Bob think her rude and unfeeling? She'd explain later. Bob cared about children, their fears and their feelings.

Even now, Giles's lover jerked his head up, saw Ben, seemed to understand. He instantly changed channels, overriding his own grief to keep Ben from making connections that would lead to fear—fear for his father. Fear for Eve. "Where *do* you get mail? Ben, have you gotten any mail since you've been here?"

Ben gave one emphatic nod. "Okay," he said to Eve, putting

his LEGO set into the small Tupperware container in which he'd brought it to Mexico. "Can you come, too, Dad?"

"He might want to stay here—"

Bob said, "Actually, I was hoping to wander around a bit on my own. Adjust. You know."

"Yes," Eve murmured. *But I don't. And I never want to know what it's like to lose the person I love most....Whoever that is,* she added, torn between Ben and Tommy.

I won't walk away from them again, she promised herself. *If this is my chance, I want to take it.*

Eve
June 27, 3:00 p.m.

Ben took his soccer ball, and he and Eve passed it back and forth on the dirt road as they walked to the post office.

Eve and Tommy were able to talk with some privacy as Ben ran ahead of them. "Where are Cathie and Ely?" she asked.

"Kentucky."

"Giles gave me your message—about the divorce. He told me to be nice to you."

Tommy sent her a curious look.

"He told me I don't know all your secrets—or something like that."

She was almost sure Tommy blushed.

"I guess I don't," she said in surprise.

He volunteered nothing.

"Have you told Rosa and Felix yet? About the divorce?"

He shook his head. "I will before they go home to New Mexico." His hand touched her back, rested between her

shoulder blades. She wore a flannel shirt unbuttoned over a worn tank top. His fingers stroked her neck. "I wish you'd come back. That we could all be together again."

"You snake!" she exclaimed, half jesting, half serious. "You're not even divorced. Tell me what happened."

"She says she thought I was a different person." He shook his head.

"She's instigating this?"

"Yes."

"I'm sorry," Eve said automatically, unsorry and yet also genuinely sorry for Tommy, who wanted to create as an adult what he'd missed as a child. "Does she know about Giles? And that you're here?"

He nodded.

"I didn't hear about the miscarriage until Rosa told me."

"It wasn't a miscarriage."

They stopped walking, and Eve gazed up at him, trying to read behind the words.

"In fact," he said, "it wasn't a pregnancy."

"What?" Eve had never known a woman to do this. She'd thought it was an urban myth—a woman telling a man she was pregnant so that he'd marry her. "But wouldn't you have married her anyway?" *He married Cimarron when she was pregnant.*

"Yes. And it turns out she doesn't want more children. She wants a dad for Ely."

"But…she left."

"Yes."

"Who did she think you were when she married you? And by the way, what an ironic complaint."

"I thought so, too. But she didn't lie to me. It was a false

positive. Her hormones were screwed up, and her body showed all the signs of pregnancy. It was months before the doctors could get it straightened out."

Such things could happen. "Sometimes women's bodies trick them like that. But Rosa thinks it was a miscarriage."

"Cathie insisted we say that. She said people would think she was trying to trick me into marrying her."

"But your wedding must've been after you found this out. And it's Rosa…"

"I didn't like it, and I don't. Anyhow, she got pretty focused on what was out of whack with her body. Then she said she started to feel pinned down and that getting to know Ben was a huge responsibility. Two kids was enough, she said."

"That doesn't seem unreasonable," Eve told him.

"No. That was okay with me."

Eve still waited to hear why Cathie had left, why she wanted a divorce, who she'd thought Tommy was. When he didn't go on, she said, "So what's the real issue?"

"She says she figured we were more alike. Truthfully, Eve, I think she's bored."

"How much more alike can you be? She likes the cave as much as you do, doesn't she?"

"She wants to travel. No, she doesn't like the cave that much. She says she feels as if her spirit's crushed by me and that I secretly want her to produce one baby after another for the next decade. But I don't feel that way. I never have. I'd like *one* more…."

There it was, in so many words.

The reason, the big reason, perhaps the real reason she could never marry Tommy.

"Is there any hope you'll work it out?"

"Oh, she's already filed."

"Because you're not enough alike."

Tommy didn't reaffirm this.

"You may as well tell me," Eve prompted.

"She accused me of still being in love with you."

"It's not like I live nearby!"

"Look, Eve, I've been around and around this with her. She doesn't want counseling. She just keeps saying she feels trapped. And that I'm not who she thought I was."

"Which is?"

He gazed toward the trees, his eyes hidden by aviator sunglasses, his jaw the strong line, military strong, that she remembered.

When he didn't answer, Eve asked, "Is it the cave? Does she think you love the cave better than her?"

He swiveled his head sharply, and Eve wished she hadn't spoken. He would think that was how she, Eve, had felt.

Quickly, she rushed on. "*I* understand how you feel about the cave. It's beautiful in there. It's like Lech." Lechuguilla. "Cave pearls and soda straws and the lake and all those different worlds, small and large, and new passage, always more to find, and the mouth is on your land." She'd let the Rancho Ventoso and its cave system go, and she told herself now that such a place could not be owned, though one could be owned by it. Tommy was more owned by the cave than she'd ever seen a human owned by the inanimate.

Inanimate? The cave?

No.

Ever-changing, ever-growing, ever-living and everlasting. Not inanimate. Certainly not dead. It was people who died. The earth did not.

"I need to tell you something," he said.

"What?"

"Giles… Eve, I keep thinking it might have been you."

Eve
June 27, 5:00 p.m.

They sat at a table outside the village's one small *cantena,* drinking Corona from the bottle. Ben sat on Tommy's lap.

"Come home with us," Ben begged Eve.

If I don't go with this child when he asks, I might regret it all my life.

She should return to New Mexico, if only to be on hand to offer Bob whatever support he needed in coping with Giles's death.

She almost felt she had no right to her own grief—as though she'd caused Giles's death, which she hadn't. She watched Ben curiously, unable to forget the quiet that had fallen over him when Bob had spoken of the inherent dangers of cave-diving. It had never occurred to her with such force that her death would have a real and dreadful impact on Ben.

Like losing his mother again.

Of course, she wasn't his mother, wasn't the same as Cimarron had been to him.

Tommy asked, "Eve, how would you like to go back down in the cave? Survey some unexplored passage together, just the two of us?"

Eve's eyes moved quickly to Ben's face, to see how he looked. He raised his face to Tommy's and then seemed to withdraw. What did Ben feel about the cave where his mother had died? Would he ever say what he really felt to

Tommy or to her or to anyone? She wasn't one for pushing any child to discuss feelings—especially not feelings on a subject like this.

Of course, the cave at Viento Constante wasn't that dangerous. The flashflooding that had ultimately killed Cimarron had been a freak circumstance, in a summer with more rain than northern New Mexico had seen in 150 years.

Cave-diving, on the other hand, was dangerous.

People died.

People always died.

Now, Giles had died, and she'd never see his familiar face again, never tell blond jokes with him.

But I'm not going to die cave-diving.

Because she didn't make mistakes.

Yet what mistake had Giles made?

Nitrogen narcosis? She would probably never know.

"It could happen to you, Eve," Rosa had said yesterday. "You act as though it can't, but that is like Felix acting as though he'll never break his neck on a horse—only even more unrealistic."

"Let's not talk about it right now," Eve said. About the Viento Constante Cave System. She reached out her arms, and Ben abandoned his father's lap and came to Eve's side to hug her.

"Want to go back to your house and play some more soccer?" he said. "I can try to score goals on you."

"Yes," she said.

But Tommy asked, "Want to go back to *our* house, Eve?"

To the Rancho Ventoso.

She hated him for asking so soon, when he was still

married to Cathie, when their life, that had pained her so much, still lived.

Things would never be the same.

But part of her saw that in some way they were—would always be. Would there ever be anyone else for her like Tommy or anyone like her for him?

No.

No one.

Ever.

Tommy
June 28, 2004

Rosa corners me first thing in the morning, before Giles's parents arrive, hours before that afternoon's event, the placing of the urn at the bottom of a *cenote* Giles loved. Her eyebrows draw together, and she hisses, "How can you do this? Didn't I raise you to act smarter than this?"

"It's what Bob wants."

"Bob wants Giles back. It's what *Eve* wants, and you shouldn't encourage her."

This is unfair. Eve *doesn't* want to take Giles's ashes to the bottom of the *cenote*, even though it's not the same ancient spring where he died.

Bob requested it. She said, *Of course, I will,* and turned pale. I thought she might throw up. Is there any chance she's finally realizing she might have died as easily as Giles?

I think so, and I tell Rosa this, in whispers.

"If she's afraid, good. But if she goes down again, she won't be afraid anymore," Rosa points out. "What if you and Eve *both* die?"

"Neither of us is going to die." At least not today.

But I hear Rosa loud and clear. I mustn't die, no matter what, because of Ben.

And Eve mustn't die, for the same reason.

Let alone what Eve is to me. Eve, who keeps reminding me that Cathie is not a thing of the past, words that disturb me.

Eve
June 28, 3:00 p.m.

They went in her Mexico vehicle, with Bob driving. The property where the *cenote* lay was ten minutes from her house. After leaving Tommy and Eve and their gear, Bob would ferry Giles's parents to the spring. Eve hadn't wanted Ben to come, and Rosa and Felix elected to remain behind with him.

It was a protest of sorts.

The people who did not protest were Giles's parents, who had been so instrumental in promoting their son's love of caving.

At the spring, Bob passed Eve, in the jump seat behind him, the heavy urn he'd been holding between his legs as he drove. "You take care of this now. I'll go get them. You two gear up."

Eve nodded, passing the urn down to Tommy after he'd opened his door and climbed out. She watched his hands take the urn.

Forty-five minutes later, Tommy was with her when she set the urn in the sand at the bottom of the *cenote*. Seeing his eyes behind his mask, she remembered the last things Giles had said about Tommy, about the events that might have changed him, events no one but he could know. She

reached out to touch her oldest and best friend, and his fingers slid between hers, and the hand game came slowly, impeded by water.

Their love was the finest blessing Eve could give Giles in this final goodbye. *I will be good to him, Giles. I'll remember what you said.*

In a salute to life, in affirmation that she would return to the surface, to breathe the air above and feel wind on her face and see the light on the water, Eve pointed upward. She led the way, and couldn't keep herself, between decompression stops, from looking back, three times, to make sure Tommy was still with her.

Above, lifting her mask, she clung to a rock at the edge of the spring. Tommy's face was wet, his straight nose familiar, a teenager's face unchanged in its essentials, those perfect bones, the lips she knew.

A mouth that wanted hers. She could feel that, feel herself wanting him, just as she felt the eyes of Bob and of Giles's parents on the two of them.

She remembered that Tommy was a married man. Married to someone else.

Eve waited until they'd answered questions for Bob and for the people who'd lost their only child. She waited until she and Tommy were alone, separated from the others, removing their dive gear.

"I want to see how things turn out between you and Cathie," she told him, "before I come home."

But they both heard it.

She had called New Mexico *home.* In that word, she felt her own longing for the baked earth, the adobes and the

watercolor world, the clean mornings, the bite of both heat and cold, the surprise and awakeness of the desert.

If worse came to worse, she could return to New Mexico but not Viento Constante. She could go to Santa Fe and be closer to Bob, or to the Carlsbad area. She could help survey Lech, participate in the never-ending story of that cave. Tommy would take it personally, but that was his problem.

And that made it possible for her to pretend that whatever happened between him and Cathie didn't really matter.

Whatever the outcome, she was going home.

CHAPTER 13

Tommy
August 2, 2005

Eve keeps asking why the cave is so important. There's no answer to this. No answer but the obvious. It's beautiful and old, and its dance is measurelessly languor-ous, its changes too leisurely to perceive. Geologic time is at work here, and impermanence has a very slow beat.

She has agreed to return to the cave. She's living on that property she owns by the river, although I've invited her to move back to the Rancho Ventoso but she always declines. She seems uninterested in being my lover, only committed to mothering Ben.

I'm thinking about the cave. We're a team of five this time. Zeb, Eve, a tubby Texas graduate-student caver named

206 • The Depth of Love

Gillian and a Tennessee professor named Leigh Anne who's on the search for extremophiles. It's not a new thing for caving, but it's good for me. And maybe it convinced Eve of this expedition's true worthiness. We'll use the digital movie camera for some special footage she can share with her fifth-graders—including Ben—when we return to the surface. We'll be down for two weeks, and a substitute teacher with a newly minted certificate will be taking Eve's class during that time.

She joins me at the house, and she and I sort through equipment. Ben's in his room. Eve seems remote.

"What's wrong?" I ask.

She shakes her head impatiently. She has grown out her hair and is wearing it in two short ponytails. To me she'll always be the most desirable woman in the world.

"I'm remembering," she said, "the night I met Cathie, when you two were doing this."

"You're still mad about Cathie?"

"No."

"So why are you in a bad mood?"

She shrugs.

"I wanted to be married," I say. "I wanted a family. I still want that."

Then I see what I've done. "A wife," I cover up quickly.

She is pale. "How did you know?" Her eyes are wary.

"Cimarron. She didn't mean it to come out. She mentioned, in the course of some other conversation, that you couldn't have children. Because you're small."

Why does she look relieved?

Confused, I say, "Eve, it's not important to me the way you think it is."

"I'm not going to marry you, so it's moot."

Should I point out that I haven't asked lately? That we haven't made love since before I met Cathie?

I say nothing.

"Not that you're asking," she observes, then tosses the climbing rope she's been coiling down to the tile floor—no, throws it.

"What is it, Eve?" I walk over to her.

"Just drop it. I'm in a bad mood. It's the marriage thing. I can't marry anyone, or I'll become my mother."

She always says this, but now a chill passes over me. I seldom think about my first sexual experience, which was with Daisy Swango. The time I do think of it is when Eve says that marrying someone will turn her into her mother.

It won't.

She's one person who'll never become her mother, and I wish I could explain this—or convince her. The worst thing is that I don't know which bit of Daisy she's afraid of. The worst thing is *she* doesn't even know. She knows her mother was "off" and an alcoholic and inappropriate. But she doesn't know just *how* inappropriate Daisy was.

Eve bends over her pack, then crouches beside it. No lover has ever compared to her, no woman's body is more right to me. She is the sexiest creature I've ever known, but more than that, she's part of me. We share a soul. Or so I've always felt.

But there is this gap.

In my mind, the Daisy she doesn't want to be is the Daisy who was with me when I was fourteen. But Eve doesn't realize that on a conscious level. This is what I believe. The stumbling block between us is not my desire

for biological relatives—something else Eve tells herself about the two of us. It is Daisy. Eve never knew what I did with Daisy.

But she does.

She just doesn't know *what* she knows.

This is what I believe.

But damned if I can fix it.

I don't want her to be able to name the out-of-focus thing she senses.

I step toward her, crouch beside her, touch her arm. She's wearing a tank top. She's always had sensational shoulders, great muscles. It's a climber's body, but even more it's a caver's. Better than any human I know, she can bend herself through tight spots. She's phenomenally flexible, a superb athlete.

But that isn't why. It isn't the why of anything.

She looks at me with those dark eyes that are like something out of New Mexico's earth. Her folks came from somewhere else, but she belongs to Viento Constante—and this place belongs to her, as I do.

"Let's start over," I say. "Let's start from now. I'm someone I've never been before. You're someone you've never been. Let's begin here. I'm Tommy Baca. I've got a son, Ben, ten years old."

Slowly, her mouth twists into the pretty smile I remember, teeth not perfectly straight but completely enchanting to me. Squatting on her heels, she clasps my right hand in hers, not shaking, not linking but uniting, coming together in strength. "You're on, Tommy Baca."

I see something else behind her eyes, and I know what it is.

Not the fear of becoming her mother but the memory

of my telling her I loved Cathie more. Her eyes say that Cathie had better not come back.

Cathie won't be back. But if she were to return for some reason, needing something from me, could I turn away the woman I called *wife* for a year?

Eve continues checking her climbing rack. Does the agreement we just made change anything? I'm afraid Eve won't marry me. She's like a mustang. If anyone approaches her with a halter, forget it. She has to come to you. And if you catch her, she may want to run, want it so badly that it's cruel to do anything but let go.

It doesn't bother me that she can't have children. There are times I think I should adopt—to keep giving to others what Rosa and Felix gave to me. Eve would do that.

Cathie wasn't able to love Ben as much as she loves Ely. And Ben is my flesh and blood, and I was her husband. Eve loves Ben as much as Cimarron did, I think. But I've lost Eve's positive regard for the time being.

She asks, "What scares you, Tommy? Besides the worst—if something happened to Ben."

She knows fear for Ben comes first. I consider this. She won't believe the truth. That makes it safe to say. "I'm frightened of losing you."

Her back straightens. Her head turns, that profile, so elegant, so of another time. She is a sixteenth-century painting, *Señora Swango*. Doesn't work. *Señora Baca*. "If you smiled," I say, "I'd be drunk on you."

She smiles, with mischief.

It's enough, enough for me to walk to her, to stand in front of her, to tug on the front of her tank top. "What frightens *you*, Eve Swango?"

Lips parting, then closing. A tilt of a smile in her long-lashed eyes. "Sometimes," she says, "I'm frightened of being old and unattractive."

"Won't happen. The last part anyhow. Old will look good on you."

"And having no one to kiss and make love with. Sometimes," she says, "I just want…like the song says…passionate kisses."

The trouble with Eve is that she'll make a remark like this but I'm not sure if she wants to be kissed by me or whether she's hoping for someone else. And if she's hoping for someone else, why say this to me?

There's a tightness about her mouth sometimes lately. "Miss me?" I ask now.

She glances up. "Oh. As lovers?"

"I'm standing right here beside you. So you can't be missing the sight of me."

"I miss *something*."

I don't press the advantage.

"I love you, Tommy," she says—but the way someone says it who knows you might die at any moment, for reasons unknown. The catastrophes of life, a car accident, say, or drowning—a loved one taken suddenly, like a hand plucking the person from one place to another. Eve's had more than her share of losses that way. It's because she's a cave diver.

What we both know is that it's not safe for me to fall in love with her as I fell in love with Cathie. Not safe because Eve won't agree to be mine. And we both know that making love isn't as good when we're not first and all to each other.

But we have been lovers, and she remembers. It's in her face.

I touch her cheekbone.

She says, "It won't…feel the way I want it to."

"How do you want it to feel?"

"I'd want to feel you were deeply in love with me, that I was first in your world. The center of your world."

A door opens. Ben's room. He comes out, his hair fluffed out, as untidy as Harry Potter's. He comes over and snuggles against me. Ben is a cuddler. Eve once said that Cathie should have loved him immediately; in my opinion, she's right. This is a child it's easy to love. Other people say that, not just me, not just Eve, not just Rosa and Felix. His teachers, teachers besides Eve, have told me so. They describe him as cooperative, easygoing, thoughtful.

Ben says, "Want to play Tomb Raider, Eve?"

This old standby is one of their PlayStation favorites.

"Yes," Eve says.

She's the best caver I know, but she prefers to spend time with my son. She's a woman who can't be possessed, who can't even become someone's girlfriend, yet she loves children. No—not true that she can't be someone's girlfriend. True that she *won't* be.

Tommy
August 2, 2005
That night

That night, Ben says, "Dad, why do you like the cave?"

Eve would never use Ben. She would never tell him to ask me this question. But it's Eve's question. She must have mentioned it to Ben, must have talked to Ben about me.

"Why do you ask?"

The subject had been scorpions. He's reading to me from a book about them that he checked out of the school library. As though I don't own a five-hundred page text on the subject.

"I just want to know," he answers. "You always go back down."

"I think this is the deepest cave in the United States."

He thinks about this. He is himself deep, Ben, and now he doesn't say what he's thinking. He's often like that, and I know if I ask outright, he won't tell me.

"The cave's safe, Ben," I tell him and feel foul for saying so. It's true that the cave is safe, but life itself is not and his mother died in that cave.

He turns and looks at a picture of a Sudanese scorpion that is almost always lethal to humans. Antivenin is too far away, I suppose, in that part of the world, people unprepared for the dangers of their environment. Ben reads the caption and says, "I'm going to do a report on scorpions for school."

We look at Magdalena and her babies for a while.

"They're not the poisonous kind," he says.

"Well, not fatally poisonous to adult humans, we think. Not adults. Children, old people, people whose bodies are compromised in some way, may be more at risk."

Ben says, "I want Eve to live here. In our house."

"Have you and Eve been talking about this?"

Ben shakes his head. "Eve and I are going to make a papier mâché scorpion for my room. After the expedition."

Are you afraid, Ben, afraid she won't return?

I know that Eve is above using Ben to get what she wants. I'm not. "Ben," I say. "Let's try again. Let's both beg her to live with us."

He looks up at me and grins. "Okay!"

Eve
August 8, 2005

Tommy was different this expedition. Eve could feel it. Yes, he cared about staying on schedule, about accurate sketches, about what was entered into the laptops the expedition members had carried into the cave. But this trip wasn't *just* about the cave.

For once—for the first time in recent memory—he seemed interested in her, in how she was tolerating her first return to the cave since they'd found Cimarron's body. He asked her repeatedly how she was, searched her eyes. More than once over the last few days, he'd taken her hand. They lay their sleeping bags side by side at night, although the cave's close quarters allowed for no sexual intimacy because of the proximity of other expedition members.

Today they'd surveyed Sump 3. All the members of this expedition were divers. Eve was Tommy's partner, and she felt that the intensity with which he followed her movements underwater was equivalent to her own concern for him. They had retraced the passage through the sumps, to sleep in the room where Cimarron had died. This was not a year of rains. It was safe to camp here, and it was the last place they could do so in comfort, with sleeping bags, which would not make it through the sumps ahead.

This was Eve's final night with the expedition. Although Tommy and others would remain in the cave, she had to return to the surface to attend a teaching workshop. One of the biologists was leaving with her.

The dripping water and the tinkling of a small waterfall camouflaged conversation to some extent.

Tommy took her hand. He said, "Please. When we're up again."

Out of the cave.

Please.

Eve didn't need it finished. She understood.

Please be my lover.

Please be my best friend.

Please mother my son.

Please live with us.

Please make your life with us.

"I'll…try," she said.

Tommy
November 15, 2005

Eve's been here for three months, here in my house, our house, the house where she was raised. She is my lover. I want her to marry me, but it's too soon to ask. Anyway, she knows how I feel.

And I think she wants to marry me but still believes she can't—this thing about becoming Daisy.

What if she knew exactly what it is in Daisy she fears and hates so much? Sure, nobody wants to see her mother getting drunk and raving about the Hollywood directors she screwed and how it got her nowhere. But what truly repels Eve about her mother…isn't it—?

Suppose I told her everything. What if knowing allowed her to *see* Daisy and also to see that she can never become Daisy?

Alternately, Tommy, what if it makes her feel disgusted with you?

When I was younger, that seemed the more likely scenario.

Things are different now. I know damn well that in any legal or moral sense, Daisy is the one people would call on the carpet. Nonetheless, I've never told a soul.

Lately, I want to tell Eve.

To help her.

To help me.

I want to tell her for both of us.

The phone rings. It's been ringing a lot. A new depth record for the cave has brought us within a 150 feet of Lech's depth. But that's not the biggest news. We've discovered a room bigger than any room at Lech, in fact, the single biggest room of any cave in the United States. People are now asking that the entire cave be put in public hands. Lechuguilla has demonstrated that the government can keep a wild cave wild. I answer the phone.

"Tommy?"

It's Cathie.

"Hi." Eve and Ben are painting at the kitchen table. They're using acrylics on canvases that Eve picked up very cheap somewhere.

Ben says, "I like acrylics better than watercolors, because watercolors run together, and you're not allowed to go over and over stuff with watercolors, *and* you have to wait till they're dry."

Cathie is crying. "I did the wrong thing."

"About what?" I ask. The woman on the phone is someone I loved as a lover and wife and still care for as a friend. She's crying, and I have to help her. It's how I am. She needs me, or she wouldn't be calling. Have I mentioned that I need to be needed by women? It's hard for me to love a woman who doesn't need me.

"Divorcing you. Saying you should be someone else, a different person. Not having a child with you.

I move into the dining room and say, "You did what you thought was right at the time. It's okay. Tell me what's going on."

Eve doesn't follow me to see who's on the phone. She's not like that. It's not because she doesn't care; it's just how she deals with things like this. But I will pay; count on it. I know this already, but Cathie's distraught.

She tells me she's been wishing we'd had a baby.

I say, "Oh, Cath, I'm sorry you're going through this."

"I want to see you. I want to come back. I miss you."

Our divorce was reasonably fast. That didn't make it pleasant. But her voice pleads.

"Actually," I say, "Eve's living here now."

"Oh," Cathie says. "I just want to see you as a friend. I feel so bad, Tommy."

I change the subject, though I know I'm not really changing the subject. "I'm going down in the cave again next month. Did you hear about the Canyon Room?"

"Yes. I saw pictures on the Internet, too. Are you inviting me along?"

"Sure." I know as I say it that Eve will be less than thrilled. But she's never keen to go down in the cave these days. She says it's not fair to Ben, although I've never heard him complain.

Of course you haven't! she always snaps. *He doesn't want to tell anyone how terrified he is you'll die in there like his mother did.*

That could be true. I want to ask Ben about it sometime when he and I are alone, but the time has to be exactly right.

Cathie plans to come out three days before the next expedition begins, in early December. Ely will be staying with her parents in Kentucky.

When I get off the phone, Eve says, "Who was that?"

"Cathie."

Ben says, "Eve, look at my river. I'm making the rocks tall."

"What did she want?" Eve asks, glancing at the rocks.

"To talk. I invited her on the next expedition."

"You did make them tall. I especially like that one, Ben. We should go look at the river together, and I'll show you where submerged rocks make holes in the rapids."

Eve pays no more attention to me, and I think maybe she's okay about Cathie. But half an hour later, while Ben turns on the Cartoon Network, she walks into the bedroom. Following her in there, I find her assembling her belongings on the bed before throwing them in her backpack.

"What are you doing?"

"If I'm living here, Tommy, I'm your partner. But you're not treating me like a partner by asking your *ex-wife,* your *ex-lover*—whom you once said you loved more than me— on a caving expedition without consulting me. You know, I used to think my mother's life was all her own fault. Guess what? Some men are jerks."

This is the moment. "You're not your mother," I say, while my heart whispers, *You shouldn't have asked Cathie to come on the expedition.* I say, "Eve, I love *you.* She's having trouble. She wishes we'd—" I stop.

"What?"

"Stayed together," I improvise.

"I'm supposed to be sympathetic?"

"Why are you moving out?"

"Because I am not accepting that woman as a family member of any variety. I'm angry, Tommy. Anyone would be."

The time, the time to tell her about Daisy and me, has passed.

Tommy
November 25, 2005

Rosa is on Eve's side. "Why did you invite that Cathie back? She wasn't nice to you."

Rosa can make me feel ashamed the way no one else can. She also knows how to make me feel like an idiot—especially when I've behaved like one. Why *did* I invite Cathie back to New Mexico, even if it's just for the expedition?

"You're not very nice to Eve," Rosa continues, as though describing a domino pattern. Cathie not being nice to me, me not being nice to Eve.

"I've asked Eve to marry me repeatedly."

"She's smart not to marry you if after three months you're going to ask that Cathie back."

I can't win this one, because Rosa's right and Eve's right.

Eve is also gone. She doesn't return to my house, although she visits Rosa and Felix, and she drives Ben home after school, does art projects with him, is still his Eve. She's busy writing bat books but always makes time for Ben. She's also trying to get on an expedition that's going to rappel into the Greenland ice cap. Her ice-climbing experience is nil, which I point out to her—at Rosa's and Felix's—when I hear about it.

"Well, I'm going to get some," she answers. "Life is short, and this is something I want to do."

"No, life is *long*," I tell her, "if you don't rappel into ice caves."

Ben is at the table with Eve, and he looks up from the Yu-Gi-Oh duel he and Eve are having. He quickly looks back down at his hand but hunches his shoulders, troubled.

I wish I hadn't said it.

Eve says, "Ben, let's take the duel in to the living room. There's more space on the coffee table."

"Okay."

They gather up their cards and leave.

"She does dangerous things because of you," Rosa hisses at me as I come to the counter to sample her fry bread. "And you both terrify Ben. It's time to grow up and quit trying to kill yourself in caves."

Rosa and I have had this conversation before.

Is she right? If I hadn't invited Cathie back here, would Eve be planning to go to Greenland?

Probably not.

I wouldn't have invited Cathie if Eve had agreed to explore the cave with me, I want to say. But this is an immature response. Eve didn't *refuse* to return to the cave. She's just uncomfortable with both of us being down there at once, because of Ben.

She's being responsible. I've screwed up again.

Eve
December 1, 2005
7:00 p.m.

She was putting the finishing touches on a small Christmas tree in her house by the river when she heard tires outside.

She glanced out the window and saw Tommy's car, an old blue Toyota 4Runner.

Her heart reacted, and she couldn't stop that from happening. She had so many doubts these days, mostly to do with her own stubbornness. She kept thinking of her miscarriage, of the fact that she'd carried Tommy's child for a while, that maybe she should tell him. But would the fact hurt him? She didn't want that.

I can't be around him if Cathie's going to be in the picture, she told herself again. His expedition was due to go December seventh. Ben would stay with her while his father was underground, and the situation, the circumstances reminded Eve too keenly of when Cimarron had died. That seemed a lifetime ago, yet the nightmare sensation would always be with her, too easy to conjure up.

Tommy came to the door and knocked, and she let him in.

"Hi," she said.

He sat down on her couch, and she sat across from him, on a log chair that had futon cushions and could fold out into a bed.

"I miss you, Eve," he said. "I'm sorry I invited Cathie on the expedition without checking with you. Please come back."

I'm too scared. She couldn't say it. "I think this is better for right now."

"I feel nothing for her that way."

"It might be different when you see her again. And she *can* have children with you, Tommy. Maybe she regrets that you two never did."

"She says she regrets that," he agreed. "But Eve—"

She gazed at him.

"She's not *you*. No one else is you. I love you."

She came to sit beside him on the couch, and their arms tangled around each other, and they went to her bedroom and lay on the bed, kissing and touching. "Where's Ben?" she asked.

"A birthday party. Pizza Hut. I pick him up at nine." He pulled her against him, and they began the ritual of undressing and loving each other.

"I'm not ready to move back in," she said.

Tommy
December 1, 2005
7:15 p.m.

I came to talk about Daisy. Now, it is impossible. I can't let Daisy cross my mind when I'm making love with Eve.

Later, afterward, I can't say it, either. I want Eve to love and desire me as she does now, and I can't risk losing that love and desire. I can't risk losing her respect.

All of those will be at risk if I ever tell her that I had sexual intercourse with her mother when I was fourteen.

Tommy
December 7, 2005

The cave doesn't satisfy me. I don't know why.

It's happened suddenly, for the first time, with Cathie's arrival last night. Preparation for the cave doesn't interest me. Nothing does but what happened seven days ago at Eve's house by the river. Being so close to Eve, neither of us able to get enough.

Cathie wants to talk about the marriage she chose to end, the children she chose not to have, and I know she wants me to suggest we try again—living together, having a baby, raising our sons.

I think, in despair, that this may be all I can get.

Once, I thought it was all I wanted.

Eve would've left anyhow. Eventually she would have left.

I tell Cathie about Eve's moving out, her refusing to move back in. I need to say, *I'm in love with her. I always have been*. But Cathie is vulnerable now.

She says, "Oh."

She doesn't say that she's sorry or she shouldn't have come or that I shouldn't have invited her. "I don't know why I freaked out, Tommy. I was in love with you, but I was terrified by how fast everything had happened between us. And the pregnancy *wasn't* a pregnancy, and I realized I was relieved. Afterward, for a while, I couldn't bear the thought of having another child, and I knew you wanted kids. I feel differently now."

Right. I do want a family, but both Cathie and Eve seem to think that having more kids is my ruling desire, which it isn't.

Neither is the cave.

The cave matters when Eve is with me. Without Eve, it becomes something else, something unconnected to me, and I'm bereft of who I am.

CHAPTER 14

Tommy
December 21, 2005

Eve comes over often. She hasn't moved back in, but now she keeps her clothes here. She's at the house tonight to celebrate the winter solstice with Ben and me. We're finally trimming a tree, something she did at her place weeks ago.

Ben grows tired of helping, sits down to watch *Harry Potter and the Prisoner of Azkaban* on the VCR. We saw *Harry Potter and the Goblet of Fire* in the theater two nights ago. We've promised to take him to the matinee tomorrow. He falls asleep in front of the television ten minutes into the movie.

I carry Ben to his bed, and then Eve and I return to the living room to admire the tree.

Eve looks at it and says, "For me, this room will always be full of my mother."

Where Daisy used to drink and watch herself on eight-millimeter film and sometimes take a seat at the piano and sing show tunes. The piano, a baby grand, is still there in the corner. It takes me back, too, because she was such a presence.

Now is the time.

Eve brought up Daisy first.

But how can I explain? Eve has asked who my first lover was. Not recently. Long ago. I scratched my head and said, *It might've been.... Actually, I can't remember.*

You can't remember your first time?

Keggers. You know.

The first time you had sex, you were so drunk you can't remember?

I was drunk, I agreed. *I was drunk.*

Eve asks, "Do you still have the projector?" Hers is a just-out-of-curiosity voice. "And her movies?"

"I haven't thrown them out. They're probably in the Big Closet."

Eve is thoughtful. "I'd like to see them."

"You can *have* them."

"If you'd keep them here for me—if they're still here, I mean—I'd appreciate it." With a brittle smile she adds, "After all, I don't think there's anyone who'd really crave that particular donation."

"Want to go tear apart the closet?" I offer this as a project we can do together. "Watch some movies? Tonight?" At the moment, it seems a good way to stall.

She shrugs, which means *Yes.*

"Okay." How can I tell Eve? It's disgusting. Daisy wasn't ugly or anything, but she was middle-aged. I knew it was

wrong, and that made the whole thing strange. I should have said no.

I head for the Big Closet, which is off the hall outside the master bedroom. It's actually a room, might once have been a servant's—or perhaps a nursery. I know where the projector is, in the back left corner farthest from the door. I move boxes, handing them to Eve, and she takes them with her strong arms.

We find the projector and the films. Daisy's video collection is closer at hand and I ignore it.

We go out and set up the projector. I suggest we should forego the screen and use the wall instead.

Eve says, "I want to use the screen. Do you have it?"

"I think it's under the piano cover in the other corner. I'll get it."

I stand, but she's already gone, and she returns with the screen and sets it up. We leave the Christmas tree lights on to cast their colors over the film.

"I remember," she says, "my birthday when you gave me your piñata so the girls wouldn't go home and tell everyone about my mother being a drunk. They did anyhow."

What will she do if I tell her the truth? Take off for the longest cave dive she's ever attempted? Or for Greenland.

She's planning to go to the ice cap next summer with a Frenchman and a German caver. She keeps e-mailing both of them, free spirit that she is, mingling with her kindred of the four winds.

We watch Daisy in a B-movie called *Miss Ellie's Diner.* There's plenty of dancing, and her mother does a lot of smiling and flirting. She's a bit of a tramp in the movie. The reel flickers shadows onto our faces, mine and Eve's, lit with

Christmas lights. Neither of us can tell what the other is thinking.

For this, I'm glad.

I'm a coward.

Tonight is the perfect time to tell her, and I can't. I can't say the words.

Tommy
December 22, 2005
1:00 a.m.

"Want to go down in the cave together sometime?" I ask her. "Just the two of us, the way we used to?"

"The way we used to," she says, "had nothing to do with finding out if it was the deepest cave in the United States. Once you decided you had to know that, everything became different."

I don't bother to argue with her. In any case, she's right. "Want to? It *can* be the way it used to be."

"It can't," she says. "Tommy, I'm not innocent anymore."

It's a strange remark. Why isn't she innocent? Because people she loves have died?

Or does she have secrets from me, too? I say, "You've got some kind of secret?"

"Yes." Her face is unexpectedly grim. "Don't you?"

We still sit in the glow of the Christmas lights. The projector casts a blank rectangle of white on the screen. I reach over and turn it off. "Sure. Want to play Truth or Dare?" I say, mostly teasing, but sure that she'll say no.

She does.

Unfortunately, now I'm not just burdened by my own

secret; I'm curious about hers. "Maybe I could buy one of your secrets."

This interests her. "With what? Not for money." I can tell she thinks her secrets are priceless and I should trade something beyond price for them.

"Name whatever you want," I suggest. "Name what you think it's worth. Your highest-caliber secret."

She frowns at the tree. "I don't want you to buy it from me. If I want a gift, I want it to be a gift. Do you know what I mean?"

I do. I'm already planning Eve's Christmas gift. Well, there are several, but the big one isn't really tangible. And it's a gift to me as well, if she agrees, which I can't imagine her *not* doing.

Then she says, "I'm just going to tell you. A week before you and I went to the Homecoming Dance, I miscarried your child."

For a moment, I can't speak.

She says nothing more.

"Why didn't you tell me?" I finally ask.

"I just did."

"Decades later. Why didn't you tell me at the time?"

"It was moot, and I'd just found out that I probably couldn't have children."

I realize, abruptly, the grief she must have felt. Maybe relief that she wasn't going to bear a child at the age of eighteen—but grief, too.

She says, "So?"

I gaze at her. "So what?"

"I want to hear a secret of yours," she says.

"Sometime," I say.

Eve
Christmas Eve, 2005

Ben fell asleep before eleven, and Eve and Tommy worked together putting out Christmas packages and stuffing stockings.

They had chosen presents for Ben and for Rosa and Felix and for various friends together. Ben had made a painting for Tommy, and Eve painted one, too, of Lake Eve. She worked from photographs and her own sketches of the subterranean lake. In addition, she was giving him a novel called *Ordinary Wolves*, a nonfiction book called *The Golden Spruce* and a promotional sweatshirt with the bats from her book series on the front. Ben would get the same sweatshirt in his size.

Tommy put a small, cube-shaped package in her stocking.

Eve said, "I hope that's not—" She stopped.

"What?" he asked.

"Nothing."

"It's not what you're worried about."

Eve heard the slightly cynical note in his voice.

He turned to her, took her hand, led her to the tree and guided her to the floor beside him.

"I'm going to give your big present now," he said. "If you accept it, it'll be a present for both of us."

Eve looked into his eyes. She found herself blinking too much. *This had better not have anything to do with the stupid cave,* was all she could think.

"I want to give you the chance to adopt Ben. As his other parent, his other formal guardian. For all intents and purposes, his mom."

The hot tears came, flowing so freely that she had no

idea where they'd come from, how so many tears could be inside her. She said, "Oh, God. Oh, thank you, Tommy. Oh, thank you." And she couldn't stop crying as he held her.

Tommy
Viento Constante Cave System
February 14, 2006

It's final now. This morning a judge signed the documents designating Eve as a legal guardian of Ben. We celebrated with Ben at a restaurant after the signing—then at home with Rosa and Felix. Now Eve and I are down in the cave, and Ben's at a friend's house.

We go without a team.

At Lake Eve, we sit down together, looking at the water in our headlamps' glow, and I think about the picture Eve painted for me and the picture of Eve and Ben playing soccer, which Ben painted, my two favorite Christmas presents. That day, I knew I didn't need more children, more happiness. I'd never expected to experience as much as that day gave me. Ben inseparable from Eve, as thrilled as she was that she would be adopting him.

Now, it's a done deal.

There is a deep peace in this. I'm not sure I've ever known such peace with her.

Eve takes my right hand in her left, uncurls my fingers and presses something into them. I point my headlamp down to see a paperweight, one of those glass weights with something inside.

It is a scorpion.

A white scorpion of the Viento Constante cave.

Glowguy had been fed and nurtured by Eve, I knew. He had reached maturity and died of natural causes. She must have had a glassworker press him into this paperweight.

"Wow. I love it. I love you." I meet her eyes. Then, I decide to tease her a bit. "Oh, damn, it's Valentine's Day." I slam my hand against my forehead. "I'm sorry, Eve."

I must have been too convincing because she exclaims, "It's no big deal! I've already had the best present."

"Fortunately, I packed mine for you days ago in case I forgot earlier." I bring out the box.

Earrings. Dangling turquoise earrings of gorgeous shape. Turquoise is her stone.

"Tommy! I love them. Thank you."

But there's more inside me. I have the courage now, the courage because of barriers that are coming down. Her adopting Ben as her son, as he is mine, has changed so much, has brought the two of us and the three of us closer together. I whisper, "I want to marry you, Eve. I know you'll say no, though I'm not clear on why."

"I don't want to turn into my mother." She says this automatically, a ritual response.

I've heard this many times before. That's fine. It's where we need to go. But I veer off. "Since you hardly ever touch alcohol, for starters, that seems unlikely."

"It's not just that I don't want to be a drunk. I don't want to have one boyfriend after another who abuses me. I don't want a man to rescue me and then for me to lose who I am."

"Once again, I don't think that's the likeliest scenario." Not to mention that it doesn't have much to do with marriage.

She takes off her caving helmet and switches off the light. There's just the light from my helmet now, which is

beside me. I hang my small flashlight around my neck by its cord. I turn off my headlamp, and Eve and I are in darkness.

Should I give her another gift first? Something that's occurred to me today, in the sanctity of my family—Ben, Eve and me, all together?

No, Tommy. Tell her.

"I want to tell you something," I say, and my voice isn't mine. "But it's a secret. Like a confession. I'd like you to take it to your grave."

She doesn't agree at once. She thinks it through. "Are you doing something I'm going to find immoral?"

"No." I see again how offensive, how horrifying Daisy's behavior was.

"Okay," she says. "You can confide in me."

Just say it, Tommy. "My first sexual experience…was with your mother."

There it is. We're in the dark, but the truth is so naked that it could be broad daylight in here, sunshine illuminating Daisy and me in that long-ago time.

Eve says nothing and keeps saying nothing.

I can't say anything either. I've been struck dumb. Only some kind of absolution from Eve will let me speak again.

But she remains silent.

I don't ask if she heard me. How could she not have heard? There's no other sound except the gentle drip of water.

"When?"

Her single word is absorbed by the cave walls and drowned by the underground lake, the lake I named for her.

"I was fourteen."

More quiet, cave quiet, dripping water. I'm not sure how she's going to react, how she is reacting, but it feels better to have said it. Now Eve knows everything about me. I've given her the worst of my secrets, my only meaningful secret.

"That's horrible," she says. "Tell me how it happened. She used to get you drunk, I remember that."

"Well, I was drunk, but I'd known for a while that she intended to offer that, and I'd already made up my mind, I suppose. I wanted to know what it was like. But being drunk made it seem...less evil."

"You weren't to blame! You were a kid! A young teenager. I would never, ever suggest such a thing to a teenager. I wouldn't *want* to. I can't even imagine it. I don't know why she did, but I believe you. And, Tommy, I'm sorry. I'm sorry she preyed on you that way. And, God—"

Her breath is a small gasp.

"What?"

"Part of me *knew*. I think— It's not as though I saw anything, but she was always seductive to you, and it was so weird I just blocked it out, but now I remember. I couldn't even interpret what she was doing. But I knew, I knew she liked you sexually. I just didn't *consciously* realize it."

"It wouldn't have made a difference."

"No." She sounds on the verge of hysteria. "I don't understand it. She had men in her life. It makes me sick. *She* was sick. Why do you think... But I guess there's no *why*, is there?"

Her words are rushed, her voice as unnatural as mine. Yet intimacy is taking us deeper into each other, binding us closer, making our bond stronger.

"Didn't Cimarron remind you of her?" she asks. "They looked so much alike."

"Not to me."

We remain in the darkness, listening to the water slowly condensing and falling against stone and also against water itself.

"You just wanted to be part of a family," Eve says. She's obviously nauseated by her mother's actions. There is no condemnation of me—and no pity, either, for which I'm grateful. I couldn't stand pity because my part wasn't pitiable. Daisy's was. Sick, pitiable, diminishing.

Abruptly, my shame is gone, the shame of what happened when I was fourteen.

"You did this…more than once," Eve says hesitantly.

"Oh, yes."

She is quiet. She changes the subject at light-speed. I can't follow her, don't know why she's doing it. "I love cave-diving, Tommy. It's so hard not to do it anymore. I've given it up for so long, except for that time in the sumps here. But I miss it."

"Who asked you to give it up?"

"It's so dangerous. I know it's dangerous. I didn't need Giles dying to show me that."

"Why is it an issue?"

She makes an exasperated sound. "Because of Ben. It scares him, and it should scare him, and I *should* be willing to forfeit it, to give it up, to say goodbye to it, for him."

I can see that. "But you're going to Greenland."

"With the most experienced ice-cavers in the world."

She thinks that will make her safe. To a certain extent, I agree.

We sit together in the dark. Now we're in middle age, Eve and I. We're each other's oldest friends. There is enormous comfort in that.

So I ask again, not because I'm a glutton for punishment but because now I think it will be all right. "Eve, will you marry me?"

"Give me a minute," she says.

I do.

Water drips, washes away the parts we want to forget, leaving the good and the beautiful behind. I remember hoping that if Eve knew the truth about her mother—knew exactly what had happened between Daisy and me—she would see that she could never become like her.

I hope.

"Yes."

"What?"

"Yes. I'll marry you."

Eve
February 14, 2006
8:00 p.m.

They chose June twenty-second, the day after Ben's birthday, for their wedding, and that evening, after dinner, Tommy said to his son, "Ready for some more good news?"

"Yes," said Ben while Eve watched apprehensively. She was less sure than Tommy that Ben would be thrilled.

"Eve and I are getting married."

"Really?"

To Eve's eyes, he seemed pleased, disbelieving—and worried. She said, "Is that okay?"

"I just don't want you to get divorced," he said, with all the hope of his generation. Ben had learned to believe that marriage is not forever.

"Not going to happen," Eve told him and meant it. "Not going to happen."

Tommy
February 28, 2006

Ben is excited. He goes with us to Santa Fe to pick out rings. Eve wants a wedding band only, silver, with stone inlay. We explore designs at the best jeweler in Santa Fe. Eve is drawn to the work of a Navajo artist. He uses traditional materials in modern designs. She falls for a couple of four-row sterling-silver rings. Each is inlaid with a coral heart, a sun of fourteen-carat gold, a turquoise flower. The artist agrees to custom-design us something similar, also incorporating a bat and a scorpion.

As we leave the shop, Eve says, "Maybe we should just get a couple of Hopi wedding bands." She's thinking about money.

Ben, reading things into her statement—maybe still worried we're going to end up divorced—looks at us quickly.

"Definitely, we shouldn't," I say, hugging her shoulders.

Ben seems reassured. He points out, "You and Dad are going to wear them always." He should be in public relations.

I buy her clothes not for the wedding but for fun, made by a local designer, sewn in Santa Fe, too, of flowing fabrics. At the moment, making her smile, spoiling her, enjoying her as my fiancée, knowing that everything's going to be all right, are the blessings in my life.

We want to be married in the cave, and Rosa and Felix have already been snippy about that. They didn't care that Cathie and I were married in Taos by a self-styled shaman.

But they want Eve and me to be married by a Catholic priest. Incredibly.

Forget it. The priest here wouldn't marry us anyhow. Someone else told me he doesn't marry people who don't go to his church, and Eve and I seldom appear.

When we had this conversation, Felix threw up his hands—literally, it's a gesture of his—and went out to the horses.

Rosa said, "I'm not going down in no cave."

"You don't have to go far, Rosa," Ben responded. "I'm going."

"I don't want you down in that cave, either," she told him.

Nonetheless, we plan the wedding for June, in the cave.

Zeb, who's a mail-order minister, is going to marry us. Cathie and I were married by a friend of her family's, her parents' pastor, flown out for the ceremony.

Eve and Ben and I've just gotten back from Santa Fe when the phone rings, and I pick it up.

"Hi, Tommy, it's Cathie."

"Hi." I'm not sure what to say, except that I'm going to get across to her very soon that Eve and I are engaged. I'm surprised to hear from her again. Last time we were together—on the expedition in the cave—I was unreceptive to her hints that she'd like to resume our previous relationship.

"Ely and I are in Taos, and we'd love to see you and Ben."

Not *you and Ben and Eve.*

I say, "That would be okay. I have some exciting news anyhow." And I tell her.

"I knew that would happen someday," she says but

doesn't sound happy to have her prescience confirmed. "You know, you've always belonged to her, Tommy."

"Yes," I agree without hesitation.

She wants us all to meet us at the Mission San Anselmo, just outside Viento Constante, and this time she includes Eve in her invitation. But Eve says she's got too much work to do for school—she's told them that she'll be staying another year. Everyone knows we're engaged. Everyone seems glad.

Eve doesn't seem to care if Ben and I go to the old mission to take the tour we've taken before and to meet Cathie and Ely. In fact, I think Eve is merely being pragmatic. She's not going to spend her time keeping tabs on her spouse. Her attitude means that if I were to be unfaithful, she'd simply get rid of me. Fidelity is up to me. I admire this attitude and feel the same way. Each of us must be committed to this marriage, to keeping ourselves only for the other.

Ben doesn't want to go to the mission or see Cathie and Ely, but I make him come with me.

"Why do I have to go?" he says in the car.

"Because I like your company," I tell him.

"And you don't want Cathie getting you on your own," he says, with more understanding than I'd expect from someone his age.

"Right."

Tommy
Mission San Anselmo
February 28, 2006

While the boys eat ice cream bought from a vendor in a truck and kick Ben's soccer ball out on the dirt road, using

sagebrush as goal posts, Cathie says, "I've been hanging out with this guy Jack."

Cathie was "hanging out" with me once; then she married me, and it was all still part of a casual, mutable thing. I sense her aimless drifting. Is that what attracted me? Eve is driven. Not by an ambition. By a need to wrest what is most important from every moment. And she does know who she is. She writes fiction about bats. She loves Ben fiercely, protectively and completely. She plays with children and knows how to make them laugh. She's still a worthy soccer opponent, according to Ben. He's better now, he's told me, at getting the ball past her, but she still successfully blocks his goals fairly often.

We've finished the tour of the mission, and Ben shouts, "Dad, Cathie, come play with us."

Cathie says, "I'm no good at soccer."

Ben does not argue with that assessment.

Cathie and Ely follow us back to the house, and Ben invites Ely to duel—to play Yu-Gi-Oh, that is.

Cathie says that Yu-Gi-Oh is just about buying things.

Eve's eyebrows draw together. "Cards, you mean?"

"Yes. Why does any child need that *many* Yu-Gi-Oh cards? You don't play with all of them."

Cathie calls herself a deep ecologist and has never been to Wal-Mart.

Eve says, "I guess I'm a shallow ecologist." She loves to play Yu-Gi-Oh with Ben and always studies his new cards with fascination.

Cathie and Ely visit only an hour before returning to Taos, where they're staying with a friend in her tepee. After this visit, I don't think they'll be back.

That night, I give Eve a ring made by the jeweler who's making our wedding bands. Eve admired it in the store. "This is your engagement ring," I say. "It doesn't seem fair that you shouldn't have one."

"Thank you," she whispers and looks up at me with shining eyes.

She is mine, and I am hers, yet she's going to the Greenland ice cap in September because she has to be free.

I want that for her, too. She's inexperienced in ice caves, but the expedition leaders are well-known for staying safe. They'll keep her safe, too.

CHAPTER 15

Tommy
June 19, 2006

"Why do you want to get married where your sister died?" Rosa exclaims, lashing out like a snake. "And your wife?" she snaps at me. "Ben's mother."

We are in Rosa and Felix's kitchen, all except Ben, who's playing soccer outside with a friend. Felix has just come inside from being with the horses. He'd been planning to go right back out, but now I see he plans to stay and fight about this—*again*.

For crying out loud, the wedding's in three days, and it will happen in the first room of the cave and in the dark. That's how Eve and I want it. Zeb knows his role by heart.

We're sure that the presence of Rosa and Felix will restrain him from inappropriate references to "depth records," etc.

"Cimarron didn't die in the first room," Eve says.

"You think that will matter to Ben?"

"I've done my best to find out if he has any real objection to our being married there, and I don't think he does. He knows that first room is the place where Tommy and I went when we were kids."

No one questions this. Eve knows Ben even better than I do. He's close with his emotions, but he'll always talk to her, always tell her what he feels.

"You should be married in the Church," Felix mutters. "And you should be going to Mass, and so should Ben. We took you in," he says to me, "and not so you'd care about nothing but yourself."

This one I've heard before. I shrug, accepting his evaluation of me. It may be how he genuinely feels. And it's true—I'm more selfish than he or Rosa ever knew how to be.

Eve says, "I like going to Mass."

Rosa tells her in Spanish that wandering in four or five times a year is a funny way to make the point.

I say, "Your faith is your faith. Eve and I are getting married in the cave."

Felix immediately takes the stance that I'm being disrespectful to Rosa. He demands that I apologize.

I'm not sure what to apologize for, except that the man who gave me a home belongs to *Los Hermanos,* and his faith is, to him, everything. I've shown him disrespect in being so different. I say, "I'm sorry." *Mea culpa, mea culpa.* Want to roll my eyes. But I don't. I love Felix. I don't want to be him, but I want him to be himself.

"The priest here won't marry us in the Church," Eve points out. "As you said, none of us go to Mass often enough. He says we're not part of the community."

"That's the problem!" Rosa tells us.

I hear her. I have no family here in Viento Constante, no blood ties, so I'm different from the other parishioners. I'm different from everyone in New Mexico. I can't buy what I want, and I can't get it by going to Mass. Eve and Ben are my family. Rosa and Felix are my family.

But only Ben is my blood.

The cave is my home. When I'm there with Eve.

"We're getting married in the cave," I repeat.

Felix calls me a son of a whore and leaves, slamming the kitchen door.

"He didn't care that I didn't marry Cathie in the Church."

"*She*—" Rosa indicates Eve with a toss of her head "—is not Cathie."

Which tells me that she and Felix want us married in the Church not out of love for me but out of love and respect for Eve. They love Eve like a daughter.

Eve says, "Rosa, we'd have to be on good behavior for a year, going to Mass all the time, taking classes. It's not realistic."

"You're giving Ben no religion."

But Rosa and Felix are. I want to say this to Rosa but don't know how. Ben notices Rosa praying, and I know he's said prayers with her. Ben has taken Rosa for a spiritual model—something that would never have happened had Eve and I dragged him to church every Sunday and Holy Day.

Rosa has dropped hints about Ben's thirst for God. She

doesn't call it that, but it's what she describes. She has said, *He has to have something, because you and Eve are all he has, and he knows either one of you could die at any minute. You're both like children....* And so on.

"Zeb," Rosa snorts. "I know what *that* boy's about."

Zeb has ceased being a boy for as many decades as I have, but Rosa has known him since he and I were in college together.

"He's our friend," Eve says gently. "What community Tommy and I have, I guess it's caving, Rosa. It might be better if it were your way, but these are our people."

Rosa's glance comprehends much—and acknowledges much. Eve has hit the nail on the head. We're cavers.

"Then you should have those friends around you," Rosa finally says. "But how am I going to squeeze this body down that hole in the dark? I'm not an Olympic rock climber."

Eve's mouth curves. "I'll help you. We'll use lights to get down there, and you can help me with my dress. After that, the others will come down, and then we'll turn out the lights, and Tommy and I will be married in the dark."

Rosa darts a look at me. "Don't you want to see who you're marrying?"

Eve and I are facing each other. Our palms touch, then start moving by mutual instinct.

My eyes are on Eve's, and I'm wondering how her dark eyes can be so *warm*. My hands are on Eve's for the seconds they manage to catch hers. "Oh, I know who I'm marrying," I whisper:

Rosa says, "You two."

I win the hand game, grabbing Eve's small hands and holding them against my chest.

Tommy
Viento Constante Cave System
The First Room
June 22, 2006

All is dark. Ben stands beside Eve. Maybe it's the shadow of the conversation with Rosa days ago, but I can't help wondering what he's thinking and feeling. Does he think of caves as places where people die?

He's unafraid of them, in some sense, and unafraid of the dark. I took him down in this room when he was very small. So he knows that this blackness does not equal fear.

There's a little light, the patch from the entrance.

I won't remember our vows a long time from now. I can't even remember what Eve and I picked, except that neither of us cared too much. We both know what being married is.

Zeb surprises me. "I feel lucky," he says, "to be presiding at this intimate ceremony. This is a union that will last, because these two have been married to each other their whole lives. Childhood companions who discovered that this cave goes, childhood companions who've shared lives and family. I have no fear for the duration of this union. It will last until death parts you."

I remember what Eve wants us to say in this ceremony, to say now, together, a paraphrasing from something she heard in the movie *A Knight's Tale*.

I have memorized this. "I hope," I say with her, "that when at last we must part on this earth, it won't be the last time I see your face and know your hands."

Our hands clasp in the dark, no hand game but a magnetic certainty. My hands know where hers are, as hers can find mine.

Zeb says, "Because you are cavers, I want you always to carry with you in the unknown explorations of life three sources of light. First, love. Second, the community of friends and family who wish for your success in this venture. Third, commitment."

I think Felix is going to burst out with *What about God, you infidel?*

But Zeb knows he's on shaky ground; he's determined to make everyone happy. "By love, I mean that which is divine. By community, I mean also a larger family, those who need *you*. By commitment, I mean not only commitment to each other but commitment to the higher values of compassion and goodness."

I absolutely did not know Zeb had this in him.

We marry with conventional vows that we repeat after Zeb, who knows this part well.

He pronounces us husband and wife, and we kiss in blackness, and the kiss seems larger than light could allow. I touch her tongue with mine. I know her mouth.

Then Ben lights the headlamp he has brought.

Zeb picks up his water bottle and lifts it in a toast. "To a new depth record."

Ben says, "They just got *married*. They're going on a honeymoon. They're not going caving."

Tommy
Late June 2006

But we do go caving—cave-diving, in fact, in France, in a privately owned underwater cave. We spend the days

diving in this cave, viewing paintings made during the last ice age. At night, we eat out.

We go to Italy and wander in museums and visit the Vatican. For Rosa and Felix and Ben, we buy rosaries blessed by the Pope during the General Audience. We take pictures of each other and have other people take photos of us. We visit Internet cafés and e-mail Ben to tell him what we're doing.

Back in France before heading for home, Eve meets one of the men she'll be ice-climbing with in Greenland in a few months. He's immediately smitten. I'm not—with him, that is. But I trust Eve. Extramarital dalliances aren't part of her makeup or mine.

What's more, she's promised me that when she returns from Greenland, she'll join November's expedition into the cave at Viento Constante, what we're calling the Scorpio Expedition. She never once mentions what's on my mind and must be on hers—that I'm being lobbied by the government and by caving groups across the country to turn the Rancho Ventoso section of the cave over to BLM control. It is a wild cave, and there's something profoundly American in their disgust at the idea that an individual should own a national treasure. Only in the country where nearly everything can be privately owned—yet where so much that is wild is not—does this disgust seem inevitable.

I'm glad Eve doesn't mention it. I don't want to let go, to relinquish authority. Visiting that private cave in France reminds me what it is to have control over a natural resource. And once I forfeit our cave, I can never get it back.

Eve
Greenland Ice Cap
September 22, 2006

Although there were men on the expedition, a women's symposium had put the trip together, and footage of Eve and two female teammates would be included in an IMAX film on the Arctic.

One woman from Iceland and one from Spain had joined the German man and the Frenchman. The group had been e-mailing for the better part of a year, making plans. They would be measuring ice in the ice cap and elsewhere, studying the state of the planet. Eve certainly believed the planet was warming; science said so, and she agreed. But she tended to look at the longer geologic picture. Greenland seemed plenty cold to her, but even in New Mexico, she spent no time *worrying* about global warming. Ben did worry about this, and it was hard to think of anything comforting to say.

In the last month, he'd taken to wearing black. He'd gotten an earring—though had yielded to Tommy's and Eve's strong suggestion that he not go for less conventional piercings. His favorite earring featured a real scorpion that had been preserved with lacquer.

"It's because you and I got married," Tommy reasoned. "Now he feels secure, and it's safe to rebel."

Eve didn't think of rebellion as a "safe" phenomenon. To her it suggested inherent danger. She had usually done what she wanted as a child and a teenager, but that wasn't the same as rebellion, which was senseless. Rather than a journey toward something, it was a position of 180-degree opposition to a course one had chosen to resist.

Even after only three months, being married to Tommy was both easier and more difficult than she'd anticipated. He still did things like invite houseguests she didn't want to see—notably, Cathie and Ely, who'd spent half of August with them, refusing even the offer of Eve's house on the river as a place to stay.

He was still unwilling to relinquish the Viento Constante cave, finally telling the government that he had no plans to do so. With that decision, he alienated cavers across the country—provoked war with some, so that cavers became divided on the issue. Those who applied to participate in his expeditions and were accepted tended to vote in favor of Tommy's keeping the cave. But just when he'd expected the cave at Viento Constante to prove deeper than Lechuguilla, Lech had set a new depth record.

Eve hadn't married him on the condition that he give up the cave, yet, in hindsight, she saw that she'd hoped he would.

The night before she'd left for Greenland, when Ben had been in his room exploring a Web site featuring extreme skateboarding photos from around the world, Tommy had said, *I wish you weren't going.*

Since he'd spent two months underground in the Viento Constante Cave System with Zeb, Bob and Bob's new partner, Barry, she'd just smiled. *I'll miss you, too.*

"You'll still go on the Scorpio Expedition?" he'd asked.

Eve had hesitated. She'd hesitated because of the old dilemma—she and Tommy both away from Ben, underground in that cave. She'd told Tommy that.

But he'd said, "So Greenland is more important to you than the Scorpio Expedition?"

"You're going to miss Ben's first soccer games of the year," he added. "Three of them."

"If you don't want me to do this," she told him, "you should just say so—for next time, that is. Obviously, I can't back out now. If you'd rather I didn't next year, that's something we can talk about."

"I didn't want you to go this year, and you've known it all year. What will be different next time?"

He didn't want her to go, but he'd never tried to stop her. What if he did try?

And had she just sent him the message that she'd be willing to sacrifice her freedom for him? Her freedom to travel to Greenland.

Would she be willing to sacrifice that freedom? She'd told him, "I love you, Tommy, for always letting me be myself. You've always known who I am. I think that's why I was finally able to marry you."

"No doubt," he'd answered. "It's an unwritten rule between us that I don't object to your participating in suicide by misadventure."

It was an unusually passionate accusation for Tommy, and it stayed with her into the Arctic cold. Guilt tinged her trip from the start. She couldn't get past the things he'd said— or the concept that it *should* be enough for her to be his wife, Ben's mother, schoolteacher and author. But there were no ice caves in New Mexico, and this was something she badly wanted to do.

On the plane, flying in, Carmen, her Spanish friend, had sat across the aisle from her. Carmen had been to Greenland before. "I could spend my life here," she said, "if my family would let me." She was the mother of two small

children, and Ingrid, from Iceland, had a six-year-old daughter.

Later, when the three women were shivering in one tent, enjoying each other's company, Eve asked the others, "How do you leave your children to do this?"

Ingrid said, in very good English, "Let's not talk about it." Which seemed to indicate that it wasn't an easy situation for her.

Eve laughed.

Carmen said, "The guilt is not comparable to the experience. Besides, my husband has his own—well, caves."

Eve remembered Cimarron, drowned in the Viento Constante cave. She didn't mention it.

Tommy
September 22, 2006

"Ely and I could come and keep you company," Cathie says.

I notice my emotions and interpret them correctly. I'm mad at Eve for going to Greenland—which isn't fair of me. Worse, I'm thinking of paying her back by having Cathie and Ely as houseguests. I promised Ben a father-son overnight trip in the cave, a special experience, just the two of us. *But Cathie's visiting won't change that. She and Ely can stay here.*

Cathie, however, will want to come with us. She hates to be alone. Her most recent boyfriend, Jack, turned out to be a drunk, but she still spends time with him while looking for his replacement.

Because she hates to be alone.

I'll be doing her a kindness to get her out to New Mexico and away from Jack.

And it isn't as though I'm going to sleep with Cathie. She'll be visiting as a friend, like she did in August.

"Why didn't she invite you to Greenland?" she asks me.

"She was an invitee herself." Cathie's question strikes me as particularly clueless. She knows how expeditions work. Also, what would Ben do? I start to bring that up, but Cathie doesn't want to talk about Ben.

I describe Ben's and my planned caving trip, telling her it's just for the two of us. She doesn't object, but she doesn't say anything, either. She isn't a woman given to assurances, to *Oh, Ely and I will have fun on our own.* Instead, she says nothing.

She still plans to come. She and Ely will leave Kentucky tonight.

I don't mention this to Ben when I get off the phone. I'll cross that bridge when we come to it.

Tommy
September 23, 2006

The next day, after Cathie calls from Oklahoma, I go into Ben's room. He's on the computer. I tell him, "Well, Cathie and Ely should be here by tonight."

Ben is downloading a skateboarding photo sent to him by a skater in Buenos Aires. His hands leave the keyboard, he swivels around in his desk chair, and he gapes at me. His dark hair is wild, all curls, too long. "Cathie and Ely are coming?"

I should have expected this. Maybe I did.

"You like Ely."

"Oh, that's wishful thinking," Ben says. "I want to be with you, just the two of us. Why did you invite them?"

My heart sinks—because I'm disappointed in myself. My son is brave enough to call a spade a spade. Why *did* I invite them? Cathie invited herself, but that's a technicality. I could have discouraged her. "Eve's away," I say. "It seems a good time for me to see friends she doesn't like."

Ben's expression reveals nothing.

But I know what he's hiding.

Hurt. Ben's hurt that I don't think he's entertainment enough for me, that the minute the two of us are alone I'm sufficiently bored to decide to have a house party. It's *not* how I feel.

"I guess we aren't going down in the cave then," he says.

"We're still going. They can do something else."

"Cathie will want to come. She'll ask Rosa and Felix to watch Ely, and you'll say it's okay if she comes with us."

I want to reassure him that this won't happen. "I can't—"

"It's fine." Ben turns back to the computer. "I didn't want to go anyhow. You and Cathie go, and Ely and I will hang out up here and play Grand Theft Auto."

His most profane and misogynist Xbox game, guaranteed to draw Cathie's ire and all her censorious power.

"Then," he continues, "we'll get my slingshot and go kill small furry animals."

I bite down on a smile. Ben certainly knows Cathie, knows the things that will horrify her. "Perfect," I say and ruffle Ben's hair. "But you and I are going caving."

Ben says, "I don't want to go."

"You *did* want to go. Hey, turn around and talk to me."

He swivels his chair and stares into my eyes with a

defiance that makes me fear what he'll be like at fourteen or fifteen. "I don't want to go," he says yet again. "I was doing it to keep you company. I know it's what you like to do, so I was going to go with you while Eve's gone. But now you won't be alone, so I don't have to do it."

I try to sort through every contradictory thing he's said in the last five minutes. How does he *really* feel?

"I have an idea," I say. "Why don't you pick someplace you want to see, and the four of us will go there?"

Ben turns back to his computer. "Sure," he says without interest.

Tommy
September 23, 2006
7:00 p.m.

Cathie is learning to play guitar, and she brought her instrument with her. Felix comes up from his house with his guitar, and they play together while I watch and Ely plays *Tony Hawk's Underground* on Ben's Xbox. Ben is in his room working on his computer. I'll go check on him in a few minutes, try to persuade him to come out. Maybe I can take him and Ely for a walk while Felix and Cathie keep playing.

But before I get the chance, Felix puts his guitar away and says he should get home, and Cathie tells Ely he's had enough video-game time for a year. I go into Ben's room.

He isn't there, and his computer is off.

He isn't in the bathroom.

There is no moment when I think that maybe everything's all right. It's night. It's dark. Ben isn't in his room. Ben isn't in the house.

I pick up the phone and call Rosa. Felix has just gotten home, and he answers.

"Is Ben down there?"

"No. You said he was in his room, using his computer."

"You didn't see him leave?"

"I did," says Cathie.

I tell Felix, "I'll call you back."

I hang up, and Cathie shrugs. "He went outside. He had your keys. I assumed he was going to get something out of your truck."

But my keys are on the counter. Ben may have picked up the keys, but he doesn't have them now.

I walk outside and call Ben's name. I'm terrified and don't know why. Stars overhead. I shouldn't be so frightened.

"Ben!" I call again.

"Ben!" Cathie shouts, behind me.

This is unlike Ben. That's why I'm scared. "Did he have his skateboard?" I ask Cathie, and the air outside seems empty, magnifies my voice. To go skating, Ben would've had to walk somewhere he could skate, but he does that sometimes. During the day. And tells me where he's going.

She considers for a minute. "I think so. I think he had his skateboard."

I go back inside. Ben's skateboard often leans in the corner of his room beside the computer table. Occasionally he puts it on the floor and uses it for a foot rest while he works at his computer.

It's not there now. It's in none of the usual places.

So he's gone somewhere on his skateboard.

Okay. He's acting out, but that doesn't mean I have to *freak* out.

I pick up the phone again and call two of Ben's friends. One is home and hasn't heard from Ben. The other is out and his sister, who answered, isn't sure where he is.

Ben's with Colt, then. I ask the sister if her parents are there, but they're out, too.

I hang up. I call another of Ben's friends. This friend, too, is home and hasn't heard from Ben.

He's with Colt.

But I can't do anything, not knowing where Ben is. I can't go to sleep, for instance.

I grab my keys.

"Where are you going?" Cathie asks.

"I'm going to drive around. Go to the skate park." The Viento Constante skate park is small, very low-budget, but Ben spent his summer afternoons there, anyhow, and at least the park requires kids to wear helmets and other protective gear.

But Ben's skateboard helmet was on his computer table.

I am not liking any of this.

"We'll come with you," Cathie says. "Come on, Ely. More eyes can't hurt."

We go outside, and I pull open the driver's door of the Camry. "When did you see him leave?"

"An hour ago easily. It wasn't dark yet."

Still, it's unlike Ben not to say where he's going or with whom, but it *is* like him to take off on his skateboard before dark.

I don't have to go driving around looking for him.

Yes, I do.

As Cathie and Ely scramble in, Ely climbing in the back seat and putting on his seat belt, I thrust the key in the

ignition. The others on the ring, other keys—to the house, to outbuildings, the spare key to Rosa and Felix's place, and more—dangle, hanging there as undecided as me.

And smarter than me, because one of their number is missing.

Later I think how blind I was, that I didn't *want* to see.

Later, I curse the lost time.

Now, I say, "I'm going to drive around for a bit. Maybe we'll spot him."

Cathie nods. "He looked over at us, but Felix and I were playing. He didn't seem to be doing anything he wasn't supposed to."

I don't bother to respond.

I drive into town, keeping an eye out for Ben all the while, trying to picture what route he might take.

He isn't at the skate park.

When I drive past Colt's house, I see Colt outside kicking a soccer ball on the lawn with another boy. In the light from the porch and the light shining from the windows, I can see he's someone blond. Not Ben.

I pull over and get out, leaving the engine running. "Hey, Colt, have you seen Ben?"

Colt shakes his head.

I head home. Maybe Ben will be there, and I can kill him.

But Ben isn't there.

Stalking through the house, I cling to my keys, and later I find blood on my palm. They were trying to talk to me even then. "What was he wearing?" I ask Cathie.

"Mmm…" She lifts her eyes slightly, clearly thinking, trying to remember, ignoring Ely, who is now whining about something. "Black. Black T-shirt, black pants."

"Coat?"

She squints, then closes her eyes. "Maybe a sweatshirt?"

I toss the keys on the living-room coffee table, sitting on the edge of the couch. I see the blood on my hand and realize it's from the keys. Should I call the police? *He's on his skateboard.*

What if he's been hit by a car?

Having whined his way to success with his mother, Ely sits down in front of the television and uses the remote to turn on the Cartoon Network.

He is sitting on Ben's skateboard.

"Ely, was that here before?"

"What?"

"The skateboard."

"Before what?"

"Before we went out in the car. To look for Ben."

"Yeah."

Frustrated, I gaze blankly at the keys on the table.

And then I see what I didn't see before, what I didn't even feel. The key for the Kryptonite lock that secures the gate at the cave's entrance is shaped differently from the others.

I should have missed the feel of it.

"The cave," I say. "He's in the cave."

CHAPTER 16

Eve
Greenland Ice Cap
September 24, 2006

They spent their first days waiting not just for the film crew to arrive but also for the weather to turn cold enough for safe caving, cold enough to reduce the chance of ice falling on them. On those days they ran and explored on the ice, on the great plain of wind and nothing. Then the film crew arrived. Seeing the plane's approach, Eve welcomed the diversion—as well as the cold weather, weather so cold the pilot would undoubtedly worry about getting home.

But one of the men rushed immediately toward the tents, his hood blowing, and stared at the women gathered there. "Which of you is Eve Swango?"

Eve
Santa Fe
September 25, 2006
7:30 p.m.

"Where's Tommy?" Eve asked when she found Cathie waiting for her at the Santa Fe airport. She wanted to say, *What in hell are you doing here?* But it really didn't matter. All that mattered was Ben.

"He's down in the cave, helping search."

"Tell me what happened. Tell me everything." Eve said this with quiet panic. How could Ben be *lost* in the cave? It was incredible enough that he'd gotten in, had chosen to go in, alone. But he wasn't a climber, wasn't a caver. Surely he couldn't get far.

Except that he's small. Small can make all the difference.

And he was an athlete. He was nimble and young.

"Why are you here?" she finally asked, without giving Cathie a chance to answer her first questions. "Did you come out when you heard?"

"I was here. I'd been here just a few hours when he left."

"Was there some kind of scene? Was he angry? What did he say? And I'm sorry, Cathie, I don't mean to sound unwelcoming. I just didn't know you were here." It was the closest Eve could bring herself to flat-out insincerity. She'd cut off her Greenland trip before entering a single ice cave, and that had to be. She needed to find Ben.

Don't die in that cave, Ben!

"Tell me what happened," she repeated, and this time let Cathie speak.

"Ely and I showed up, and Ben and E. played some video

games, and we all had dinner. Then Ben went into his room to work on the computer. Felix came up, and he and I played guitar, and Tommy listened while Ely played more video games, which is about the only thing he wants to do when he comes here."

Eve waited through it.

"The sun hadn't gone down when Ben went outside. He was carrying something. I thought it was his skateboard. He looked like he didn't want to interrupt us. Then he went and got Tommy's keys. I guess he took the key to the gate, and he left. That was maybe three hours before we realized he was gone."

Three hours' head start.

Thank God it wasn't more, but it'd been far too much. Because all of this had happened two nights ago. During that time, Felix had managed to get word to the filmmakers and then to the women's Greenland team. Eve and her companions had brought a satellite phone, but they hadn't turned it on when they weren't using it.

Eve had left on the plane that brought the film crew.

"You have no idea—" she had to ask again, even though it sounded like an accusation "—why he did this."

"No. Tommy might, but he didn't hang around talking after he figured out where Ben had gone."

"And he's positive Ben's down there."

"Oh, yes."

"Well, that's where I'm going, too. I'll go to the house first and put my gear together." They'd reached Cathie's car, a Subaru. *So drive fast, even if it means getting a ticket.*

"If you'd rather," Cathie began. "If you want to stay with Ely, I'll go help Tommy look."

"I would not rather. But I'm sure we can use every searcher who's been in that cave before. Rosa and Felix will watch Ely." *More people can fan out farther.* "Has Tommy called other people? Have you? Is it just Tommy down there?"

"No. He told me to call Zeb, and Bob and Barry came, and I guess there are a few local people helping, too. I don't know who everyone is. There are about eight people down there."

In the Viento Constante Cave System, that was nothing. *Ben! God, don't take Ben! Don't take him!*

"Did Zeb call more searchers?"

"Yes. I think more may be coming and some national cave-rescue people, too?"

For a caver supposedly holding down the fort, Cathie was foggy on details.

When they got to the house, Eve met four members of a national cave rescue team who'd been flown in to search for Ben. Like Eve, they'd just arrived.

Felix had been trying to help them get on Tommy's computer to find a map of the cave, but one of them had already noticed the map that covered the entire bedroom wall, something Felix hadn't known about.

The rescuer was examining the scale, the miles and miles of passage, the many branches that opened off the first mile. "We're going to need more people."

"If they hadn't gone in so quickly looking for him," said another, "there would've been a better chance of finding his trail."

"He's not experienced," Eve said, determined to say something hopeful, to make even Ben's inexperience hopeful. "He'll have left a trail like a herd of elephants."

"Maybe," said the first rescuer, who'd introduced himself as Norman. "But kids are lightweight. For that reason they *don't* leave much trail."

"Why did he go?" Eve whispered to herself.

"It's a cave. He's a kid. You need more why than that?"

"But...his mother died in that cave."

Some looks were exchanged.

"Let's head out," Norman said.

"Cathie and I are coming. I'll print some new maps, too. Tommy formatted the map so it can be viewed in book form. It'll take maybe fifteen minutes to print a couple."

"Fine. In the meantime, you can tell us about these passages. Do you know this cave?"

"Yes," Eve said. "I know this cave. Well, not that it can really be known. And Tommy knows it much better than I do."

"But you've been down."

"Plenty."

Eve
September 25, 2006
9:25 p.m.

It should've been simple. The simplest part should have been calling his name and being heard by Ben. And Ben, hearing, should've been able to call back and be heard by them. But in many caves—and definitely in this one—it didn't work that way.

"Did Tommy say which direction he was taking?" Eve asked Cathie as they walked to the cave mouth in darkness. Morning or night, it didn't matter. The only light below would be what they brought with them.

"He said the main route, because it's flagged. And he thought Ben might head for the room where Cimarron died. That's where he and Tommy were supposed to go on their trip together. Apparently he said to Tommy that he wanted to see the place."

Eve hadn't heard about these conversations. She didn't know that Ben and Tommy discussed caving at all. She hadn't known they planned to make a trip down into the cave together, just the two of them.

The first concern in any rescue is the lives of the rescuers. The cave rescue team reviewed some basic rules with Eve and Cathie. After determining that both women were experienced cavers, the team allowed them to partner each other and assigned them the first branch of cave passage, which Eve believed it would've been possible for Ben to navigate on his own.

"Realistically," Norman asked, "would he have followed the survey tape?"

"He knew he was supposed to," Eve said. "He knows to protect the cave environment. He's been taught correct caving technique." *And* taught never to go into a cave like this alone.

The six of them regrouped outside the cave mouth, pausing to look at the clipboard holding the notes Tommy and the others had left for them. Tommy's destination had been Sump 1.

"He can't have gotten to Sump 1 alone," Eve said. "Tommy, I mean, let alone Ben. There are places where you need a belayer."

"Ah." Norman frowned at a note from Zeb, saying that Zeb, Bob, Barry and someone named Sue would be rappelling into a section they called the Tar Pits.

"It has to be done," Eve said. "You can't see the bottom from above."

Even if Ben had fallen, that didn't mean he was dead.

I hate this cave.

But it wasn't true. She loved the cave and sided with the cavers who believed it was a national treasure, which should be overseen by the federal government. It was too big to be in private hands, even if those hands were Tommy's. He was as fierce and careful a guardian as the government could ever be, and yet—

You can't own something like this.

Crawling through the first tight stretch—not tight for her but for many of those following—she reflected again on the wonder of the cave. The wonder and the danger…

"Did he have a helmet?" asked someone behind her, someone who wasn't talking about Tommy.

She heard Cathie answer. "Yes. He took it. Tommy says it's yellow. He has his backpack. He was carrying it when he left—his backpack—and the helmet must've been in it. I thought he had his skateboard, but it was his backpack."

At the first branch off the main route, Eve and Cathie separated from the others, after making a plan to meet again in no more than two hours at the Soda Fountain Room.

"I can see why he might've come this way," Cathie said almost at once. "It's easier than the route to the sump."

Both women shone their headlamps on the cave floor, looking for footprints in the sand. They saw none on the marked-off path Eve and Tommy had used when they'd surveyed.

"I can't help thinking this is a waste of time," Eve said, "if we can't find footprints." She crouched to study the path in front of them. "I mean, there's no sign he came this way."

"A pity we can't use dogs," Cathie said.

It was. Very little of the cave could be negotiated even by highly trained search dogs. Zeb's plan, Eve thought, was to the point. Rappel down into one pit after another, sweeping them with headlamps, searching.

But Ben was wearing black. Only the yellow caving helmet might stand out in the lights.

So easy to overlook him.

Cathie said, "Let's go on just a little further, Eve. Maybe the sand quality will be different ahead and will show footprints more distinctly. You don't think he would've gone off the marked path?"

Ben had been told why cavers used only one path through a cave, trying to step in the footprints of those before them. But would he care about protecting the cave environment? If he was mad at Tommy, wasn't he more likely to *hurt* the cave for its role in his father's life and his mother's death? And having been lost in the cave *for two days*...

"Now that you mention it," Eve said, "it seems entirely possible that he left the path."

"It does to me, too. Knowing Ben," Cathie remarked, "he probably got in here and started kicking himself that he didn't have his skateboard."

Eve wheeled to gape at her. "Yes. Yes, that's true."

"But it's at home."

Eve shook her head violently. "He has this mini-deck thing—I forget what he called it—a micro-skate or something. He and his friends built them. The point was to be able to carry skateboards in their backpacks to places where skating's prohibited."

"Like this cave."

"Yes." Eve thought that over.

She and Cathie came up with the same question at the same moment.

"Has he seen photos of the cave's features?" Cathie asked. She frowned. "I can't believe he'd do it, though. It's not like this is—say, the library or the county courthouse. This is a *cave*. He'd have to know he'd be making scars that could never be healed. It's not like him."

"Coming down here by himself isn't like him, either. You're right. He's gentle, and he respects nature. But if he's angry…"

"So where's the best skating spot? Where's a spot he might've seen a photo of and decided to try out? Wouldn't the sand in the cave, the mud and everything, get all over his wheels?"

"There are places without sand or muck. He'd be carrying his board in his backpack. Cathie, I think we should go join the others and tell them about this."

"Let's keep checking the passage a little longer."

"I don't think he came this way."

"But if we take more time here," Cathie said, "then we'll know."

Eve
Viento Constante Cave System
September 26, 2006
4:30 a.m.

Eve did not see Tommy for many hours. The searchers hadn't covered even twenty percent of the cave.

Eve met with Tommy at the farthest spot Ben could possibly have reached without assistance.

"What happened, Tommy?" she asked as they clasped each other, no hand game this time because hands were for clinging to each other, hands were for terror, hands were for the work of finding Ben.

"I've been asking myself that. What happened, basically, is that instead of spending the time you were away alone with him, I invited Cathie to visit."

"It doesn't matter now. Don't beat yourself up."

"If he's…not okay, I'll be beating myself up for the rest of my life."

"Me, too," Eve said. "Me, I mean." For going to Greenland.

He glanced at her, but Eve noticed he didn't ask what she'd done wrong.

"You may as well say it," she said.

He simply shook his head and walked over to Norman to study the map and check off the places already explored. Like Eve, Tommy was sure Ben had brought his smaller skateboard. However, he doubted Ben would actually use it, would actually cause harm to the cave.

"He feels like a rebel," Eve said.

"But that doesn't make him one. He's Ben, and I don't think he's going to trash the cave, however angry he is with me."

They heard a shout from below, across the colossal room where they'd paused to regroup. It was Bob.

"The Barnacle Ballroom," he called. "All's well."

Eve
Above the Barnacle Ballroom
September 27, 6:35 a.m.

Ben was cold and thirsty and dirty, less angry than relieved not to be lost anymore. Eve thought she knew how it felt, when your anger was sucked out of you and blown away on the wind by fear.

She felt a bit like that herself.

But all her anger was for herself.

"You *knew* this was dangerous," she said to Ben softly on the way out. "Why did you do it?"

"You do dangerous stuff all the time, and no one asks why."

Eve couldn't think of another thing to say.

Except, after several minutes of walking, when everyone had to pause to be roped on a climb. "You did this because of me?"

"No. I did it because I wanted to go in the cave, and I didn't want anyone making a big deal of it."

"I don't believe that." It was the first time she'd ever said that to him, the first time she'd felt any need to say it. "Were you mad at me? Or your dad?"

"I'm mad at *both* of you." His voice was a whisper.

Yes.

And maybe he should be.

It was only luck—or fate—or God that had led Bob and Barry into the Barnacle Ballroom. They'd been intent on a shortcut to a side passage they could then backtrack to the main route. They were far from the other searchers, far enough that they couldn't hear them. And there they found Ben, sitting by a slow drip of not very good water.

"Tell me," Eve said. She had to look up at him. Ben was two inches taller than her now and seemed to be growing a centimeter a day.

"Neither of you *cares.*"

"About what?"

"Well, you're the worst. You don't care if you die. Cave-diving and *the Greenland ice cap,* the mother of all ice caves. And Dad just wants to spend all his time down here, and my mom *died* here."

Eve sensed rather than saw Tommy. He was behind Ben. He grew still, listening.

She said, "Do you want me to stop? Cave-diving? Ice caves?"

"It would be nice," Ben answered, sounding bitter.

"What about...just caving?"

He shrugged. "That's not as dangerous. But you won't stop the other things for Dad, so—"

"Are you asking me?" She met Ben's eyes. "Are you asking me to stop?"

"Yes," he said. "Like it's going to do any good."

"Okay. I will."

"You wouldn't do it for Dad!" Ben said.

Eve raised her eyes, and Tommy was gazing at her. In his look, she found the answer. "He never asked me."

Tommy said, "He never would."

Ben threw a quick glance at him.

But if he had anything to ask of his father, he kept it to himself.

Eve knew he not only entertained no hope of success. He didn't want to hear Tommy say no.

Eve
Rancho Ventoso
September 27, 10:45 p.m.

"You're really giving it up," Tommy said that night, lying in bed with her.

"Yes."

"I *wouldn't* have asked, Eve. You know that. I didn't think you'd love me anymore if I asked that of you."

She pressed her back to his chest, felt him surround her.

"I don't understand why," she said, "but for the first time I feel as though I don't *have* to do it. Does that make sense?"

"No."

"I was never pretty like Cimarron. I had to be able to do things—harder things than anyone else. I think…it was a way of being loved. If I could do anything boys could do…"

"I can see that. But you *are* pretty."

"I'm better looking now, but I was a mess growing up. You know it."

"It wasn't something I ever thought about."

"And Cimarron was *beautiful*. Always. Also, I had to be as different from her and from my mom as I possibly could. It was the only way to be safe."

"You've succeeded. You're pretty different from both of them. But there isn't any being safe, Eve. Not in this life."

"No. Maybe I realized that tonight."

"Maybe tonight you saw how much you *are* loved. And needed."

There was no arguing with this. Tommy was right.

"I don't think Ben likes the cave," she said.

"I heard him."

"What did you hear?"

"What he said about my being down in the cave all the time, even though his mom died there."

Eve didn't say, *And?*

I'm more like Ben than I know, she thought. *I don't want to hear Tommy say how much he loves the cave, either. I don't want to see him choose the cave again.*

"If I'd given the cave over to the government," Tommy said, "Ben couldn't have gotten down there by himself."

"No," Eve agreed. "That's true."

"It's all I could think about," he said, "when I figured out where he'd gone. I'm not the custodian I thought I was if a sixth-grader with a skateboard could get in there alone."

Eve's lips formed a brief smile. Her eyes did not. Was Tommy thinking about the cave as a resource? Or was he thinking about his family?

She recalled what Tommy had said to Ben in the cave. *He never would.*

Tommy would never have asked her to give up the things she seemed to need. How could she, in return, ask him to give up the thing he thought *he* needed?

CHAPTER 17

Eve
Rancho Ventoso
November 8, 2006

"What is it?" Eve demanded of Tommy. She and Ben had just returned from school. It was November but with record heat for that day. Now Tommy wanted Ben and her to come for a walk with him. Right then. "Can I sit down for a minute?"

"Not really. But I guess you can stay here, if you don't care."

Care about what?

"Ben wants to come, though," Tommy added.

"Not really," murmured Ben, peering longingly toward his bedroom.

"Both of you," Tommy said. "You're both coming."

"Where?" Ben asked.

Eve yawned and stretched. "How about some Xbox, Ben?"

"*No*," Tommy said. "We need to go now. We're keeping people waiting."

Eve and Ben exchanged a look.

"Okay," Ben sighed.

Outside, Tommy led them on the trail toward the cave. Ben drew his eyebrows together, giving Eve a questioning frown.

She suspected what was coming and knew she was right when she saw who awaited them at the entrance to the cave.

Two uniformed BLM rangers.

She had to say something. She had to ask. "Tommy. You're not doing this because of me, are you?"

He heard her but didn't turn around, just paused for a moment.

"I'm doing it because of the cave."

Ben muttered, "That's why you do everything."

Eve knew Tommy had heard, but he still didn't turn. He walked forward.

Eve and Ben stood back, watching Tommy hand the key to the rangers, who would construct their own official protection around the cave.

Ben said, too quietly for Tommy and the rangers to hear, "He's never going to own a cave this big again."

He never did own it, Eve thought. *It owned him.*

But exploration of the cave was far from complete. She was sure the BLM would be happy to make use of Tommy's expertise to lead future expeditions into the depths of the Viento Constante Cave System.

"Did you know he was doing this?" Ben asked.

Eve said, "I've overheard a few conversations that made me wonder. But I didn't know. I'm surprised, too."

"What's the point of being married if you don't talk to each other?"

"We do talk to each other. But sometimes we don't need to."

After a few minutes, Tommy joined them.

His eyes were bright.

Eve put her arm around his waist as they walked.

Ben asked his father, "Why did you do it if you didn't want to?"

"Not now, Ben," Eve said.

But Tommy answered. "It wasn't right for it to be mine. It's too big for one person or one family to own. After you got lost inside, Ben, I knew I didn't want to have the responsibility anymore. It could have turned out differently."

"So I wrecked it?"

"No, you gave me a *very* cheap lesson. Someone—you or someone else—could've gotten inside and been killed."

"Oh. Yeah, I can see that."

"But your dad," Eve said, "will probably still lead expeditions down there."

Ben didn't say anything. His face was so naked, so obviously startled by this news—and disappointed—that Eve felt his expression inside her like pain. Tommy saw the look, too. He'd put on his aviator sunglasses, probably to hide his own eyes, but he turned his head to stare at Ben.

"Actually," he said, "I've decided that it's only fair if I live by the same rules as Eve. No cave-diving. No ice caves. No sumps."

Ben's face lit up. Abruptly, he said, "Can I play Xbox now?"

"Yes." Eve and Tommy spoke as one, and he ran, leaving them in the dust on the hot trail.

Tommy said, "I didn't tell him the truth."

"About what?" Did he still plan to dive the sumps in the Viento Constante Cave System?

"About why I gave up control of the cave's entrance."

Eve squinted up at his profile, at the smooth line of his jaw.

"I did it because of you," he said.

"What?"

"You *are* the cave, Eve. I haven't just realized it, either, but every day brings me closer and closer to that truth, till I know it *is* the truth. The cave mattered to me because *you* matter to me. But now you and I are together. And I trust we're going to stay together. Even without the cave."

Eve put her hand in his, felt the larger hand close around hers. "You're right," she said. "I always thought you loved the cave more than me. More than anything else."

Tommy shook his head. "I think I believed that if I always held onto the cave, I'd never lose you. Now, I know the cave has nothing to do with that."

"Right," she said, and they continued back to their house and their child. "Right."

★ ★ ★ ★ ★

Turn the page for a sneak preview of
IF I'D NEVER KNOWN YOUR LOVE
by
Georgia Bockoven

From the brand-new series
Harlequin Everlasting Love
Every great love has a story to tell.™

One year, five months and four days missing

There's no way for you to know this, Evan, but I haven't written to you for a few months. Actually, it's been almost a year. I had a hard time picking up a pen once more after we paid the second ransom and then received a letter saying it wasn't enough. I was so sure you were coming home that I took the kids along to Bogotá so they could fly home with you and me, something I swore I'd never do. I've fallen in love with Colombia and the people who've opened their hearts to me. But fear is a constant companion when I'm there. I won't ever expose our children to that kind of danger again.

I'm at a loss over what to do anymore, Evan. I've begged and pleaded and thrown temper tantrums with every official I can corner both here and at

home. They've been incredibly tolerant and understanding, but in the end as ineffectual as the rest of us.

I try to imagine what your life is like now, what you do every day, what you're wearing, what you eat. I want to believe that the people who have you are misguided yet kind, that they treat you well. It's how I survive day to day. To think of you being mistreated hurts too much. If I picture you locked away somewhere and suffering, a weight descends on me that makes it almost impossible to get out of bed in the morning.

Your captors surely know you by now. They have to recognize what a good man you are. I imagine you working with their children, telling them that you have children, too, showing them the pictures you carry in your wallet. Can't the men who have you understand how much your children miss you? How can it not matter to them?

How can they keep you away from us all this time? Over and over, we've done what they asked. Are they oblivious to the depth of their cruelty? What kind of people are they that they don't care?

I used to keep a calendar beside our bed next to the peach rose you picked for me before you left. Every night I marked another day, counting how many you'd been gone. I don't do that any longer. I don't want to be reminded of all the days we'll never get back.

When I can't sleep at night, I tell you about my day. I imagine you hearing me and smiling over the details that make up my life now. I never tell you how defeated I feel at moments or how hard I work to hide it from everyone for fear they will see it as a reason to stop believing you are coming home to us.

And I couldn't tell you about the lump I found in my breast and how difficult it was going through all the tests without you here to lean on. The lump was benign—the process reaching that diagnosis utterly terrifying. I couldn't stop thinking about what would happen to Shelly and Jason if something happened to me.

We need you to come home.

I'm worn down with missing you.

I'm going to read this tomorrow and will probably tear it up or burn it in the fireplace. I don't want you to get the idea I ever doubted what I was doing to free you or thought the work a burden. I would gladly spend the rest of my life at it, even if, in the end, we only had one day together.

You are my life, Evan.

I will love you forever.

★ ★ ★ ★ ★

Don't miss this deeply moving Harlequin Everlasting Love story about a woman's struggle to bring back her kidnapped husband from Colombia and her turmoil over whether to let go, finally, and welcome another man into her life.
IF I'D NEVER KNOWN YOUR LOVE
by Georgia Bockoven
is available March 27, 2007.

And also look for
THE NIGHT WE MET by Tara Taylor Quinn,
a story about finding love when you least expect it.

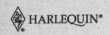

EVERLASTING LOVE™

Every great love has a story to tell™

These deeply emotional novels
show how love can last, how it
shapes and transforms lives, how
it's truly the adventure of a lifetime.
Harlequin® Everlasting Love™
novels tell the whole story.
Because "happily ever after"
is just the beginning….

Two new titles are available
EVERY MONTH!

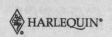

EVERLASTING LOVE™

Every great love has a story to tell™

Love always finds a way…

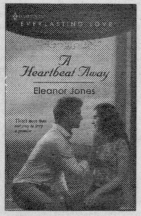

Daniel Brown promised to
love Lucy McTavish forever—
a promise he's unable to keep.
Angry and grieving, Lucy
tries to move on with her life,
but Daniel is never far from
her thoughts. Then, through
a meeting with a charismatic
stranger in a London park,
she discovers that Daniel has
kept his promise in the most
unexpected way.

A Heartbeat Away
by Eleanor Jones

*On sale
this
March!*

Also available this month:
The Depth of Love by Margot Early

The deepest feelings last the longest…

REQUEST YOUR FREE BOOKS!
2 FREE NOVELS PLUS 2
FREE GIFTS!

HARLEQUIN ROMANCE®

From the Heart, For the Heart

YES! Please send me 2 FREE Harlequin Romance® novels and my 2 FREE gifts. After receiving them, if I don't wish to receive any more books, I can return the shipping statement marked "cancel." If I don't cancel, I will receive 4 brand-new novels every month and be billed just $3.57 per book in the U.S., or $4.05 per book in Canada, plus 25¢ shipping and handling per book and applicable taxes, if any*. That's a savings of over 15% off the cover price! I understand that accepting the 2 free books and gifts places me under no obligation to buy anything. I can always return a shipment and cancel at any time. Even if I never buy another book from Harlequin, the two free books and gifts are mine to keep forever.   114 HDN EEV7 314 HDN EEWK

Name	(PLEASE PRINT)

Address	Apt.

City	State/Prov.	Zip/Postal Code

Signature (if under 18, a parent or guardian must sign)

Mail to the **Harlequin Reader Service®**:
IN U.S.A.: P.O. Box 1867, Buffalo, NY 14240-1867
IN CANADA: P.O. Box 609, Fort Erie, Ontario L2A 5X3

Not valid to current Harlequin Romance subscribers.

Want to try two free books from another line?
Call 1-800-873-8635 or visit www.morefreebooks.com.

* Terms and prices subject to change without notice. NY residents add applicable sales tax. Canadian residents will be charged applicable provincial taxes and GST. This offer is limited to one order per household. All orders subject to approval. Credit or debit balances in a customer's account(s) may be offset by any other outstanding balance owed by or to the customer. Please allow 4 to 6 weeks for delivery.

Your Privacy: Harlequin is committed to protecting your privacy. Our Privacy Policy is available online at www.eHarlequin.com or upon request from the Reader Service. From time to time we make our lists of customers available to reputable firms who may have a product or service of interest to you. If you would prefer we not share your name and address, please check here. ☐

HR07

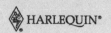

EVERLASTING LOVE™

Every great love has a story to tell™

Save $1.⁰⁰ off

**the purchase of
any Harlequin
Everlasting Love novel**

Coupon valid from January 1, 2007
until April 30, 2007.

Valid at retail outlets in the U.S. only.
Limit one coupon per customer.

5 65373 00076 2   (8100) 0 11302

HEUSCPN0407

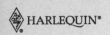

HARLEQUIN®

E V E R L A S T I N G   L O V E ™

Every great love has a story to tell™

Fall from Grace

Kristi Gold

Save $1.⁰⁰ off

the purchase of
any Harlequin
Everlasting Love novel

Coupon valid from January 1, 2007
until April 30, 2007.

Valid at retail outlets in Canada only.
Limit one coupon per customer.

RETAILER: Harlequin Enterprises Limited will pay the face value of this coupon plus
10.25¢ if submitted by the customer for this product only. Any other use constitutes
fraud. Coupon is nonassignable. Void if taxed, prohibited or restricted by law.
Consumer must pay any government taxes. Void if copied. Nielsen Clearing House
customers submit coupons and proof of sales to: Harlequin Enterprises Ltd. P.O.
Box 3000, Saint John, N.B. E2L 4L3. Non–NCH retailer—for reimbursement submit
coupons and proof of sales directly to: Harlequin Enterprises Ltd., Retail Marketing
Department, 225 Duncan Mill Rd., Don Mills, Ontario M3B 3K9, Canada. Valid in
Canada only. ® is a trademark of Harlequin Enterprises Ltd. Trademarks marked with
® are registered in the United States and/or other countries.

52607370

HECDNCPN0407

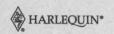